COZY MYSTERY

KRISTA DAVIS

ASESINATO A LAS FINAS HIERBAS

Misterios y recetas
de una diva *doméstica*

T0244073

CAPÍTULO UNO

En directo, para el programa *¡Buenos días, Washington!*
Invitada especial en el estudio de televisión de
Washington: Natasha.

Mi festividad favorita es Acción de Gracias. No hay
otro día que simbolice mejor el disfrutar de la familia,
los amigos y las fabulosas comidas. A estas alturas,
espero que todo el mundo haya enviado ya sus invitaciones. Como manualidad, hemos elaborado estas
preciosidades rasgando papeles reciclados de tintes
naturales para darles forma de hojas de arce. No
las recortéis con tijeras o no conseguiréis este efecto
tan maravilloso y sutil de papel con los bordes deshi-
lachados. Pegad cada hoja con pegamento sobre un
rectángulo de tela de un tono más oscuro. La nuestra
tiene un ligero reflejo dorado que le da un aire otoñal.
Luego, con un bolígrafo especial para *lettering* escribid
un sentido mensaje para cada comensal. No olvidéis
fabricar sobres a juego con papel reciclado.

L a voz aterciopelada de Natasha ascendió ondulante por la escalera. Yo apreté los dientes al oírla. En sexto de primaria, propagó el rumor de que yo me había hecho pis en la cama la noche de su fiesta de pijamas. Esa mentira flagrante me había perseguido hasta el día de mi graduación. La verdad era que no la odiaba, pero me fastidiaba, como suele pasarnos tan a menudo con las personas perfectas. Aunque me sentía bastante satisfecha con mi vida, Natasha tenía la manía de presentarse por sorpresa y conseguir que me sintiera inútil, como si volviera a ser la niña avergonzada de sexto.

Habíamos competido entre nosotras prácticamente por todo cuando íbamos al colegio: por el deporte, las notas, los premios... La competición se convirtió en la norma para nosotras. Yo me esforzaba por no sucumbir a ese sentimiento, pero a Natasha le encantaba demostrar su superioridad, y eso sacaba lo peor de mí. Sin embargo, jamás entré en su mundo de los concursos de belleza. Le iba bastante bien, aunque sentí cierta satisfacción al saber que jamás llegó a ganar el título de Miss Simpatía.

¿Quién habría imaginado que Natasha acabaría teniendo su propio programa sobre estilos de vida en un canal local de televisión por cable de Washington? Por no mencionar su columna en prensa sobre consejos de la misma temática. Y, en ese preciso instante, cuando Mars, mi exmarido, se había ido a vivir con ella, el sonido de su voz me hacía hervir la sangre. En esos días, me daba la impresión de que Natasha se me aparecía por todas partes, pero en mi casa, ¡ni hablar!

Salí de la cocina y me dirigí hacia la sala de estar pisando fuerte. Mi madre cambió de canal enseguida. Mi hermana, Hannah, intentó quitarle el mando a distancia.

—¡Mamá! ¡Yo lo estaba viendo!

Mi padre se encontraba apoyado contra el dintel de la puerta mirando hacia la terraza acristalada, con una taza de café en la mano.

—Ya se lo he dicho a las dos. No tendrías por qué soportar a esa mujer en tu propia casa.

—Hace ya dos años que Mars y Sophie rompieron. Ella me dijo que ya lo había superado. Además, Natasha no tuvo nada que ver con su divorcio.

Hannah le arrebató el mando a nuestra madre y volvió a poner el canal que emitía el programa de Natasha. Mi hermana era la pequeña de la familia, lucía una larga melena rubia y suelta, como una adolescente, y todavía creía que el mundo giraba en torno a ella, aunque estuviera a punto de cumplir los cuarenta. Mi hermano y yo nos mudamos a Virginia del Norte, justo en la frontera con Washington, al terminar la universidad. Sin embargo, Hannah se casó con dos perdedores seguidos y se quedó en Berrysville. Por suerte, resultó que tenía una facilidad sorprendente para la informática, aunque siempre me había preguntado si quedarse a vivir en la misma localidad pequeña que mis padres no la habría hecho estar demasiado sobreprotegida.

Reprimí un suspiro de desesperación y fui a por una taza de café. Llevaba menos de veinticuatro horas con mis padres y mi hermana y ya me sentía otra vez como una niña. Era una mujer de cuarenta y cuatro años, competente y autosuficiente. ¿Cómo conseguían tener ese efecto en mí?

El fuego crepitaba en la chimenea de piedra de la cocina y disipaba el frío de noviembre. Debía de haberlo encendido mi padre. El simple hecho de estar en mi cocina me hacía sentir mejor. Las alacenas de estilo antiguo y color crema con varias puertas acristaladas habían sustituido a las apagadas de tono marrón oliva. El nuevo suelo de tarima todavía se veía pulido, al igual que las encimeras de granito color caramelo. No obstante, lo mejor de todo era la pared de piedra que descubrimos durante la reforma. Seguramente formaba parte de la casa original, con sus toscas piedras pensadas para ser balastro, usadas como contrapeso en los barcos que cruzaban el océano Atlántico y luego abandonadas en la calle durante la época colonial. Una chimenea de más de un metro de alto con unos ganchos para colgar las teteras convertía la pared en la pieza más preciada de esa estancia.

Mi casa, construida en 1825, conservaba la fachada original de estilo federal con paredes de ladrillo rojizo y altos ventanales. Sin embargo, cuando Mars y yo la heredamos de su tía Faye, el interior era del más puro estilo *flower power* de la década de 1960. La icónica modelo Twiggy se habría sentido como pez en el agua en la cocina con encimeras naranjas y paredes empapeladas con estampado de margaritas psicodélicas.

El aroma celestial a café recién hecho y beicon chisporroteante llegó volando hasta mí, y mi madre siguió mis pasos. La miré con una sonrisa de agradecimiento mientras me servía café en mi taza de desayuno de porcelana con diseño de dibujos azules de estilo italiano. No lograba recordar la última vez que alguien que no fuera yo había preparado el desayuno en mi casa.

—Bueno, salta a la vista que vuelves a estar soltera —comentó—. Las mujeres casadas no usan pijama de franela.

Vaya. Había estado casada el tiempo suficiente para olvidar las normas de mi madre para echarle el guante a un hombre. Me incliné sobre la encimera de la cocina y me eché una cucharada más de azúcar en el café con leche desnatada. Mi madre, de figura menuda y esbelta, me apartó el azucarero.

—Ahora que vuelves a estar soltera, no puedes permitirte seguir comiendo así. Ese azúcar se depositará directamente en tus caderas.

¿Cuántas veces pensaba decir «ahora que vuelves a estar soltera»? ¿Iba a ser su cantinela constante?

Me pasó un plato con beicon y tortitas. Un enorme trozo de mantequilla se fundía sobre la tortita superior. ¿Eso sí que me lo podía comer, pero no tomarme el café con azúcar? Fue como si mi madre me leyera la mente.

—Son tortitas de calabaza y especias —comentó.

¿El beicon también estaba hecho de calabaza?

—Tu tía Melly ha preparado el sirope de bayas de saúco rojo que está en la mesa. Siente no haber venido en coche para Acción de Gracias, pero el tío Fred y ella pasarán con nosotros la Navidad.

Enderecé el retrato de la tía de Mars, Faye, colgado sobre la chimenea, me eché sirope en las tortitas y me acomodé en mi butaca favorita junto al fuego. Mi madre se ocupó de los platos del fregadero con una energía equiparable a la del conejito de Duracell.

—No he recibido la invitación para Acción de Gracias.

Mi madre ya estaba en mi casa, ¿verdad que estaba?

—Tú fuiste la que me dijo que lo celebraríamos aquí este año. No creí que fuera necesario enviarte una invitación.

—¿Tienes alguna de sobra? Me encantaría verlas.

No me apetecía empezar una discusión confesándole que no había enviado invitaciones. Íbamos a ser solo los de la familia; todos sabían dónde vivía.

—¿Qué tipo de sopa vas a servir?

—¿Sopa?

—¡Sophie! ¿Todavía no has pensando en el menú? Ya sabes que todo el mundo tiene las expectativas muy altas porque te dedicas a dar fiestas.

—No me dedico a dar fiestas, soy organizadora de eventos.

—Natasha va a preparar pichón y consomé de puerro, servido en calabazas de bellota ahuecadas.

—¿Pichón? ¿Va servir caldo de paloma?

—De paloma no, de pichón. ¿Es que no ves su programa? Me parece muy apropiado para Acción de Gracias. ¿Dónde se compra el pichón?

Ni lo sabía ni me importaba. La simple idea de cocinar una paloma me parecía asquerosa. Además, ¿de verdad alguien podía apreciar la diferencia entre el caldo de pichón y el de pollo?

—Natasha prepara el pavo ahumado. Dedicó un episodio entero a las carnes ahumadas.

Maravilloso. Seguro que Natasha, por si fuera poco, contaba con un equipo completo de cocineros a su servicio que se lo hacían todo.

—Su madre me ha contado que Natasha se muere por que su programa sea emitido por una cadena a nivel nacional. Estoy segura de que los californianos no tardarán mucho en adorarla tanto como nosotros. Esa chica persevera hasta conseguir lo que quiere.

Mi madre me miró frunciendo el ceño.

—¿Siempre comes en esa butaca? Que estés sola no significa que tengas que ser una desaliñada.

Me llené la boca de tortitas para evitar la tentación de soltarle una fresca.

—¡Hannah! —gritó mi madre dirigiéndose hacia la sala de estar—. ¿Ya estás vestida? —Se volvió hacia mí—. Vamos a echar un vistazo a Saks; Hannah dice que tienen unos vestidos de novia preciosos. Comeremos en Georgetown y por la tarde iremos a buscar a su prometido al aeropuerto. —Se acercó caminando hasta mí y me plantó un beso en la frente—. ¡Me alegro tanto de verte, cielito! Ya sé que estás muy ocupada con eso del concurso de relleno para el pavo, que es ya mismo, pero ¿no crees que podrías encontrar un momento para ir a la peluquería a cortarte el pelo?

Mi madre, la controladora que habría tenido la cena de Acción de Gracias preparada con un mes de antelación, no esperó a que le respondiera. Me quedé mirando cómo salía disparada de la cocina y me dije a mí misma que no debía molestarme. Ella vivía en su propio mundo.

El momento escogido por mi padre para hablar me hizo sospechar que había estado esperando a que mi madre se marchara. Se acomodó en la otra butaca situada junto a la chimenea.

—¿Es verdad que has superado lo de Mars o es solo algo que le has dicho a tu hermana para que se callara de una vez?

Tenía el ceño fruncido, con gesto de preocupación. Parecía joven para estar jubilado. Conservaba gran parte de su mata de pelo negro y se mantenía en buena forma.

—Es verdad. —Inspiré con fuerza y conseguí hablar con un tono firme y esbozando una amplia sonrisa—. Lo he superado.

—¿Por fin habéis llegado a un acuerdo con lo de la casa?

—Gracias a Dios que eso ya está arreglado. Ahora es toda mía.

—No pensaba mencionar que mis ahorros habían mermado y que había renunciado a mi derecho a cobrar del fondo de pensiones de Mars. No tenía sentido preocupar a mi padre—. Creo que Natasha todavía quiere comprármela...

El retrato de la tía Faye, colgado encima de la chimenea, se torció hasta quedar inclinado. Mi padre echó un vistazo a su alrededor.

—Qué raro ha sido eso.

Tragué el último mordisco de tortita.

—A veces pasa. Creo que es por la corriente que sale de la chimenea. En cualquier caso, la casa no está en venta, y menos para Natasha.

Mi casa era lo único que ella no podía poseer. Me encantaba ese viejo y chirriante lugar con sus corrientes extrañas que hacían que los retratos se desplazaran y sus originales ganchos y suelos de tarima con lamas que se combaban; cada vez que se caía algo en el comedor o en la sala, salía rodando hacia la pared más distante. Y adoraba vivir en el distrito histórico de Old Town Alexandria, justo en la otra orilla del río, enfrente de Washington capital. Las casas antiguas y las aceras de ladrillo le daban un aire a pueblecito más que a urbanización de las afueras.

Pronto recuperaría mis ahorros si podía resistir la tentación de añadir un baño o de reformar el baño y medio que ya tenía. ¿Quién sería el idiota que puso de moda la locura esa de los azulejos verdes y negros? Jamás ha sido una combinación bonita. Gracias a mi trabajo como organizadora de eventos en Algo para Recordar, tenía unos ingresos bastante decentes, pero había contratado una costosa hipoteca para comprarle a Mars su parte de la casa.

Entre una nube de preguntas confusas sobre las mejores rutas para llegar hasta Saks y al aeropuerto, mi madre reapareció con Hannah, recogió a mi padre y los hizo salir corriendo por la puerta de casa. Yo me quedé mirándolos desde la escalera de la entrada. La fría brisa otoñal levantó unas coloridas hojas alrededor de los tres miembros de mi familia, como si fueran la imagen del interior de una bola de nieve. El Buick azul de mi padre se alejó del bordillo, y Nina Reid Norwood, que vivía en la calle de enfrente, pero en una casa más allá de la mía, se acercó trotando hacia mí.

El día en que Mars y yo llegamos al barrio, antes incluso de que los de la mudanza entraran un solo mueble en casa, nuestra nueva vecina, Nina, irrumpió sin permiso llevando consigo una cachorrita de sabueso negra y marrón que agitaba los cuartos traseros sin parar. Mars y yo enseguida nos enamoramos de la perrita, que tenía una mancha en el hocico y que nos seguía, toda contenta, escaleras arriba y abajo. Al día siguiente, adoptamos a la dulce Daisy. Más adelante, Nina nos confesó que su verdadera intención ese día había sido que adoptáramos a la cachorrita, pero que antes quería echarnos un vistazo. Su marido, un afamado patólogo forense, viajaba continuamente, por eso ella tenía mucho tiempo libre para ayudar a los animales sin hogar. Nina era hija de un profesor de patología y conoció a su marido durante una barbacoa celebrada en el jardín de sus padres. Afirmaba que el joven y serio doctor había sido un antídoto para su primer matrimonio con un hombre que jamás había conocido a una mujer que no despreciara. Nina debía de estar en lo cierto. Nunca escuché, de boca de su actual marido, ni una sola palabra negativa sobre ella, aunque Nina sí que tenía bastantes que decir sobre su suegra.

El coronel Hampstead iba canturreando la canción infantil *Walkies, walkies!* mientras paseaba por la acera a MacArthur, su bulldog, y saludó con la mano al pasar caminando. El anciano iba dando rítmicos golpecitos contra el pavimento de ladrillo con su sempiterno bastón.

—¿Crees que va a celebrar Acción de Gracias con alguien? —le pregunté a Nina entre susurros.

Ella puso cara de cachorrito triste.

—¡Coronel! —Salí corriendo a la zaga del anciano—. ¿Le apetecería acompañarnos para la cena de Acción de Gracias?

La mirada de agradecimiento en sus ojos me lo dijo todo.

—Puede traer a MacArthur si quiere. —Me agaché para acariciar al perro—. Te gusta el pavo, ¿verdad, amiguito?

—Por supuesto. MacArthur y yo aceptamos encantados tu amable invitación.

Temblando de frío, añadí que lo llamaría para decirle la hora exacta y volví corriendo a mi casa.

—A mi madre le daría un infarto fulminante —empezó a decir Nina, arrastrando las vocales, con su marcado acento de Carolina del Norte— si me viera aquí, plantada en el jardín, hablando con los vecinos en albornoz.

No me cabía duda alguna de que así habría sido. Nina tenía un cuerpo voluptuoso y, a pesar del frío que hacía en noviembre, no tenía problema en enseñar un poquito de escote. Tal vez el comentario de mi madre sobre las mujeres casadas y las prendas de franela no estuviera tan errado. El albornoz estampado de seda de mi vecina era sin duda mucho más sugerente que mi pijama.

Entramos corriendo en casa y Nina se calentó las manos en el fuego mientras yo servía más café. Me puse más azúcar de lo normal en el mío con toda la intención.

—Bueno, ¿cómo lo llevas? —me preguntó.

—Ya me están volviendo loca.

—Esa es su misión. De esa forma, no los echas tanto de menos cuando se van.

—Ojalá el concurso de relleno para el pavo no fuera el día antes de Acción de Gracias. Me está complicando mucho los preparativos para el gran banquete.

Nina aceptó la taza de café que le ofrecí.

—Mi suegra ya me ha informado de que espera que ponga tarjetas para los asientos de los invitados al estilo Natasha. Ahora bien, suponiendo que yo tuviera tiempo, que no lo tengo, o motivación, que tampoco, ¿para qué narices iba a colocar tarjetas para los asientos hechas con apestoso musgo roñoso y hojas sucias? —Enderezó el retrato de la tía Faye—. Al menos tú no tienes que aguantar más a tus suegros. —Todavía de pie, Nina preguntó—: ¿Cuándo vuelve Daisy?

Una pregunta curiosa. Ni Mars ni yo queríamos desprendernos de ella, así que compartíamos su custodia.

—Después de Acción de Gracias.

Nina se quedó mirando al interior de la taza de café.

—Anoche, después de que tu familia y tú os fuerais a la cena de beneficencia, Francie llamó a la policía porque había un mirón.

—¿Qué?

Francie, la anciana que vivía en la casa vecina, tendía a mostrar un comportamiento peculiar.

—Pues me temo que era verdad. Encontraron pruebas de la presencia de un intruso por detrás de su casa, y ella jura que también lo vio en tu jardín.

Yo no había visto nada perturbador. Bueno, tampoco es que hubiera mirado.

—Estoy segura de que fue una coincidencia. Ese tipo seguramente no volverá.

—Espero que no. Me sentiría mejor si Daisy estuviera por aquí cuando tu familia se marche.

Nina se volvió como si fuera a sentarse. En lugar de tomar asiento, hizo crujir el cuello y rodeó la mesa hasta el banco situado bajo la ventana panorámica.

—Te juro que acabo de ver a alguien fisgoneando por la casa del coronel.

CAPÍTULO DOS

De *Pregúntale a Natasha:*

Querida Natasha:

No tengo ni idea de cómo decorar la casa para Acción de Gracias. Las calabazas normales y las más pequeñas de diferentes formas ya me aburren. ¿Tienes alguna sugerencia?

Desalentada en Louisa

Querida Desalentada:

Puedes elaborar una corona de frutos secos para darle un toque especial a la decoración. Con un taladro eléctrico agujerea una variedad de frutos secos con cáscara. Quizá necesites un tornillo de banco para sujetarlos. Átalos con bramante grueso para confeccionar tu corona de la cosecha. Combina los frutos para crear una gama diversa de texturas y colores.

Natasha

Me acerqué a la ventana junto a Nina.

—Yo no veo nada.

—El tipo ha desaparecido por detrás de la casa del coronel. —Nina se bebió de golpe lo que le quedaba de café—. Yo me largo de aquí. Ya tengo bastante lío con mi suegra, que llega esta noche. Para esa mujer, mi casa nunca está lo bastante limpia. Además, también tengo que pasar por el refugio. Hemos recogido a un golden retriever y lo tendremos de acogida hasta que encontremos un adoptante.

—¿Y también quieres asegurarte de que esa persona que has visto no está merodeando por detrás de tu casa en este preciso instante?

Se rio.

—Qué bien me conoces.

Aplasté los rescoldos de la chimenea para apagar el fuego mientras Nina salía. Tal vez hubiera intentado tomárselo a broma, pero yo sabía que mi vecina estaba preocupada por el hombre que había visto. Su preocupación me hizo ir a echar un vistazo al patio trasero de mi casa. Y no estuvo de más, porque había un par de macetas con flores volcadas, como si alguien las hubiera tirado. Me tranquilicé pensando que la policía ya sabía de la existencia de ese tipo y que seguramente no regresaría. Después de una ducha rápida, me puse una camiseta de manga larga de color ámbar. Mientras me miraba en el espejo para comprobar si necesitaba un toque de tinte rubio en las raíces, me coloqué los rulos calientes. Los tejanos parecían una buena opción para ir a hacer la compra, pero no logré encontrar un par que pudiera abrocharme. Odiaba darle la razón a mi madre: estaban saliéndome michelines donde no debía tenerlos. Aposté por la comodidad y escogí unos pantalones de montaña con cinturilla elástica por la parte trasera.

El coche que Mars llamaba «el Nike sobre ruedas» seguía lleno de candelabros decorativos y manteles de una cena de beneficencia celebrada la noche anterior. Yo nunca sabía qué tipo de tartas, plantas, arreglos florales o peculiares adornos tendría que transportar sí o sí, así que insistí en que tuviéramos un SUV híbrido. Mars lo odiaba. Al menos así no tuvimos que discutir por quién se quedaba el coche. Como me daba demasiada pereza descargarlo todo, lo apilé en un rincón para hacer sitio para meter la compra.

El recorrido hasta mi tienda de alimentación orgánica favorita no era muy largo, pero el aparcamiento estaba hasta los topes, y tuve que dejar el coche en un lateral de la tienda. Al bajar del vehículo, se me acercó un hombre bajito y fornido con una caja de plátanos en las manos. Me preparé para decirle que no a cualquier cosa que pretendiera venderme.

—¿Podría convencerla para que adopte un gatito, señora?

Ni siquiera lo miré. No me atrevía a verlo.

—No, gracias.

—Es monísimo. Es un ocigato de pura raza.

—¿Un *ociqué*?

«No. Di que no, Sophie. Lárgate ahora mismo».

—Un ocigato. Es una raza que cría mi mujer, pero este chiquitín ha nacido con rayas en vez de topos, y nadie quiere comprarlo.

Levantó a un adorable minino de ojazos verdes.

«Di que no, Sophie —me repetía como un mantra—. Piensa en Daisy».

Mi perra era muy cariñosa, pero yo no tenía ni idea de cómo reaccionaría con un gatito. El viento volvió a arreciar y una variedad de papelitos tirados al suelo pasaron revoloteando.

—Buena suerte —le dije al hombre sonriendo, y salí corriendo en dirección a la entrada de la tienda para huir pitando mientras todavía me quedaba fuerza de voluntad.

Cogí un carro y fui directamente al pasillo de los pavos. Escogí uno de once kilos, mucho más grande de lo que necesitábamos, pero me justifiqué mentalmente diciéndome que a todo el mundo le encantan los bocadillos de fiambre de pavo. También compré arándanos, patatas Yukón doradas y orgánicas, especiales para asar, judías verdes frescas, almendras y mantequilla, pero daba igual lo que estuviera comprando, no podía sacarme de la cabeza los ojos brillantes del pobre gatito. Ese hombre estaba dispuesto a dárselo a cualquiera. ¿Qué sería del minino? Metí en el carrito unas latas de puré de calabaza para la sopa que a mi madre le parecía tan importante y tomé la decisión de que, si el hombre seguía allí fuera cuando me marchara, le llevaría el gatito a Nina. Al menos, ella se aseguraría de encontrarle un buen hogar.

Una vez descartada esa preocupación, pude concentrarme y repasé las listas de la compra: una para el concurso de relleno para el pavo y la otra para la cena de Acción de Gracias. Estaba escogiendo un pollo para el relleno cuando Tamera Turner, una presentadora del telediario local, me pilló de improviso.

—Sophie, no tienen pichón y se han quedado sin calabaza de bellota. ¿De dónde vas a sacar tus ingredientes?

Un hombre con gafas y rellenito se inclinó sobre la selección de aves, como si estuviera intentando escuchar lo que Tamera me decía. ¿Sería fan de la presentadora?

—No voy a preparar la cena de Natasha.

—¿Ah, no? —Tamera me posó una mano en el hombro—. ¿Qué vas a preparar? Mi Día de Acción de Gracias ya es un desastre. Tengo que trabajar. No tengo tiempo para esto.

—Casi todos familiares, ¿a que sí? ¿Vais a celebrar una cena formal, con todo el mundo sentado a la mesa, o los chicos estarán viendo el fútbol?

—Mi marido ha llegado a un acuerdo conmigo. Siempre y cuando pueda ver todo el fútbol que quiera, él se encargará de ahumar el pavo. He pensado en servir una cena tipo bufé.

—Entonces, ¿para qué vas a preparar el caldo? Ya sabes que el pavo, el relleno y las patatas son lo único que quiere todo el mundo. Y, a lo mejor, un poco de tarta para más tarde. Además, para tus invitados sería un engorro tener que ir cargando con las calabazas de bellota en las que hay que servir la crema.

Tamera se palmeó la frente.

—¡Cuánta razón tienes! ¿En qué estaría yo pensando?

Me dio las gracias y se alejó a toda prisa, con visible expresión de alivio.

El hombre regordete me sonrió.

—¿Es usted Sophie Winston?

Supuse que el caballero en cuestión estaba pensando en celebrar algún evento y le pasé una de mis tarjetas. Alargó una mano para darme un apretón.

—Soy Dean Coswell. ¡Qué suerte tan grande habérmela encontrado aquí! Iba a llamarla por teléfono esta misma tarde. Su marido, Mars, pensó que usted sería la adecuada para un proyecto que tengo en mente. —Se recolocó la montura de las gafas con el pulgar y el corazón—. Mi mujer perdió todo el día de ayer buscando pichón y calabaza de bellota. Esta mañana he tenido que llevarla a urgencias porque se había machacado un dedo con el taladro eléctrico intentando fabricar una corona de frutos secos. ¿Se puede creer que ha sido la séptima víctima de esa manualidad que han recibido en el hospital esta misma mañana? En cualquier caso, a pesar de la popularidad de Natasha, creo que muchas personas no la soportan. Mi periódico está preparando una columna de consejos para los lectores titulada *La buena vida*. ¿Le gustaría volver a darle un poco de sentido común a la buena vida?

—¿Yo? ¿Redactora de una columna de consejos? —Era un sueño hecho realidad. Ni siquiera me importaba cuánto me pagaran. La oportunidad de competir con Natasha resultaría catártica—. ¡Sí!

Coswell levantó los brazos y lo celebró.

—¡Por fin he encontrado a mi anti-Natasha! ¿Podría tener algo listo para la edición de Acción de Gracias?

¿Por qué la vida siempre era así? Había pedido unos días libres en el trabajo para poder preparar la visita de mi familia. Perdería un día entero con el concurso *Relleno de rechupete* y, en ese momento, con la presión que ya tenía por la falta de tiempo, iba a comprometerme con otro proyecto más. Sin embargo, era importante para mí. Accedí a escribir algo para tranquilizar a la superestresada mujer de Coswell, y él me entregó una tarjeta con su dirección de correo electrónico garabateada en el reverso.

Mientras hacía cola para comprar barras de pan rústico crujiente para mi relleno, me sentí maravillada por mi buena suerte. ¿Mars me había recomendado? Puede que nos hubiéramos divorciado, pero lo mirara como lo mirara seguía siendo un buen tipo.

Al salir de la tienda, miré bien por todo el aparcamiento para localizar al hombre con el gatito. No lo vi por ninguna parte y supuse que se habría marchado. Un minino era lo último que necesitaba, pero, a pesar de ello, sentí una punzada de decepción. Solo esperaba que el chiquitín estuviera bien.

Cargué la compra en el coche y salí marcha atrás, pero me bloqueaba el paso el vehículo de una anciana que apenas veía por encima del volante de su antiguo Cadillac tamaño buque. La anciana se las veía y deseaba para maniobrar y, de algún modo, había conseguido detener el tráfico en el aparcamiento. No tenía muchas alternativas. Para dejarle espacio, retrocedí, dando marcha atrás, hasta la parte trasera de la tienda.

Había una camioneta azul oscuro estacionada junto al contenedor de basura, con una caja de plátanos sobre el capó. Se me hizo un nudo en el estómago. Ese hombre no habría tirado al pobre gatito, ¿verdad? Metí gas a fondo y frené en seco junto a la camioneta.

El persistente viento soplaba sin tregua y amenazaba con tirar la caja. Bajé del coche de un salto, corrí hacia la caja y la agarré antes de que un golpe de viento la hiciera caer del capó. En su interior, el gatito diminuto se estiró al tiempo que me miraba. Sus ojazos curiosos eran inconfundibles. Lo saqué de la caja en brazos y enseguida me lo agradeció con tiernos ronroneos.

Yo estaba que echaba humo por las orejas. ¿Qué clase de persona se atrevería a tirar a un gatito a la basura? ¿Dónde estaba ese malnacido? Escandalizada, le aseguré al pequeñín que yo lo cuidaría. El minino maulló y caí en la cuenta de que tenía que volver a entrar en la tienda para comprar comida para gatitos. Seguramente, estaba muerto de hambre.

No quería volver a meterlo en la caja. La veía como un símbolo del espantoso y cruel trato que le había dado ese hombre. Hecha un basilisco, agarré la caja, me dirigí hacia el contenedor de basura y la tiré dentro. Y entonces lo vi: un reguero de sangre fresca sobre el asfalto. Una mancha de color carmesí justo en el borde del contenedor. Me subí a un tocho de cemento y me asomé para echar un vistazo al interior.

CAPÍTULO TRES

De *Pregúntale a Natasha*:

Querida Natasha:

A mi suegra le encanta presentarse en mi casa por sorpresa para realizar inspecciones. Si quiero seguir casada, no puedo decirle que no venga a visitarnos. ¿Qué puedo hacer?

Casada con la Limpieza
en Clarksville

Querida Casada con la Limpieza:

Trata a tu suegra como a una invitada de honor ofreciéndole lo mejor. Yo siempre tengo algo delicioso y casero listo para servir. Si preparas un bizcocho todos los sábados por la mañana, tendrás un postre delicioso para la cena, y lo que te sobre, para los visitantes inesperados durante la semana. Nunca se sabe quién podría aparecer.

Natasha

El dueño del gatito yacía boca arriba sobre pilas de productos desechados. Tenía una mancha de color grana que le calaba la sudadera blanca. Retrocedí dando un respingo, con el corazón desbocado.

El gatito dejó escapar un maullido de sobresalto y me di cuenta de que estaba sujetándolo con demasiada fuerza. Volví corriendo al coche, entré de un salto, cerré de golpe y eché el seguro en todas las puertas. Solo cuando solté al gatito tomé conciencia de que me temblaban las manos.

Rebusqué a tientas en el bolso hasta dar con el móvil. Fuera quien fuese ese hombre, necesitaba ayuda. Yo no era lo bastante alta para sacarlo del contenedor. A lo mejor solo estaba inconsciente. Sin embargo, en mi fuero interno, sabía que ya nadie podía ayudarlo.

Transcurridos unos segundos desde mi llamada, oí las sirenas de la policía aproximándose por mi espalda. Un coche patrulla debía de andar por la zona. Con el corazón todavía desbocado, abrí la puerta del coche con cuidado, para que el gatito no se escapara. El minino se abalanzó sobre una presa que solo él podía ver y empezó a juguetear, alegremente, por encima de las bolsas de la compra en el maletero del coche.

Un joven agente, sin duda recién salido de la academia, me saludó con gesto serio. Con las rodillas temblorosas, lo conduje hasta el hombre. El rubor de sus mejillas desapareció y se le entrecortó la voz cuando llamó por su radiotransmisor. Se lo volvió a colocar en la cartuchera e intentó meterse en el contenedor. Tras un par de infructuosos intentos, se volvió hacia mí.

—¿Podría darme impulso?

Entrelacé las manos e intenté ayudarlo a encaramarse por el borde del contenedor. Este era tremendamente alto, lo suficiente para que casi cualquier persona tuviera problemas para meterse dentro. El agente se subió a mi hombro, se dio impulso para entrar y cayó en el interior al tiempo que emitía un gruñido grave. Eché un vistazo por el borde y vi que el policía había aterrizado de bruces sobre el hombre sangrante. Tragué saliva como pude y un temblor me recorrió el cuerpo. ¿El agente estaba tumbado sobre un cadáver?

Los paramédicos llegaron, y yo me aparté para dejarles sitio. Una esbelta pelirroja se subió al bloque de cemento y se impulsó para entrar en el contenedor con la agilidad de una gimnasta. Su homólogo masculino se quedó mirando.

—¿Está vivo? —preguntó con un hilillo de voz.

Un hombre alto y desgarbado con unas manazas demasiado grandes pasó por mi lado dándome un empujón.

—¿Qué narices está pasando aquí?

El paramédico le impidió que tocara el contenedor.

—Soy el gerente de la tienda. Tengo derecho a saber qué están haciendo aquí.

Se estiró para mirar en el interior del contenedor verde. Todos nos quedamos observando en silencio. El hombre se frotó la frente con gesto de nerviosismo.

—¿Qué ha pasado?

En ese preciso instante, unos coches llegaron a toda velocidad por ambos lados del angosto callejón de la parte trasera de la tienda y nos bloquearon el paso. Unos segundos después, la policía tomó la zona y al gerente y a mí nos hicieron retroceder y alejarnos del contenedor. Cuando todos estaban ocupados y no me prestaban atención, yo me colé en mi coche y agarré al gatito. No quería que se sofocara por el calor. Aunque soplaba el viento frío, el sol, sin duda, aumentaría la temperatura en el interior del coche.

«¡El pavo!».

Me sentí culpable por pensar en la compra cuando alguien seguramente había muerto, pero la comida se estropearía si nos retenían durante mucho tiempo. Observé a los agentes que estaban paseándose por la zona. Un hombre con americana de *tweed* me impresionó por estar más tranquilo que los demás. No de forma apática, sino porque tal vez tenía más experiencia. El sol se reflejaba en las canas de sus sienes. Lo más importante, no se trataba del típico hombre con aspecto de corredor delgaducho; a ese tipo le gustaba comer. Avancé con disimulo en su dirección. Después de presentarme, le expliqué que tenía la compra de Acción de Gracias en el coche.

—Y mañana participo en un concurso de relleno para el pavo y preferiría no envenenar a los jueces con ingredientes en mal estado.

—¡Farley! —gritó con voz grave—. Saca la compra del SUV y mételo todo en una cámara refrigeradora de la tienda. —Con un tono amable, aunque sin duda autoritario, añadió—: Ya nos encargamos nosotros. Por favor, manténgase alejada. Alguien irá a tomarle declaración pronto.

Me quedé esperando, sujetando al inquieto gatito y mirando cómo el gerente de la tienda se paseaba de un agente a otro, en un intento de obtener información. Llegaron los equipos de prensa y contribuyeron a aumentar el caos. Después de un tiempo que se me hizo eterno, un hombre con las facciones muy marcadas me plantó su placa en las narices y me dijo que era el inspector Kenner. Le conté toda la historia.

—Ya sabe que en la tienda hay cámaras de seguridad —comentó cuando hube terminado—. Podremos comprobar todo lo que acaba de decir.

¡Claro! ¿Cómo no se me había ocurrido antes?

—Así que podrán descubrir quién mató a ese hombre y lo metió en el contenedor.

—¿Cómo sabe que ha sido un asesinato?

—A la mayoría de las personas no empieza a sangrarles el pecho de golpe.

Achinó sus ojos de mirada gélida.

—Está metida en un buen lío, señora Winston. Hacerse la graciosilla no la va a ayudar en absoluto.

¿Estaba intentando asustarme?

—Yo no he hecho nada. Los vídeos de la tienda respaldarán mi versión.

—Entonces, ¿cómo explica esas manchas de sangre que tiene en la camiseta?

¿Cómo? Miré hacia abajo. Y ahí estaban: unos finos hilillos de sangre seca por debajo del brazo derecho. Al menos parecían de sangre. Justo por encima, en dirección al hombro, tenía una enorme mancha de tierra. De forma instintiva me la sacudí. El tipo me sujetó por la muñeca cuando yo todavía la tenía levantada.

—Vamos a quedarnos su camiseta como prueba. No me gusta su insolencia. Ha muerto un hombre y parece que usted ha sido la última persona en verlo con vida.

¿Qué se suponía que debía hacer con esa especie de advertencia estúpida?

—Las cámaras de la tienda respaldarán mi historia.

—Créame, analizaremos esas grabaciones con todo detalle.

Empezaba a perder la paciencia con ese hombre.

—Todo esto es ridículo.

—No en mi profesión. La gente no tiene la costumbre de detener el coche junto a los contenedores y encontrarse cadáveres en su interior. Me parece un comportamiento tremendamente extraño por su parte.

Pasados unos instantes, me encontraba sentada en la parte trasera de un coche patrulla e iba de camino a la comisaría central de policía. Me sorprendió que nadie pusiera pegas a la presencia del gatito. Mientras me tomaban las huellas dactilares, entregaba mi camiseta y me ponía la que me dieron en la comisaría, una agente jugaba con el pequeñín.

Era última hora de la tarde cuando por fin me llevaron a casa en coche. El Nike sobre ruedas había sido confiscado para ser analizado a fondo y nadie supo decirme cuándo lo recuperaría.

La calidez y la familiaridad de mi cocina jamás me habían parecido más reconfortantes. Dejé al gatito en el suelo y le permití que fuera a explorar. Por suerte encontré unas sobras de pechuga de pollo en la nevera. El minino devoró la carne hecha trocitos, aunque no hizo ni caso al agua que le puse.

Descubrir un hombre muerto me había afectado más de lo que quería reconocer. Puse la tetera a calentar y metí una bolsita de té English Breakfast en mi tazón favorito. ¿Qué le ocurrió a ese tipo mientras yo estaba en la tienda? Sin duda debí de tardar más o menos una hora en hacer toda la compra, pero ¿quién asesinaría a alguien en el aparcamiento de una tienda de alimentación con tanta gente rondando por ahí? La camioneta de ese hombre estaba aparcada junto al contenedor. ¿Habría sido ese su error fatal? La parte trasera de la tienda era tan silenciosa que daba miedo y no había vigilancia. Un montón de árboles y matorrales la dejaban oculta desde el aparcamiento, ubicado justo por detrás. La tetera empezó a silbar. Eché el agua hirviendo en mi taza favorita y me puse a buscar al gatito. Estaba intentando, con gran valentía, encaramarse a la butaca situada junto a la chimenea. Lo levanté para colocarlo en el asiento y, después de ponerme azúcar y leche en el té, me dejé caer en la otra butaca. Él ya se había enroscado y se había convertido en una rechoncha bolita mullida. Mientras observaba dormir al gatito, no pude evitar preguntarme si el hombre habría sido asesinado por culpa de ese animalito. Aunque, de haber sido así, ¿el asesino no se habría llevado al gatito?

Alguien aporreó enérgicamente la aldaba de bronce con forma de bellota de la puerta principal. Desganada, me despegué del asiento de la cómoda butaca, atravesé la cocina arrastrando los pies hasta la puerta y eché un vistazo por la mirilla. El policía de sienes canosas se encontraba plantado en la escalera de la entrada. Abrí atemorizada. ¿No había acabado ya con todo eso? Ni siquiera había tenido tiempo de cambiarme y quitarme la camiseta que me habían dado en comisaría. El tipo me sonrió y me ofreció una bolsa de la compra.

—He pensado que necesitaría esto.

Me había olvidado de la compra. Le cogí la bolsa de la mano.

—¡Muchas gracias!

Él hizo un gesto de asentimiento con la cabeza.

—Ahora voy a por el resto.

Saqué la comida de las bolsas casi al mismo tiempo que él las iba trayendo. Todo parecía en buen estado. Además, como por arte de magia, entre el resto de la compra, aparecieron seis latas de comida para gatitos y una bolsa de arena para gatos.

—¿Usted ha comprado la comida para gatitos? —pregunté mirándolo, asombrada.

Colocó dos vasos de café para llevar sobre la encimera de la cocina.

—Sí, he supuesto que se le complicaría todo un poco al no tener coche.

Le ofrecí pagárselo, pero él me hizo un gesto con la mano para decirme que no importaba.

—Me he tomado la libertad de traer un par de mocachinos.

Vaya, vaya... ¿Me había traído la compra, comida para gatitos y, además, un par de mocachinos...? O era demasiado bueno para ser cierto, o se trataba de la típica actuación estratégica de poli bueno, poli malo. Serví los mocachinos en dos tazas grandes y las metí en el microondas para calentarlas. La nevera empezaba a estar un poco abarrotada; saqué lo que había sobrado de la tarta de nueces pecanas al *bourbon* y corté dos porciones. El inspector de policía las colocó sobre la mesa de la cocina junto con las tazas de mocachino. No tenía un pelo de tonto. Pretendía hacerme sentir cómoda y relajada para hacerme cantar, pero su estrategia tuvo el efecto contrario. Un mal presentimiento me oprimía el pecho. Nos sentamos y él degustó la tarta.

—Esto está delicioso. —Fijó la mirada en mi porción intacta—. Su primer cadáver, ¿eh? Uno nunca olvida su primer asesinato.

—¿Cómo lo mataron?

Él permaneció callado, como si estuviera pensando con cautela la respuesta.

—Lo apuñalaron. El cuchillo estaba dentro del contenedor, junto al cuerpo.

Tragué saliva con fuerza. Todo había ocurrido muy deprisa. Ese hombre se encontraba allí intentando regalar un gatito y, pasados unos minutos, estaba muerto. Había una pregunta que me obsesionaba y al final decidí soltarla.

—¿Soy sospechosa?

Fui incapaz de interpretar la expresión facial del inspector. Se quedó mirándome con detenimiento.

—Kenner cree que sí. Aunque también se cree Clint Eastwood y que todo el mundo es culpable.

—Ni siquiera sé cómo se llama usted —solté de pronto.

Él sonrió.

—Soy el inspector Fleishman, pero puede llamarme Wolf.

—¿Qué pasa con mi camiseta? Las manchas de sangre deben de ser del hombre muerto.

La sonrisa se tornó risita de suficiencia.

—Señora Winston, he visto muchos asesinatos en mi vida. Hay algunas cosas que sé con certeza sin tener que hacer un profundo análisis como Kenner. Primera: una mujer es capaz de tirar un cadáver en el interior de un contenedor. Cuando se libera adrenalina, la gente puede hacer cosas increíbles. Segunda: los asesinos se toman la molestia de meter a sus víctimas en contenedores porque quieren ocultarlas. Muy pocos llaman a la policía y se quedan esperando a que llegue. Tercera: ese cuchillo va a estar limpio; no encontraremos huellas. Se lo garantizo. Alguien quería ver muerto a ese tipo.

—Entonces, ¿no soy sospechosa?

Desvió la mirada, y me di cuenta de que estaba evitando responderme.

—¿Cómo conoció exactamente a Otis?

—¿Otis? ¿Se llamaba así?

Me miró directamente a los ojos, como si estuviera intentando interpretar mi expresión. Me esforcé por desviar la mirada, pero el instinto me impulsó a mirarlo a los ojos. Una persona culpable o una que estuviera mintiendo miraría hacia otro lado, ¿verdad?

—Creo que lo dejé muy claro en la declaración que presté antes. La primera vez que vi a ese hombre fue cuando me ofreció el gatito en el aparcamiento de la tienda.

—Otis Pulchinski. ¿Está segura de que no le suena de nada?

Se le había esfumado la sonrisa y, aunque no creía que tuviera intención de intimidarme, la expresión seria de su rostro me dejó claro que estaba metida en un lío más gordo de lo que había imaginado. Fui tomándome a sorbitos el mocachino. ¿Sería posible que conociera a ese tipo? A lo largo de los años, había conocido a miles de personas en los eventos que planificaba. Estuve a punto de atragantarme con el mocachino solo de pensarlo. Enderecé los hombros y di la mejor respuesta que se me ocurrió.

—El nombre no me suena y, si ya conocía a ese hombre, podría haber sido solo de pasada. Lo que está claro es que no lo reconocí.

En el suelo, el gatito meneó los cuartos traseros, subió de dos grandes saltos a una silla y luego se encaramó sobre la mesa. ¡Menudo pillín! No habría necesitado mi ayuda para subirse a la butaca un rato antes. Me acerqué para bajarlo, pero Wolf me lo impidió.

—No pasa nada. ¿Qué nombre va a ponerle?

—Ni siquiera tengo muy claro si es macho o hembra.

El inspector levantó al minino sujetándolo por debajo de las dos patitas delanteras.

—Felicidades, señora Winston, es un varón.

Sonreí instintivamente y liberé la tensión que sentía.

—Por favor, no me trates de usted. Me llamo Sophie.

Todavía sobre la mesa, el gatito estaba husmeando, muy interesado, el mocachino de Wolf. El inspector lo detuvo.

—¿Tienes un poco de leche? No creo que el mocachino le siente bien.

Cuando Wolf pronunció la palabra «mocachino», el gatito lo miró con sus preciosos ojazos. Fui a por un poco de crema de leche. Mientras estaba de pie, Wolf siguió repitiendo la palabra «mocachino».

—Mira, fíjate en esto.

Con un platito de postre en la mano donde había vertido un par de gotas de crema de leche me detuve a mirar. Cada vez que Wolf decía «mocachino», el gatito se quedaba mirándolo.

— Cree que se llama Mocachino. ¿Y Mochi?

Wolf lo cogió en brazos y lo depositó en la butaca junto a la chimenea. Se alejó del gatito y gritó:

—¡Mochi!

El minino giró la cabeza de golpe.

—Es una tontería.

Resultaba encantador, pero seguramente respondería igual a muchas otras palabras.

—¡Helado! —exclamé para demostrarlo.

El gatito me ignoró.

—¡Mochi!

Mecachis en la mar, el chiquitín volvió la cabeza enseguida. Entre risas, volvimos a colocarlo sobre la mesa. Mochi saltó sobre la superficie y empezó a lamer la crema de leche mientras Wolf lo acariciaba.

A pesar del significado de su nombre de pila, el inspector de policía no tenía pinta de lobo. No tenía la expresión maliciosa y voraz de Kenner. Wolf me recordaba más a un gran danés: tranquilo y confiado, con unos ojos castaños de mirada afable. Quizás eso lo hiciera más peligroso. Por detrás de esa fachada amigable, acechaba un inspector analizando cada movimiento. Habría sido fácil relajarse, disfrutar de su compañía... y caer en una especie de horrible trampa que podría hacerme parecer culpable.

Wolf terminó con su porción de tarta y volvió a instalarse en la butaca, con demasiada comodidad, para mi gusto.

Se me habían enfriado las manos. Ni siquiera la taza de mocachino me las calentaba.

La puerta de entrada se abrió y la cháchara inundó el ambiente. Mi familia entró como una exhalación y se detuvo en seco cuando nos vio. Llegaron en compañía de un hombre alto y pálido, que disimulaba su calva con una espantosa cortinilla de pelo. Supuse que se trataba del prometido de Hannah. Les presenté a Wolf a todos. Cuando dije que era inspector de policía, creí captar una ligera mueca de aprensión en el rostro del prometido de mi hermana. Mi madre lo presentó, muy ufana, como «el doctor» Craig Beacham. Era un hombre correctísimo, pero, al estrecharle la mano, un escalofrío me recorrió el cuerpo.

Dejé de pensar en ello cuando Wolf se despidió. Volví a darle las gracias por haberme traído la compra, por haber incluido comida para el gatito y también por haberle puesto el nombre de Mochi.

—Pareces una buena persona, Sophie —comentó ya en la puerta y en voz baja—, por eso voy a darte un consejito. —Se acercó más a mí—. A los polis no nos gusta que nos mientan. Eso nos cabrea mucho. —Inspiró con fuerza al tiempo que entrecerraba los ojos—. ¿No hay nada que quieras confesar?

Se me aceleró el pulso. Resultaba evidente que creía que yo estaba mintiendo.

—No hay nada más que contar.

Se removió en el sitio con incomodidad y cruzó los brazos sobre el pecho. El poli majo del mocachino y la comida para gatitos se había esfumado.

—¿De verdad? —Me atravesó con una mirada de pocos amigos—. Supongo que podrás explicar por qué el muerto tenía tu nombre y una foto tuya en el asiento delantero de la camioneta.

CAPÍTULO CUATRO

Del programa *En directo con Natasha*:

No te saltes el importantísimo paso de poner en salmuera el pavo que vas a cocinar. Debe estar en agua con sal entre cuatro y ocho horas. Después, lávalo a conciencia y déjalo sobre la rejilla del horno, sin tapar, para que repose en la nevera durante veinticuatro horas antes de asarlo.

¿Que tenía una foto mía?

Me estremecí como si acabara de soplar un gélido viento otoñal. Wolf se quedó mirándome desde la escalera de entrada, entrecerrando sus ojos castaños.

—Pero eso no tiene ningún sentido —dije al poco—. ¿Crees que trajo el gatito como cebo? ¿Como esos tipos que secuestran niños?

El inspector enarcó las cejas de golpe. Me sujeté con fuerza al marco de la puerta.

—¿Crees que alguien lo contrató para hacerme daño?

—¿Hay alguien que quiera hacerte daño?

—¡No! —grité demasiado alto—. No que yo sepa.

Wolf dejó la pose de malote y me dio una palmadita en el brazo.

—Tranquila. Seguramente no se trate de nada tan siniestro.

Otis era detective privado. Se dedicaba a temas un poco sórdidos, pero no creo que jamás trabajara de sicario.

—¿Sicario? —Eso era peor de lo que pensaba—. Pero ¿qué querría de mí un detective privado? ¿Y para qué trajo el gatito? ¿Y luego lo asesinaron?

—Exacto.

El inspector se volvió y se dirigió caminando hacia su coche.

—Gracias por la tarta. Nos mantendremos en contacto —se despidió volviéndose para mirarme.

Era la fórmula de cortesía apropiada, aunque me sonó a advertencia amenazante, como si aquel no fuera el fin de mi vinculación ni con Wolf ni con Otis.

Cerré la puerta al entrar y me quedé apoyada contra ella, preguntándome por qué habría estado buscándome el detective privado. El doctor Craig Beacham se encontraba a escasos tres metros de distancia. Desvió la mirada a toda prisa y se metió en la cocina Habría jurado que estaba escuchando a hurtadillas.

Seguí sus pasos y me encontré a mis padres haciéndole fruslerías a Mochi. Expliqué la versión abreviada de su presencia en casa: me limité a decirles que me lo había encontrado en el aparcamiento de la tienda de alimentación. No tenía sentido que los preocupara contándoles lo del detective privado asesinado ni lo de su perturbador interés por mí.

Para mi inmenso alivio, Hannah y su prometido se fueron dando un paseo hasta King Street para ir de cena romántica. Yo me quedé en casa con mis padres, escuchando a mi madre hablar, largo y tendido, sobre vestidos de novia y doctores. Durante todo ese tiempo, hice cuanto se esperaba de mí actuando como un autómata. Medí la cantidad de harina y la eché en la panificadora junto con el agua, un trozo de mantequilla, sal y levadura. Apenas sin prestar atención, puse el temporizador con el fin de tener pan recién hecho para el desayuno.

No me extrañaba que la policía creyera que estaba implicada en el asesinato. ¿Me ayudarían las imágenes de las grabaciones del aparcamiento? No tendrían audio. Los investigadores supondrían que Otis me había amenazado. ¿Habría sido esa su intención? ¿Habría llevado el gatito, para despistar, por si alguien lo veía hablando conmigo?

—¡Sophie! —me gritó mi madre prácticamente al oído—. ¿Me has oído? Esta noche tienes que poner el pavo en salmuera.

No tenía energía para eso.

—Estará igual de bueno sin ponerlo en salmuera.

La mirada escandalizada de mi madre me obligó a preguntarme qué sería peor: una discusión interminable sobre los beneficios de la salmuera o meter el pavo en agua con sal y punto. Sentí que no tenía fuerzas para discutir. Reorganicé lo que había en la nevera y saqué una balda para poder meter el recipiente de la salmuera. En cuanto el pavo estuvo bien sumergido en su agua con sal, usé como excusa el concurso de relleno para irme a la cama temprano.

Esa noche, tumbada en la cama, oí a Hannah y a su novio entrar en la casa y dirigirse a su habitación en el tercer piso. Hablaban entre susurros y se comportaban como adolescentes, y me alegré de que Hannah hubiera encontrado a alguien con quien compartir su vida.

Logré conciliar el sueño, pero estaba inquieta, con Mochi acurrucado a mis pies. A las cuatro de la madrugada, me incorporé de golpe en la cama. ¿Cómo se habría enterado Otis de que yo iba a estar en la tienda de alimentación? Estaba aparcado allí antes que yo, así que era imposible que me hubiera seguido. Encontrar al hombre muerto ya había sido lo bastante malo, pero saber que estaba buscándome me asustaba. ¿Quién contrataría a un detective privado para seguirme? ¿Y por qué?

Mars y yo habíamos acordado todo lo relativo al divorcio de forma relativamente tranquila. Se produjeron un par de discusiones, pero ya eran agua pasada. Natasha y yo nos conocíamos hacía años. Tenía claro que ella no habría contratado a un detective privado. Nuestra rivalidad siempre había sido amistosa. ¿El que estuviera en pareja con Mars habría cambiado eso? Ella codiciaba mi casa, pero yo no entendía cómo podría haberla ayudado un detective privado en ese aspecto. Además, a pesar de que Natasha era tan perfecta que daba asco, en el fondo, no era una mala persona.

Me sentía demasiado inquieta para dormir. Iba recordando los nombres y caras de las personas con las que había trabajado —viejos amigos, viejos conocidos no tan amigos—, mientras bajaba a tientas la vieja escalera, pisando con cuidado para no hacer crujir los peldaños y acabar despertando a los demás. Mochi corría a toda mecha por delante de mí. Entré de puntillas en la terraza de techo acristalado con vistas al patio trasero, agarré una manta fina y me enrosqué en una butaca con los pies metidos por debajo de los muslos. La luna iluminaba el jardín, pero la valla y las plantas proyectaban sombras fantasmales. Y yo seguía sin enderezar las macetas que había volcado el mirón.

¿Podría haber sido ese mirón Otis, el muerto? ¿Por qué estaría merodeando por mi casa? ¿Qué quería de mí? ¿Quién lo habría contratado para fisgonear? Si la policía conseguía relacionar a Otis con el episodio del mirón, aumentarían sus sospechas sobre mí como presunta asesina. Yo no era famosa. No poseía objetos de valor ni joyas caras y, desde luego, no ocultaba ningún secreto que pudiera reportarme beneficios.

Un peldaño crujió a mis espaldas. En la casa silenciosa, el ruido se oyó amplificado. Con la manta colocada por encima de los hombros, me aventuré hasta el recibidor.

—¿Mamá? ¿Papá? —pregunté susurrante.

La única respuesta fue la de Mochi, que se frotaba contra mis tobillos. ¿Podría haber hecho el gatito un ruido tan fuerte? Claro que no. Me quedé quieta, escuchando con atención. ¿Andaría Craig cotilleando por la casa, aprovechando que era de noche? Había pasado apenas veinte minutos con el doctor Craig Beacham y no era justo que ya sacara conclusiones sobre su persona, aunque tenía algo que no me gustaba. Era incapaz de precisar la razón exacta, pero ese hombre me daba repelús.

Estaba comportándome como una tonta. Encontrar el cuerpo de Otis me tenía trastornada y empezaba a imaginarme cosas.

Cogí a Mochi en brazos y me dirigí hacia la cocina. Antes de pulsar el interruptor de la luz, habría jurado oír una puerta cerrándose en algún lugar de la casa. Sin embargo, por la quietud que percibí a continuación, ya no estaba tan segura.

Mientras me reprochaba a mí misma estar imaginando cosas, llegué a la conclusión de que alguien debía de haber ido al baño. Y eso no era nada raro.

Recogí todo lo que necesitaba para el concurso de relleno y lo coloqué en cajas. Mochi andaba por allí olfateándolo todo. Se enroscó en el fondo de una caja, contoneó su diminuto trasero y se me tiró encima de un salto cuando me acerqué. Volví a reorganizar lo que tenía en la nevera; saqué una balda para colocar el pavo en salmuera sobre una rejilla, y así deshumedecer la piel y que quedara bien crujiente.

A las seis de la mañana, preparé café, exprimí zumo de naranjas orgánicas y puse la mesa para el desayuno. El aroma celestial a pan recién hecho no tardó en impregnar toda la cocina.

Tenía que quitarme a Otis de la cabeza. Yo no había hecho nada malo. Si permitía que su asesinato me afectara, no podría centrarme en el concurso en el que iba a participar ese mismo día.

Como nadie se había levantado todavía, aproveché el momento de quietud y escribí el borrador de la columna de consejos, *La buena vida,* para la edición de Acción de Gracias. Quedé satisfecha con lo escrito y se lo envié por correo electrónico al señor Coswell. El antiguo suelo de tarima del piso superior crujió y oí agua corriendo. A toda prisa, redacté una lista de tareas pendientes después del concurso para la cena de Acción de Gracias. Hacía ya un día que las tartas y el relleno tendrían que estar preparados, pero un cadáver se interpuso en mi camino. Debería recuperar el tiempo perdido esa misma noche.

Con la mirada puesta en la casa de Nina, fui enjuagando los platos para la cena de Acción de Gracias, aunque no los había usado desde hacía un año. Como el Nike sobre ruedas estaba incautado por la policía, necesitaba que alguien me llevara al concurso. El hotel donde se celebraba estaba cerca, y podía ir caminando, pero tenía que llevar demasiados ingredientes. Nina tenía pensado asistir, sí o sí, por lo que no sería una imposición si le pedía que me llevara. De ese modo, Hannah o mis padres tendrían la libertad de llegar al concurso más tarde o irse antes, si querían.

Cuando Nina salió de su casa para recoger el periódico de la mañana, crucé la calle como un rayo, le solté de sopetón la historia de Otis y le pregunté si le importaría llevarme al concurso en coche.

A las ocho en punto, el motor de su Jaguar de carrocería baja ya estaba rugiendo delante de mi casa. Me puse una chaqueta de ante verde oliva, combinada con los pantalones de montaña y la camisa blanca lisa que había escogido como atuendo. Entre el calor de los hornos y los focos del techo, los concursantes nos asaríamos.

Nina me ayudó a cargar las cajas en el maletero. Antes de abrocharme el cinturón de seguridad, mi amiga y vecina empezó a torpedearme.

—Sophie, corazón, lo primero que tienes que hacer es desestabilizar a Natasha. Me apuesto contigo un café con leche y un cruasán de chocolate a que te suelta algún comentario desagradable mientras estás cocinando. Más te vale pasar de ella.

Inspiré con fuerza y expiré. Nina tenía razón. Debía mentalizarme para que me resbalaran las pullas de Natasha.

—En cuanto entres, dile algo que la saque de quicio.

Ese no era mi estilo.

—No pienso jugar sucio. Además, ganará quien prepare el mejor relleno.

—Cielo, no conseguí ser la campeona de tenis en la universidad cuatro años consecutivos sin saber un par de cositas sobre cómo debilitar psicológicamente a tu adversario. Hazme caso en este tema.

Nina detuvo el Jaguar en la entrada de un elegante hotel de North Fairfax Street. En el pórtico principal, colgada de lado a lado, había una pancarta dorada que anunciaba el concurso.

El *Relleno de rechupete* arrancaba en verano con la friolera de doscientos concursantes. Esa cifra quedaba reducida a cien aficionados a la cocina, como yo, que preparábamos nuestros rellenos para un comité de jueces. Mi relleno de pan rústico crujiente, con beicon y especias, había quedado entre los tres seleccionados para la final. Más adelante, los patrocinadores invitaban a tres famosos locales a participar, Natasha entre ellos.

El concurso era una de las ocurrencias de un magnate de los medios de comunicación, Simon Greer, un adicto confeso al relleno para el pavo. Como era de los que aprovechaban cualquier oportunidad para hacer dinero, cuando entramos en el salón, su equipo de cámaras de televisión ya estaba instalado y rodando. A cada concursante se le facilitaba un pequeño espacio de trabajo, equipado con fogones y dos hornos. El botones del hotel cargó con mis cajas, y yo pasé por delante de Emma Moosbacher y Wendy Schultz, otras dos cocineras aficionadas. Emma presentaba su relleno con pan de maíz de Chesapeake; Wendy era una adversaria difícil, con su relleno de arroz salvaje, champiñones y arándanos rojos.

El botones me condujo hasta el espacio de trabajo situado entre Natasha y Wendy. Natasha estaba posando delante de su encimera para el cocinado, sonriendo y firmando autógrafos. Su cabellera negra como el ébano relucía bajo los potentes focos; cada mechón caía a la perfección sobre sus hombros. Aunque llevaba una sencilla camisa color azul huevo de petirrojo, metida por dentro de unos pantalones a juego, parecía una modelo con el conjunto. Todavía conservaba el tipito de reina de la belleza que lucía en su juventud. Solo de verla, la camisa y los pantalones de montaña que llevaba me apretaron todavía más.

Le di una propina al botones y empecé a sacar las cosas de las cajas; fui amontonando los ingredientes sobre mi encimera para el cocinado. No pude evitar fijarme en que, mientras yo había llevado todo embutido en cajas de cartón rescatadas de la tienda de alimentación, las cosas de Natasha estaban dispuestas sobre la encimera metidas en cestas preciosamente decoradas con lazos de tela y pavos fabricados con piñas de pino.

—¡Sophie! —Natasha se abrió paso con elegancia entre sus fans para darme un abrazo—. ¿Quién se habría imaginado que llegarías a la final? Las dos chicas de Berrysville, ya creciditas, y otra vez compitiendo.

Sus admiradores iban apelotonándose a sus espaldas, esperando pacientemente a que les firmara un autógrafo. Eran sus fieles seguidores: aspiraban a alcanzar la perfección que ella representaba y les servía, cada día y en bandeja, durante su programa televisivo. Nadie era capaz de cumplir con sus expectativas.

Natasha saludó con la mano a alguien, llena de entusiasmo.

—Mars estará por aquí, espero que eso no te desestabilice a nivel emocional. —Se cruzó las manos sobre el pecho—. ¡Oh, pobre Sophie! Estas fiestas son muy difíciles cuando una está sola, ¿verdad?

Al menos en mi pueblo, tener a tus padres, a tu hermana y a su prometido en casa significaba que no estabas sola.

—No estoy precisamente sola.

—¿Tienes novio? ¡Qué maravilla! Qué alivio saber que no todos los hombres salen corriendo en cuanto ven unos michelines. Eres una inspiración para todas nosotras.

¿Estaba Natasha intentando desestabilizarme psicológicamente tal como Nina había predicho? Recordé el consejo de mi vecina e intenté darle de probar a Natasha un poco de su propia medicina.

—Veo que vas a preparar el relleno de ostras; Mars odia las ostras y los mejillones, ya lo sabes.

Durante un largo segundo, creí que la había derrotado, pero ella contratacó enseguida.

—No como yo las preparo.

Se volvió a toda prisa y recuperó su pose frente a la encimera de cocinado. No pude evitar saborear mi victoria, aunque fuera un poco. Resultaba evidente que ella desconocía la aversión de Mars por las ostras.

Simon Greer se acercó hacia nosotras, caminando sin prisa y esbozando una pícara sonrisa. Había una multitud congregada por detrás de él. Wendy se pasó una mano por su corta y rizada cabellera y soltó una bromita entre susurros.

—Es tan guapo... Ojalá el premio fuera él.

No era muy alto, pero tenía un cuerpo definido e imponente. Llevaba unos chinos muy bien planchados y un jersey militar que marcaba su físico tonificado. Tenía el pelo ondulado, con una caída estudiada, que realzaba su encanto aniñado. No era de extrañar que las mujeres se volvieran locas al verlo. Además de ser guapo, estaba forrado. Derrochaba la confianza que da la riqueza a cada paso. Alardeaba de ser un hombre hecho a sí mismo, aunque Nina, quien se mantenía al día de las idas y venidas de los famosos, me contó que su fortuna provenía de transacciones comerciales relacionadas con la telefonía móvil que, en la actualidad, eran ilegales. Él había reinvertido esos millones en una cadena de televisión por cable a nivel nacional y un imperio editorial dedicado a la publicación de revistas.

Yo lo había conocido de pasada en alguno de los eventos de beneficencia más importantes que organizaba, pero esa era la primera vez que recordaba haber visto a Simon sin un esmoquin. Ese día, las mujeres que babeaban al verle eran un poco más mayores y gorditas que la habitual recua de cazafortunas que le iba a la zaga.

Besó a Natasha en la mejilla y le dio las gracias por su participación. El rubor de ella se hizo evidente a pesar de su perfecto maquillaje. Sin duda para darse publicidad, él la rodeó con un brazo y puso su mejor sonrisa falsa para los fotógrafos.

Un hombre de pelo castaño, un poco más alto que Simon, en buena forma, aunque no musculoso, lo hizo seguir avanzando. Al principio, pensé que podía tratarse de un amigo del magnate de los medios, pero iba observando con detenimiento a las personas que rodeaban a Simon. Lucía la típica expresión aburrida de agente del servicio secreto. ¿Sería su guardaespaldas? De ser así, no parecía estar muy alarmado.

Natasha seguía hablando con Simon cuando él se alejó y se plantó, como si nada, en mi espacio de trabajo. Le tendí una mano, pero él la ignoró y se acercó para besarme. De no haber girado la cabeza enseguida, me habría plantado un beso en los labios. Al verlo de cerca, me fijé en sus tenues patas de gallo, que le daban un toque todavía más encantador.

—¡Qué placer volver a verte! —exclamó con un tono lo bastante alto para que todo el mundo lo oyera—. Te deseo buena suerte para hoy, Sophie. —Entonces bajó el volumen de su voz—: Tengo entradas para *El cascanueces,* para el pase del sábado, en el Kennedy Center. Clyde, mi chófer, te recogerá a las siete.

¿Acababa de invitarme a salir? Su aburrida sombra humana me dedicó un parco gesto de asentimiento con la cabeza, y supuse que él debía de ser el tal Clyde.

Simon me guiñó un ojo y se dirigió hacia Wendy, dando grandes zancadas, para saludarla. Ella se acercó a mí cuando Simon prosiguió su recorrido.

—No puedo creer lo que acaba de pasar. Yo no podría estar más emocionada si me hubiera pedido una cita. Es... es como salir con una estrella de cine, pero mejor.

—¿Mejor?

—Lo preguntas en broma, ¿no? ¿Tú sabes cuánta pasta tiene? Dejaría sin pensarlo a mi tierno y rechoncho Marvin de toda la vida por Simon. —Hizo una pausa y saludó a alguien con la mano al tiempo que exclamaba—: ¡Hola, cariño!

Un tipo corpulento, sentado en la primera fila de las sillas para los espectadores, le devolvió el saludo.

A lo mejor Wendy tenía razón, pero lo que me propuso Simon me había dejado mal sabor de boca. No fue una invitación, sino más bien... una orden. Como si diera por supuesto que me encantaría salir con él. ¿Es que estaba tan acostumbrado a que las mujeres accedieran que ni si siquiera se molestaba en preguntar? Wendy me miró con expresión ensoñadora.

—¡Qué no daría yo por que Simon Greer se interesase en mí! Estúpido Simon. Era uno de los jueces. ¿Qué había hecho? ¿Es que no se daba cuenta de la posición en la que me había colocado invitándome a salir? ¿Es que no podría haber esperado unas horas, cuando ya hubieran anunciando el nombre de la receta ganadora?

Natasha se acercó corriendo, blanca como el papel.

—¿Lo he oído bien? —Me reprendió como una profesora de colegio enfadada—. Jamás me habría imaginado algo así de ti. ¿Acostarse con uno de los jueces para ganar? Ya sé que no debe de resultarte fácil ser una perdedora, pero, Sophie, esto es prácticamente prostitución. ¿Qué pensará tu nuevo novio? —Soltó un breve gritito, como si acabara de ocurrírsele una atrocidad—. ¡Tu nuevo ligue es Simon! ¡Has amañado el concurso!

CAPÍTULO CINCO

De *Natasha online*:

No dejes que tus hierbas aromáticas se marchiten en verano. Planta hierbas nuevas en coloridas jardineras para las ventanas durante el mes de agosto. Una ventana de la cocina por la que entre el sol es la ubicación perfecta para tener un pequeño jardín de hierbas aromáticas de interior. Añadirá una maravillosa gama de tonos verdes e interesantes texturas a tu cocina, y ese toque de hierbas aromáticas frescas realzará el sabor de tus platos veraniegos.

Como si un concurso de relleno para el pavo me importara hasta el punto de acostarme con uno de los jueces para ganarlo. Quien ganara protagonizaría un especial televisivo de sesenta minutos en una de las cadenas de Simon y saldría en la portada de una de sus revistas de moda. Ese premio catapultaría a la persona ganadora al Olimpo de las divas o, por lo menos, la pondría en el buen camino para conseguirlo. No obstante, yo no era de esas que alcanzaban el éxito a base de revolcones.

Durante un breve instante me planteé retirarme de la competición, pero no quería darle a Natasha esa satisfacción. Debía encontrar a Simon y dejarle las cosas claras. Con la cabeza bien alta, para demostrar que no tenía nada de qué avergonzarme, me encaré con mi eterna némesis.

—Si estás tan segura de que voy a ganar, ¿por qué te preocupa tanto lo que pueda haber entre Simon y yo?

Esbozó una mueca de disgusto con el labio inferior.

—No es justo para los demás concursantes.

En eso tenía razón. No sería justo para nadie. Sin embargo, yo debía aclarar ese embrollo antes de que empezara la competición.

—¡Sophie! ¡Sophie!

Hannah se acercó corriendo a nosotras, y llevaba una camiseta de manga larga, color celeste claro y cuello de cisne, nada habitual en ella. Mi madre y Craig llegaron enseguida, y mi padre se quedó atrás haciendo fotos con su sofisticada cámara digital.

—¿Es verdad? —preguntó Hannah—. ¿Simon te ha invitado a salir?

Las noticias volaban en el salón de baile.

—¿Cómo te has enterado?

—Es la comidilla general. No me lo puedo creer. Mi hermana va a ser rica. ¡Asquerosamente rica!

Genial. La primera cita que tendría desde mi divorcio podría haber sido con un tío rico y encantador, y yo iba a arruinarlo todo al decirle que no podía aceptarla.

Mi madre sonreía de oreja a oreja.

—Ya sabía que no llevarías ese pijama de franela durante mucho tiempo. Ese poli tan mono de ayer también ha venido. Creo que le has hecho tilín.

¿Wolf? ¿En el concurso? Me había fijado en él porque parecía el típico hombre que disfrutaba con la comida, pero no me había imaginado que estuviera interesado en el concurso de relleno para el pavo.

La cuñada de Mars, Vicki, se unió a nosotros, y oí a su marido, Andrew, hablando en voz demasiado alta por allí cerca. Aunque Andrew se parecía muchísimo a Mars, jamás se daba por satisfecho con ninguna de sus iniciativas de negocio. Saltaba de una idea empresarial a otra, y, bastante a menudo, estas acababan en fracaso. Por suerte, Vicki, grácil y muy centrada, se encargaba del sustento para ambos gracias a que era una de las consejeras matrimoniales más solicitadas de Washington. Rezumaba confianza en sí misma de una manera que a mí me resultaba imposible.

Vicki me dio un fuerte abrazo.

—¿Qué es eso que he oído? ¿Hay un nuevo hombre en tu vida?

Hannah estaba a punto de desmayarse.

—Simon Greer la ha invitado a salir. ¿Te lo puedes creer?

—¡Simon! Menuda suerte tienes.

Me excusé para ir a buscar al desgraciado ese, aunque llegué a oír lo que mi madre le decía a Vicki.

—¿Cuánto dinero tiene el tal Simon exactamente?

Fui abriéndome paso entre la multitud para localizarlo, pero, en su lugar, me topé con la madre de Mars. Se me echó encima: me dio un abrazo y me cubrió de besos. Siempre me había encantado June y mi alegría al verla fue sincera. Toda la familia de Mars estaba presente, lo que me llevó a preguntarme por qué la madre de Natasha no habría hecho el viaje hasta el concurso para apoyar a su hija. Aunque a lo mejor ya estaba allí, y sencillamente yo no la había visto todavía.

—Tengo que sentarme con los del bando de Natasha —me confesó June con un brillo en la mirada—, pero estaré aquí animándote.

Toda la cháchara me había dejado exhausta. Además, necesitaba una taza de café revitalizante para enfrentarme a Simon. Hice una parada técnica en la mesa de refrigerios; estaba sirviéndome una taza de café humeante con aroma a avellana, cuando alguien me rodeó por los hombros con un brazo. Se trataba de mi exmarido, Mars, abreviatura de Marshall. Ya sabía que iba a estar allí y me preparé para una breve situación incómoda que al final no se produjo. Volver a verlo era como degustar un cuenco de crema de langosta: una sensación cálida, agradable, familiar, incluso un pelín emocionante, pero ya me había hartado. Seríamos amigos de por vida, pero me di cuenta, en ese instante y con alegría, de que había pasado página definitivamente.

Debido a su permeabilidad, sus amigos le habían puesto el apodo de «Mars Teflón». Sin importar lo extremadas que fueran las situaciones a las que se enfrentara, todo le resbalaba. Era una cualidad muy útil para un asesor político.

Me besó en la mejilla.

—Buena suerte, Soph. No se lo digas a Nata, pero tu relleno de pan rústico siempre fue mi favorito.

—¿Nata? ¿La has llamado «Nata», como la nata montada?

Le estrechó la mano a alguien, y ambos nos alejamos de la mesa de los cafés.

—Sí, ella lo odia. Le parece poco digno.

Se metió las manos en los bolsillos de golpe, un gesto que yo conocía bien; algo iba mal.

—He oído que Simon te ha invitado a salir.

Era mi día de suerte. No pude resistir la tentación de pinchar un poco a Mars.

—Sí, me ha invitado al *ballet*.

—Aléjate de él, Soph. Acabará haciéndote daño.

—A Dios pongo por testigo —solté imitando a Scarlet O'Hara— de que aquí hay alguien un poco celoso.

Siempre me habían gustado sus ojos. Parpadeaba cuando algo le hacía reír, como su madre. Se quedó mirándome con esa expresión suya tan afable.

—Es un tío problemático. A primera vista, parece genial, pero bajo esa fachada hay una persona que siempre anda maquinando alguna artimaña. Confía en mi palabra, Soph. No te relaciones con él. Es un tipo sin escrúpulos. No ha logrado hacerse rico siendo buena persona.

Esbocé una sonrisa de oreja a oreja sin poder evitarlo.

—Ya no tienes derecho a decirme qué debo hacer.

Los altavoces crepitaron y una voz femenina anunció: «Concursantes, acudan a recepción de inmediato».

Debería haber pasado del café y haber ido directamente a buscar a Simon. Me despedí de Mars con la mano a toda prisa y caminé en línea recta hasta el mostrador de recepción situado en el vestíbulo del salón de baile. El mostrador estaba flanqueado por enormes arreglos florales de crisantemos naranjas y dorados. Los concursantes estaban todos apiñados.

—¡Es un sabotaje! —gritó Wendy—. ¡Alguien está haciendo trampas!

Natasha tenía los labios tan apretados que casi no se le veían y la mirada fija en la coordinadora del concurso.

—Detesto que ella tenga que irse, pero debo darle la razón a mi compañera. Sencillamente, no es justo que una concursante mantenga una relación con uno de los jueces.

Hablaban sobre mí.

—¡Oye! Si yo estaba buscando a Simon para cantarle las cuarenta. No tenemos ninguna relación.

La coordinadora del concurso parpadeó con parsimonia.

—¿Simon? ¿Qué tiene que ver él con el tomillo?

Wendy me plantó un frasquito de especias en la cara.

—Mi tomillo. Ha desaparecido. Alguien ha estado toqueteando mis ingredientes.

Todos los concursantes se miraron alternativamente a la cara, salvo Natasha, quien mantenía la cabeza bien alta y actuaba como si a ella no le afectara aquel incidente.

—Yo he traído tomillo de sobra. Puedes coger un poco del mío —sugerí.

A Wendy se le anegaron los ojos en lágrimas.

—Muchas gracias.

No me hacía ninguna gracia dejar a Natasha allí para que volviera a sacar el tema de Simon, pero no tenía otra alternativa. Crucé a toda mecha las puertas del gran salón y me dirigí hacia mi espacio de trabajo, tan rápido como me permitió la multitud. Inclinada sobre la encimera para el cocinado, agarré al vuelo el frasquito de tomillo y regresé corriendo al vestíbulo. Wendy lo cogió y desenroscó la tapa.

—No sé cómo darte las gracias... —Sacó una pizca de la especia y la olfateó—. ¿Qué pretendías? Esto no es tomillo. Es... —se humedeció la punta de un dedo y lo probó— cilantro.

Le quité el frasquito de las manos, lo olí y probé un poco.

—Sí que es cilantro.

La persona responsable del sabotaje había metido la pata hasta el fondo. El cilantro podía ser una hierba aromática popular, pero no era una de mis favoritas. No solía tenerla en mi cocina; era imposible que me hubiera equivocado y hubiera llevado cilantro en lugar de tomillo.

La coordinadora del concurso emitió un gruñido.

—Iré a buscar tomillo a la cocina del hotel. Todos los concursantes usarán el mismo, incluso aquellos que ya tengan esa especia.

Natasha soltó un bufido.

—¡Especias de restaurante! Sabe muy bien que no son frescas. La calidad de las hierbas aromáticas es la esencia de mi relleno.

—Si ha traído las hierbas aromáticas frescas, puede usarlas. Si ha traído las especias secas, debe usar las que yo le proporcione. Esas son mis normas.

—¿Qué pasa con la concursante que está saliendo con Simon? —preguntó Emma.

—¡Que no estoy saliendo con él! —espeté a un volumen un poco más alto de lo que pretendía. Inspiré con fuerza y me centré para hablar con un tono más pausado—: Jamás he salido con Simon. Nunca he comido con él, ni siquiera hemos hablado por teléfono. Para garantizar que este concurso es justo para todos, estaba buscándolo con la intención de decirle que no pienso ir al *ballet* con él. ¿Le parece bien a todo el mundo?

—Seguiría sin ser imparcial —protestó Wendy—. A lo mejor Simon debería renunciar a ser miembro del jurado.

Natasha puso cara de espanto.

—¡Este es su concurso! No podemos pedirle que se retire de su propio concurso.

—*Poj ejsto* no trabajo con *afisionados* —sentenció mirando al techo y con su marcado acento francés el famoso chef local Pierre LaPlumme.

La coordinadora se masajeó las sienes.

—Los rellenos serán juzgados sin los nombres de los concursantes ni ningún otro tipo de identificación. Yo sé cuáles son sus recetas, pero Simon no. ¿Les parece una solución satisfactoria?

Todos asintieron en silencio, salvo Natasha. Sonrió con encanto a la organizadora.

—Es consciente de que el nombre del concurso está mal puesto, ¿verdad? El relleno siempre va en el interior de alguna carne, como el ave. El acompañamiento se cocina aparte.

Emma protestó.

—¿A quién le importa? Hoy en día ya nadie rellena las aves. En la actualidad, el relleno y el acompañamiento son intercambiables. Lo que de verdad importa es que Sophie anule su cita, como Natasha ha dicho que debería hacer.

—Está bien —claudiqué, casi escupiendo la frase.

Aunque, de todas formas, esa era mi intención, me resultaba irritante tener que hacerlo por exigencia de Natasha. Noté que me ardía la cara. ¿Dónde se habría metido el maldito Simon? Clyde, quien había permanecido junto a Simon hasta entonces, apareció cruzando el vestíbulo. Corrí en su dirección y le pregunté si sabía dónde estaba su jefe. El chófer de Simon me miró con expresión divertida. ¿Creería que se me caía la baba por su jefe, como a otras tantísimas mujeres?

—Le han dejado una sala de conferencias para que pueda trabajar mientras dura el concurso. Es la Sala George Washington, justo al final del pasillo.

Era de suponer que un pez gordo como Simon no querría mezclarse con el resto de nosotros durante todo el día. Hice una pequeña parada técnica en el aseo de señoras para tomar aire y recuperar la compostura. Mientras me empapaba la cara ardiente con una toallita humedecida, me preguntaba por qué Simon me habría puesto en aquella posición. De pronto se me ocurrió algo inquietante. ¿Y si lo había hecho por Natasha? ¿Y si estaban conchabados? Eso era imposible. Ella era demasiado correcta para intentar amañar el resultado. ¿O sería eso a lo que se refería Mars cuando me dijo que Simon no era de fiar? ¿Acaso mi exmarido sabía algo?

Revitalizada, recorrí el pasillo, a toda pastilla, para enfrentarme a Simon. Aporreé la puerta y no esperé a que me dieran permiso para entrar.

—¡Simon! —entré como una exhalación en una sala vacía. Casi vacía.

CAPÍTULO SEIS

De *Natasha online*:

Ya no vale la misma sal para todo. En cualquier cocina que se precie debería haber, al menos, cinco tipos diferentes de sal. Sal *kosher* para la salmuera; sal gorda para el molinillo; sal marina fina francesa para cocinar; los maravillosos saleros de flor de sal; y, mi favorita, la *sel gris*, también conocida como sal gris o sal celta.

S imon estaba tirado en el suelo, boca abajo. La sangre que le manaba de la nuca empapaba la moqueta. Tuve que ahogar un grito al deducir lo ocurrido. Salí corriendo hacia él, frené en seco y retrocedí para observar el espacio con detenimiento. Quien fuera que lo hubiera herido se había marchado. Me dirigí rápidamente hacia él otra vez, me arrodillé a su lado y le tomé el pulso. No se lo encontré..., pero sí sentía el bombeo de mi propia sangre martilleándome la cabeza.

La puerta que tenía a mis espaldas se abrió, y se me escapó un chillido; imaginé que se trataba del asesino, blandiendo un bate de béisbol. La figura cimbreña de Natasha apareció en el umbral.

—Sophie. ¿Qué has hecho?

Me levanté de un salto.

—Ya lo he encontrado así. Está... está muerto.

Natasha me señaló con un dedo de manicura perfecta.

—¿Lo has matado? —Tragó saliva con fuerza y fue acercándose hacia el cadáver de Simon—. Conserva la calma. Estoy segura de que ha sido un accidente. No te preocupes. Yo estaré de tu parte. Y también Mars.

—¡Yo no lo he matado!

Natasha tenía los músculos del cuello como bandas elásticas en tensión. Retrocedió hacia la puerta... a toda prisa.

—Voy a ir a buscar a Mars. Él sabrá qué hacer. Tú quédate aquí e intenta conservar la calma.

Mientras echaba una mano hacia atrás para dar con el mango de la puerta, esta se abrió de golpe. Clyde frenó en seco al entrar en la sala.

—¿Qué ha pasado?

Su actitud, por lo general, calmada se esfumó. Se agachó sobre el cuerpo de su jefe y le buscó el pulso.

Natasha salió corriendo al pasillo. La oí gritar el nombre de Mars.

Me quedé mirando la expresión de Clyde, con la esperanza de que él supiera dar con algún signo de vida que a mí se me hubiera pasado por alto. Puso a Simon boca arriba y empezó la maniobra de reanimación.

Me rebusqué el móvil en los bolsillos. ¡Mecachis! Seguro que me lo había dejado en el espacio de trabajo. Alcancé a Natasha por el pasillo.

—¿Llevas el móvil encima? Llama a emergencias.

Tenía la expresión tan impávida como si se hubiera puesto bótox; se quedó mirándome durante varios segundos.

—Sí, claro.

Volví corriendo a la sala de conferencias para ver si podía ayudar en algo. La estancia se llenó de empleados del hotel y participantes en el concurso. Mars y su hermano se presentaron de pronto, y también mi padre. Había tantas personas en la sala que no lograba ver a Simon. Conseguí abrirme paso entre la multitud y llegar hasta el escaso espacio que quedaba alrededor de su cuerpo.

Clyde y un par de tipos de la seguridad del hotel seguían intentando reanimarlo. Me aparté para dejarles bastante espacio, pisé algo duro y perdí el equilibrio. Aleteando los brazos, en un vano intento de impedir la caída, aterricé, de forma bastante dolorosa, sobre el objeto que me había hecho tropezar. Me eché hacia un lado, recogí el objeto y me levanté. Se trataba del trofeo del concurso: un pavo dorado de pesado metal y preciosamente esculpido, con la cola manchada por la sangre de la víctima.

Lo tiré como si me quemara. Salió rodando en dirección a Simon, y uno de los tipos de seguridad lo pateó para quitarlo de en medio. Como un trueno repentino, Wolf irrumpió en la sala, y la atmósfera del lugar cambió. El inspector de policía sustituyó al tipo que había estado practicándole el masaje cardíaco a Simon.

—¡Todo el mundo fuera! ¡Ahora mismo! —ordenó, dando voces, mientras se afanaba en la reanimación.

Los curiosos fueron saliendo y yo crucé la sala para abandonar el lugar con ellos.

—Salvo aquellos que tengan las manos manchadas de sangre —añadió Wolf sin levantar la cabeza ni dejar de practicar el masaje cardíaco.

Me miré los dedos. Los tenía cubiertos de un pringue rojo y pegajoso.

—Y con eso me refiero a ti, Sophie.

Me detuve y miré hacia abajo; me quedé de piedra al ver que me había manchado los pantalones con la sangre de Simon. Tenía manchas rojas incluso en los zapatos.

Los miembros del equipo de emergencias irrumpieron en la sala de pronto y casi me tiran al suelo. Se pusieron a atender a la víctima.

Wolf me agarró por un brazo y tiró de mí hasta el pasillo de servicio, al que se accedía desde el fondo de la sala. Me hizo apoyar la espalda contra la pared y adoptó su pose de policía, con las piernas separadas y los brazos en jarra con los puños cerrados.

—Dos asesinatos en dos días y un solo elemento en común: tú.

—No he tenido nada que ver con ninguno de los dos.

—Déjalo ya, Sophie. Tu foto no estaba en la camioneta de Otis por casualidad. Es imposible que no tengas ninguna relación con estos asesinatos. La situación no pinta bien para ti.

—Oh, por favor... —masculló en voz baja—. Si casi ni conocía a Simon.

—Se rumoreaba que lo conocías tan bien que estabas a punto de ser descalificada.

—¿Vas a fiarte de un rumor?

—Te sorprendería saber la de veces que los rumores nos conducen hasta una pista útil. ¿Simon y Otis te amenazaron? ¿Qué tenían en tu contra?

—¡Nada! Ya te lo dije: no conocía de nada al detective privado y, al contrario de lo que algunas personas piensan, no mantenía ninguna relación con Simon.

Wolf ladeó la cabeza con gesto de incredulidad.

—Entonces, ¿qué hacías aquí con él? Se suponía que debías de estar preparándote para cocinar.

—Al invitarme a salir, me puso en una situación comprometida. Reconozco que estaba molesta, pero no se mata a nadie por ese motivo.

—Han asesinado a personas por menos que eso.

El sarcasmo sacaba lo mejor de mí.

—¡Ah, vale! Tenía dos opciones: o me descalificaban, o mataba al juez. No sé..., me parece que no habría ganado el concurso de ninguna de las dos formas.

El inspector apretó los labios.

—Entonces, ¿cuál es tu excusa esta vez, listilla?

—No hay excusas. Entré en este lugar y me lo encontré muerto.

—Por lo visto, es algo que acostumbras a hacer. —Después de quedarse mirándome hasta que me sentí incómoda, añadió—: No hagas ningún viaje.

Wolf me dejó en el pasillo de servicio, repasando mentalmente los acontecimientos de los últimos dos días. Tenía razón. Las personas normales no encontraban dos cadáveres en dos días. ¿Por qué iba a creerme? Parecía que los hombres caían desplomados a mi alrededor. Tampoco ayudaba mucho que hubiera recogido el arma del crimen y la hubiera sujetado entre las manos.

Cuando regresé a la sala de conferencias, el equipo de emergencias estaba cargando el cuerpo de Simon en una camilla. Lo habían tapado con una manta que le cubría la cara.

—¿Wolf? —dije—. Vas a encontrar mis huellas en el arma homicida.

Se pasó una mano por la frente.

—Al final tendré que detenerte, ¿verdad?

—No... ¡No! —Me apresuré a explicárselo—: Me tropecé con ella y la recogí del suelo. Había muchísimas personas en la sala, alguien debe de haberme visto.

—¿Y dónde está?

Miré a mi alrededor. La moqueta estaba alfombrada por una diversidad de envoltorios de material médico, pero no localicé el trofeo.

—Es el trofeo del concurso. Un pesado pavo dorado, de bronce o de latón, supongo. Lo tiré al suelo.

Wolf detuvo a los miembros del equipo de emergencias.

—¿Alguno de vosotros ha visto un pavo?

Negaron con la cabeza y siguieron su camino. El inspector se quedó mirándome.

—¿Por qué crees que es el arma del crimen?

—Tenía sangre en la cola.

Emitió un gruñido.

—Te miro y por momentos pienso que eres una mujer agradable que, casualmente, estaba en el lugar equivocado, pero ahora me planteo si no serás lo bastante retorcida para haber recogido el arma del crimen, delante de varias personas, y así tener una buena excusa para que tus huellas estén impresas en ella. Ahora, sal de aquí. Esto es la escena del crimen.

Me alejé de la sala un par de metros, a la zaga del equipo de emergencias. Había personas a lo largo de todo el pasillo, mirándome y susurrando. Natasha sollozaba, apoyada en el brazo de Mars, como si hubiera perdido a su amigo más preciado.

Mi madre se me acercó enseguida.

—¡Oh, cariño mío!

Mi familia se apelotonó a mi alrededor.

—Simon ha muerto —anuncié.

—¿De un infarto? —preguntó mi padre, siempre tan racional.

—Lo han asesinado —susurré.

Natasha debió de oírme. Resollando, sacó un delicado pañuelo ribeteado de color azul huevo de petirrojo.

—¿Van a detenerte?

Bernie, el amigo inglés de Mars, apareció como salido de la nada.

—¿Detener a Sophie? ¿Estás loca? Lo que es asombroso es que nadie se cargara antes a ese. ¿Y qué pasa contigo, Natasha? Llegaste a la escena del crimen sospechosamente rápido.

Ella se quedó boquiabierta. A pesar de la horrible situación, le dediqué a Bernie una sonrisa de agradecimiento por defenderme. Había sido el padrino de boda de Mars cuando nos casamos y nos hizo alguna que otra visita durante nuestro matrimonio. Siempre fue el invitado perfecto: era divertidísimo, colaborativo y resultaba muy fácil convivir con él. Lo último que sabía de su vida era que trabajaba de barman en un *pub* de Inglaterra. De habernos encontrado en otra situación, me lo habría llevado de allí para que me pusiera al día de su vida. Bernie era igual de crápula que Mars, pero mucho menos predecible.

Mi padre me sujetó por el hombro con una mano. Me miró a los ojos y le leí el pensamiento: estaba metida en un buen lío.

Hannah no soltaba a Craig.

—No me puedo creer que esto esté pasando de verdad. ¿Crees que saldremos en las noticias?

Craig me miró como a una presa de caza, con gesto de desprecio. Su escrutinio me violentó.

—Inga —le dijo mi padre a mi madre—, me parece que vamos a estar aquí un buen rato. ¿No había una tienda de vestidos de novia en Georgetown a la que no fuisteis ayer? ¿Y no querías enseñarle a Craig ese esmoquin que vimos?

Mi padre dio en el clavo para mandar a paseo a las entusiastas de las bodas.

—No caerá esa breva, señor Bauer —metió baza el hermano de Mars, Andrew—. Estamos acorralados en este hotel, como un rebaño de ovejas. Si quiere saber mi opinión, considero que es una estupidez. Si yo hubiera querido matar a Simon, lo habría hecho hace dos años. —Soltó una risotada—. Aunque ahora me siento resarcido. El dinero que me robó ya no le servirá para nada.

Vicki reaccionó, escandalizada.

—¡Andrew! Ni se te ocurra bromear sobre eso. Podrían tomarte en serio. —Me dio un codazo y miró a su alrededor—. ¿Crees que lo ha oído alguien?

—Solo tu familia y la mía.

Durante mi matrimonio con Mars, había compartido mucho tiempo con Andrew y con Vicki. Ella había tenido una infancia muy dura. Perdió a sus padres siendo muy pequeña y la crio un hermano, pero él había vivido en el extranjero desde que yo la conocía. Algunas veces me preguntaba cómo se habrían sentido Vicki y Andrew cuando la tía Faye nos dejó en herencia, a Mars y a mí, su lujosa casa. Imaginaba que les reconcomería la rabia por dentro cuando nos divorciamos, y yo acabé quedándome con la propiedad. Vicki y Andrew se habían comprado una bonita vivienda adosada en Old Town, que estaba a un paseo andando de la mía, pero las casas no se podían comparar, ni en tamaño ni en encanto arquitectónico.

Achaqué el malicioso comentario de Andrew a su desesperada necesidad de protagonismo. No hacía falta ser psicóloga para darse cuenta de que anhelaba tener la clase de éxito y merecer el mismo respeto que había logrado Mars. Los contactos de mi exmarido con los ricos y poderosos le abrían muchas puertas a Andrew, pero yo había visto a más de una persona intentando evitarlo en las fiestas a toda costa. Su reputación de gafe para los negocios lo precedía como el hedor de una piara de cerdos.

—¿Qué os pasa a todos? —Natasha se enjugó las lágrimas con el pañuelo—. Han asesinado a un hombre maravilloso y solo pensáis en vosotros mismos. Yo estoy destrozada.

Andrew sonrió con suficiencia.

—Corta el rollo, doña perfecta. Si yo fuera Mars, ahora mismo me estaría preguntando qué haces llorando a moco tendido por la muerte de alguien prácticamente desconocido para ti.

—Vamos a tranquilizarnos —intervino mi padre—. Todos estamos disgustados, Natasha. Dejemos de criticarnos antes de que alguien diga algo de lo que se arrepienta.

El altavoz crepitó y cobró vida con un agudo anuncio ensordecedor.

—Señoras y señores, les habla el inspector Fleishman del Departamento de Policía de Alexandria. Lamento tener que pedirles que, por ahora, regresen al salón de baile. Les tomaremos los datos a todos y los dejaremos marcharse en cuanto podamos. Por favor, les ruego que mantengan la calma. Hemos pedido al personal del hotel que sirva más refrigerios.

—¿Qué pasa con el concurso? —gritó Emma.

Habría matado por ver la expresión de Wolf.

—Ah, eso... Los organizadores son los responsables de decidir al respecto, pero les aseguro que no se celebrará hoy en ningún caso. Gracias.

Tras las quejas y gruñidos de rigor, todo el mundo se dirigió de vuelta al salón de baile. Sin embargo, los rumores corrían como la pólvora, y percibí que las miradas de los presentes se dirigían hacia mí. Se quedaban mirándome, pero disimulaban en cuanto los veía. Hice una parada en el aseo de señoras.

Tenía la sensación de que me temblaba todo el cuerpo. Dejé correr el agua del grifo por mis manos temblorosas para limpiarme la sangre. Me salpiqué la cara con agua fría, sin preocuparme por la pequeña cantidad de maquillaje que llevaba. Todavía me estremecía el hecho de haber encontrado muerto a Otis; descubrir el cadáver de Simon me sacudió hasta los cimientos.

Por el bien de mi familia, intenté recomponerme: me sequé la cara dándome golpecitos con una toalla e inspiré profundamente varias veces antes de regresar al salón de baile.

Natasha, Mars y su familia se habían reunido cerca de la zona dispuesta para los cafés. Mi padre había reunido unas cuantas sillas plegables alrededor de mi espacio de trabajo. Pensé que quería protegerme de las miradas predatorias. Mi madre y Nina trajeron unos cafés y unos *bagels* para mi padre y para mí, y nos sentamos, encorvados, por detrás de mi encimera para el cocinado. No obstante, el aroma a avellana había perdido su atractivo, y el *bagel* reseco era del montón. Mi padre tomó medidas drásticas y nos prohibió hablar del incidente. Hannah parecía enfurruñada y Craig se marchó a por unos refrigerios. Ella permanecía encorvada en la silla abrazándose a sí misma a la altura del pecho.

—Lo tenía todo planeado a la perfección para este fin de semana con Craig. Y ahora mi hermana es sospechosa de asesinato, y la policía va a interrogar a mi prometido. ¿Os podéis imaginar qué debe de pensar de nosotros? Tendré suerte si no anula el compromiso.

Mi madre le dio una palmadita en el brazo.

—Cariño mío, esta es una ocasión ideal para ver cómo reacciona ante la adversidad. Es un hombre inteligente. Estoy segura de que entiende que esta situación tampoco es habitual para nosotros.

—¿Por qué te ha dado por ponerte una camiseta de color claro, Hannah? —pregunté.

Ella siempre había preferido el fucsia y el violeta a los tonos pasteles.

—A Craig le gusto con colores apagados.

Yo había hecho un buen montón de tonterías por mis novios; no podía culparla por intentar complacerlo. Empecé a preguntarme qué estaría entreteniendo tanto a Craig y me levanté para ir a buscarlo. Si estaba en el gran salón, yo no lo veía. Aunque sí vi a Natasha, escoltada por un agente de policía, seguramente, de camino a ser interrogada. No tardarían en citarme a mí.

Hannah lucía una sonrisa forzada y se sentó muy erguida, y entonces caí en la cuenta de que Craig estaría regresando. A todas luces satisfecho de sí mismo, nos pasó unos recipientes de poliestireno con patatas fritas y bocadillos de rosbif. Se metió una mano en el bolsillo y sacó unos sobrecitos de kétchup.

—Espero haber traído suficiente para todos.

Hannah y mi madre se deshicieron en halagos, pero yo me pregunté dónde habría comprado la comida. Nadie más, en todo el gran salón, tenía recipientes de poliestireno.

A Craig se le veían ambos lados de la cara sonrosados y las mejillas coloradas, como si acabara de estar en el frío exterior. Llevaba un polo de manga larga de color negro y unos tejanos, atuendo insuficiente para estar abrigado en la calle. Localicé una manga de su cazadora tipo *bomber* colgando de la pila de abrigos que habíamos dejado sobre una silla.

Hannah devoraba las patatas fritas.

—¡Qué ricas!, aunque están un pelín sosas. Sophie, ¿tienes un poco de sal entre los ingredientes para tu receta?

Por supuesto que tenía. Localicé la sal y se la ofrecí. Se echó un buen montón en las patatas fritas y se comió una.

—¡Puaj! ¿También intentas matarme a mí?

Mi padre nos miró como cuando éramos pequeñas y lo poníamos al borde de un ataque de nervios.

—Hannah, tu hermana no ha matado a nadie. No puedes decirle esas cosas. No creo que entiendas lo grave que es esta situación para Sophie.

—Ella siempre es la más importante. Se suponía que, este fin de semana, los protagonistas éramos Craig y yo. Por si fuera poco, prueba esto.

Mi padre cogió una de las patatas fritas y le dio un mordisco.

—Es azúcar.

Me eché una pizca de sal en la mano y la probé. No cabía duda: era azúcar.

—¡Oye, Wendy! —grité—, hazme el favor de probar tu sal.

—¡Por el amor de Dios! —exclamó—, es azúcar. Alguien se ha empeñado en sabotear el concurso.

Se me ocurrió que esa supuesta persona no habría cambiado sus propios ingredientes, y sentí la tentación de exigir que revisaran los condimentos de todos los concursantes. Sin embargo, en ese preciso instante, un joven agente de policía llegó para acompañarme a ser interrogada. Como no estaba muy segura de qué iba a ocurrir, me incliné para hablarle a mi padre al oído.

—No os preocupéis por mí. Iros a comprar y ya nos veremos en casa.

No me gustó nada la expresión de miedo que empezó a aflorar en su rostro.

—Por el amor de Dios, Paul, solo van a hacerle unas preguntas —escuché decir a mi madre mientras me alejaba.

El inspector Kenner se reunió conmigo en el vestíbulo del salón de baile y me llevó a una zona apartada para hacerme cantar. En el otro extremo de la sala, vi a Wolf interrogando a Natasha.

Kenner me hacía las mismas preguntas todo el rato, pero de distinta forma. Como yo insistía en mi aburrido relato de que había encontrado el cuerpo de Simon y que había cogido del suelo el pavo manchado de sangre, el inspector empezó a mover las aletas de la nariz. Me esforcé por permanecer tranquila ante su ira creciente. Empezó a hablar con un tono más elevado, pero yo no dejé que me intimidara. Wolf, atareado en el otro extremo de la sala, iba mirándonos de tanto en tanto. A Kenner se le puso la cara morada, como si tuviera un problema de hipertensión. Me miró con los ojos entrecerrados y se me acercó demasiado para mi gusto.

—A lo mejor crees que has conseguido que Wolf se trague tus mentiras, pero a mí no me engañas ni por un segundo. —Tenía la cara a un palmo de la mía, chasqueó los dedos y gritó—: ¡Lleváosla a la comisaría!

CAPÍTULO SIETE

De *Pregúntale a Natasha:*

Querida Natasha:

Mi familia política vendrá en masa y todos esperan quedarse en nuestra casa. Trabajo fuera y no tengo tiempo para estar preparando comida y hacer la colada para más personas. ¿Qué hago?

Casa Completa en Cranston

Querida Casa Completa:

Todo el mundo merece unas sábanas de algodón egipcio de mil hilos y almohadas bien mullidas y ahuecadas. Una anfitriona cortés mima a sus invitados. Levántate un par de horas antes para preparar el desayuno y recoger la casa. El esfuerzo adicional valdrá la pena. Si tienes que ausentarte durante el día, contrata un servicio de limusinas para que los lleven a dar un elegante paseo por la ciudad.

Natasha

¿De verdad me iban a detener? Miré en dirección a Wolf. No hizo intento alguno de ayudarme. Con todo, el joven agente de policía no me esposó; se limitó a sacarme del lugar por la puerta de servicio del hotel y a colocarme en el asiento trasero de un coche patrulla.

—¿Estoy detenida? —le pregunté cuando se sentó delante.

—Desde luego que no, señora —me respondió con un refinado acento sureño—. Solo tiene que entregarnos su ropa manchada de sangre como prueba.

Cuando, por fin, un policía me llevó a casa en coche, lo único que quería era echar una cabezadita. Abrí la puerta con la llave y me quedé ahí plantada para ver si oía algún ruido. Los demás debían de seguir fuera. Sin embargo, algo no marchaba bien. ¿Dónde se había metido Mochi?

Me quité a toda prisa la chaqueta, insuficiente para protegerme del frío de noviembre, y empecé a llamarlo por su nombre una y otra vez. Cuando estaba colgando la chaqueta en el armario del recibidor, oí su triste maullido. Lo encontré en el comedor, mirándome desde lo alto del reloj de pared de mi abuelo.

—Has subido tú solito hasta ahí arriba, pillín, ¿de verdad necesitas ayuda para bajar?

Siguió maullando y se quedó mirándome con esos ojazos suyos. Fui a buscar una escalerilla del sótano y la coloqué junto al reloj. No había llegado ni al peldaño central cuando el muy travieso me saltó al hombro y se agarró con las uñitas a la camiseta que me había dejado la policía.

Le di unas palmaditas para que se sintiera seguro. Se encaramó hasta situarse a la altura de mi oreja y me demostró su agradecimiento con un intenso ronroneo. Sin embargo, en cuanto toqué el suelo, saltó de mi hombro y salió corriendo por la casa como un gato montés. Iba esquivando los muebles volando, entraba en las habitaciones y salía tan rápido que apenas tocaba el suelo con las patitas. No pude evitar reírme de sus divertidas payasadas. Cruzó la cocina, disparado, mientras yo iba a guardar la escalerilla y subió corriendo por delante de mí, escalera arriba, cuando subía para ir a darme una ducha muy necesaria.

Perdí toda esperanza de echar una cabezadita al salir del baño y oír voces y pasos en la escalera. Pensar en esa noche me daba pánico. Estaba muerta de agotamiento y todavía tenía que preparar el caldo de pollo para la crema y el relleno, por no hablar de las dos tartas y una cantidad considerable de mis famosos *brownies.* Di gracias a mi buena estrella porque fuéramos solo nosotros seis para la cena de Acción de Gracias del día siguiente y porque, salvo por el coronel y Craig, seríamos casi todos de la familia. Si no estaba todo perfecto, los comensales lo entenderían.

Había previsto que estaría demasiado cansada para cocinar después del concurso y tenía una lasaña de verduras preparada desde el lunes, antes de que llegaran mis padres. Cuando me reuní con todos en la cocina y mientras la lasaña se calentaba, el aroma embriagador a orégano y ajo ya impregnaba el ambiente. Los demás pusieron la mesa para la cena, mientras yo cortaba una cebolla en cuartos, pelaba seis zanahorias y lavaba el apio. Metí la verdura en una cacerola grande junto con un pollo entero, una hoja grande de albahaca y cuatro dientes de ajo. Mi padre encendió la chimenea mientras mi madre cocinaba unos boniatos para un plato que le había prometido a Craig. Salvo por el agotamiento que sentía y el hecho de haber encontrado los cuerpos de dos hombres muertos, la situación parecía casi normal.

Después de cenar, preparé una jarra de café aromatizado con vainilla francesa como acompañamiento para el resto de la tarta de nueces pecanas al *bourbon*. A pesar de la cafeína, me sentía relajada. El fuego crepitaba y caldeaba la atmósfera de la cocina con su cálida lumbre. Mi familia charlaba amigablemente, entre encantadoras risas y traviesas sonrisas.

Lo peor del día había quedado atrás. Debía quitarme de la cabeza las imágenes de Simon y Otis, al menos, el tiempo suficiente para celebrar una agradable velada de Acción de Gracias con mi familia.

Después de cenar, Craig echó a mis padres de la cocina. No recordaba la última vez que había visto a Hannah lavar los platos sin quejarse. Ambos se comportaban de forma juguetona, se trataban con ternura y se iban pinchando con simpatía. A lo mejor no le había dado a Craig la oportunidad que se merecía. Hannah siempre perdía la cabeza por tíos que estaban increíblemente buenos y tenían una mujer en cada puerto. Nos habíamos acostumbrado al inevitable drama que se desencadenaba cuando la engañaban.

Sin embargo, yo seguía percibiendo algo en Craig que me impulsaba a mostrarme distante con él. Ese peinado cutre de cortinilla era una desgracia, pero no tanto para repelerme. Era un hombre alto y con las espaldas anchas, había sido bendecido con una buena estructura ósea y tenía los pómulos marcados y la mandíbula ancha.

—Bueno, ¿y dónde os conocisteis, tortolitos? —pregunté mientras cortaba las zanahorias y el apio para el relleno.

Hannah soltó una risita nerviosa.

—No se lo cuentes ni a mamá ni a papá, ¿vale? Nos conocimos por internet.

Me volví de golpe y me quedé mirando a Hannah. Lo decía en serio.

—Deberías probarlo. —Craig le pasó una copa a Hannah para que la secara—. Podríamos ayudarte a rellenar el cuestionario.

Me entraron ganas de abofetear a mi hermana. ¿Sabía algo sobre ese tipo? Yo me había pasado parte del día con él y no tenía ni idea de quién era.

—¿Cuál es tu especialidad?

—Soy internista.

Hannah sonrió de oreja a oreja. Sonaba impresionante, pero ¿un internista no se habría presentado voluntario para socorrer a Simon tras lo ocurrido ese día? ¿Estaba Craig entre la multitud, en el gran salón?

Hundió la nariz en la melena de Hannah y supe que no podía hacerle esa pregunta sin provocar una discusión entre hermanas.

—¿En el Hospital Comunitario de Berrysville? —pregunté.

—En el de Virginia Occidental. ¿Dónde los guardo? —Levantó los cucharones para servir.

Le señalé el cajón.

—¿En qué lugar de Virginia Occidental?

Cerró el cajón.

—En Morgantown.

¿Su tono de voz delataba tensión?

—¿Dónde estudiaste medicina?

Hannah tiró de él.

—Vamos a ver una peli. Yo preparo las palomitas, pero ¿tú podrías ser un buen novio y traerme el jersey rosa clarito del dormitorio?

En cuanto él se marchó, Hannah se volvió hacia mí.

—Déjalo ya. Estás celosa porque ya no tienes a Mars. La culpa es tuya por haber dejado que Natasha te lo quitara. Por fin soy feliz, y tú estás siendo desagradable porque Craig es rico y tiene éxito, además de ser guapo, y no puedes soportarlo. Esta vez soy yo la que ha encontrado al tío perfecto. Ve acostumbrándote. Disimulas tan mal... Craig ya sabe que no te gusta.

Me moría por abrazarla muy fuertemente para protegerla de su novio, el rarito. ¿Cómo era posible que estuviera enamorada de él? Retorcí el paño de cocina que tenía en las manos; ese hombre no había hecho nada para merecer mi desprecio.

—Lo siento, Hannah. El tema de los asesinatos me tiene desquiciada.

Quise morderme la lengua en cuanto dije «los asesinatos». Pero mi hermana no se dio cuenta. Cerró de golpe el microondas y programó el temporizador.

—Limítate a intentar ser amable y deja de interrogarle. ¿Eso es demasiado pedir para ti? Al fin y al cabo, va a convertirse en miembro de nuestra familia.

Los granos de maíz iban estallando cada vez más deprisa. Pulsó el botón de «stop», vertió las palomitas humeantes en un cuenco y desapareció en dirección a la sala de estar.

—Y Natasha no me quitó a Mars —mascullé en su dirección.

A medianoche, todos se habían ido a dormir, salvo Mochi y yo. Tenía una tarta de nueces pecanas enfriándose en una bandeja de horno sobre la encimera. Los *brownies* reposaban en la nevera, junto al relleno, listo para hornear al día siguiente. Había limpiado y cortado las judías verdes y tostado las almendras. Incluso había encontrado el tiempo justo para preparar una ración doble de salsa de arándanos rojos.

Estaba sacando una tarta de calabaza del horno cuando oí el rugido de un motor y alguien llamó a la puerta. Se me hizo un nudo en la garganta. Solo podía ser la policía, y nunca se presentaba a medianoche para dar buenas noticias. Habían venido a detenerme.

Avanzando de puntillas, eché un vistazo por la mirilla, pero no logré ver nada. Volvieron a llamar, más fuerte esta vez. Sin retirar la cadena del cerrojo, entreabrí la puerta un milímetro. La madre de Mars estaba plantada en la escalera de la entrada con una maleta. Cerré la puerta y retiré la cadena lo más rápido que pude.

—¡June! ¿Qué diantres estás haciendo aquí?

Levantó la maleta y entró en la casa.

—¿Sophie? ¿Qué está pasando?

Me volví y vi a mis padres en la escalera. Cerré la puerta para que no entrara el frío nocturno. June se quitó el abrigo y dejó a la vista un mullido albornoz de color lila. Colgó el abrigo en el armario del recibidor.

—No te importa, ¿verdad, querida?

Levantó la vista para mirar a mis padres.

—Inga, Paul, hola.

La tetera pitó y yo corrí a silenciarla antes de que despertara a todos los demás. June y mis padres me siguieron hasta la cocina.

—¡Perfecto! Es como si ya supieras que iba a venir —exclamó June—. ¿Tienes de esas galletas tuyas, las caseras con pepitas de chocolate?

—Por supuesto.

Saqué la masa del congelador, la corté en trozos grandes y los metí en el horno caliente. Mi madre localizó las tazas de porcelana y preparó té navideño, aromatizado con naranja y clavo, mientras mi padre echaba un tronco más al fuego. June se acomodó en una de las butacas junto a la chimenea y Mochi saltó sobre su regazo. Mis padres la observaban con curiosidad.

—Debéis de pensar que tengo mucha cara —comentó June—, pero no podía soportar estar ni un minuto más con esa mujer. ¿Os lo podéis creer? Yo solo quería poner una tetera al fuego y ella se ha puesto hecha una furia.

—¿Natasha? —preguntó mi padre.

—Todas las noches rezo para que Mars no se case con ella. Se comporta como si yo fuera una vieja chocha incapaz de hacer nada a derechas. Esa cocina que tiene en casa es como la de un restaurante: fría. Creo que lo encargó todo en Italia. Por eso es imposible saber para qué sirven muchos botones y manecillas. No es como esta cocina, donde una puede instalarse y sentirse cómoda. Todo lo relacionado con esa mujer es frío. ¿Sabíais que me ha puesto un plástico por debajo de las sábanas porque cree que voy a mojar la cama?

—Eso no parece nada típico de ella. Natasha se esfuerza mucho por ser una anfitriona atenta —comentó mi madre.

—June, si quieres, puedes quedarte con nosotros —sugerí.

—Le he dicho que me iba a un hotel, pero en realidad pensé que no te importaría acogerme. Me siento mucho más cómoda en la casa de mi hermana.

Esa frase me sentó como una puñalada, aunque no creía que June lo hubiera dicho con mala intención. La verdad era que, en efecto, la casa perteneció a su hermana. Tal vez Mars debería haberme comprado mi parte y habérsela quedado para su familia. El simple hecho de que me gustara no me otorgaba ningún derecho especial sobre ella.

Las galletas y el té serenaron a June. Era ya casi la una de la madrugada, y todos estábamos agotados. Nos dimos las buenas noches, y yo llevé el equipaje de June a una habitación de invitados del segundo piso, la de la antigua cama con dosel, demasiado grande para las dimensiones del dormitorio. June se sentó sobre la cama y pasó las manos sobre la colcha.

—Faye siempre me dejaba dormir aquí. Esta habitación tiene algo especial. Me recuerda a una casa de huéspedes de postín.

Bajé la escalera de puntillas y a oscuras, intentando evitar los puntos donde los escalones crujían. Teniendo en cuenta todo el jaleo de ese día, pensé que valía la pena comprobar que el fuego de la chimenea se había consumido y que había cerrado la puerta con llave. Eché la cadena del cerrojo y entré en la cocina arrastrando los pies. Había brasas doradas refulgiendo sobre las cenizas, como ojos maléficos. Gracias a esa luz que iba apagándose, vislumbré un rostro horripilante y deforme pegado al ventanillo de la puerta de la cocina.

CAPÍTULO OCHO

De *La buena vida:*

Querida Sophie:

Cada año, mi mujer se vuelve loca intentando que salga todo a la perfección durante estas fiestas. ¿Tienes algún consejo para ayudarla?

Ansioso en Alexandria

Querido Ansioso:

Acción de Gracias es una de esas celebraciones en las que la gente quiere comer platos tradicionales. Tu mujer no tiene por qué matarse buscando novedosos toques *gourmet* para las recetas. Pavo, arándanos rojos, relleno y tarta; lo básico es lo que está deseando comer todo el mundo. Y muchos de esos platos se pueden tener preparados de antemano.

Además, nadie recordará jamás la cena de Acción de Gracias perfecta. Dentro de cinco o diez años, familiares y amigos se reirán sobre esa vez que el pavo se quemó y tuvisteis que pedir comida china a domicilio. O de las galletas duras como piedras que la tía Beth insistía en preparar año tras año. Las recetas perfectas quedarán relegadas al más profundo olvido.

Tu mujer debería relajarse y disfrutar de la vida. Los contratiempos y los incidentes divertidos son los artífices de los recuerdos más memorables.

Sophie

El ser horripilante empezó a arañar la puerta con sus zarpas y emitió un aullido lastimoso. Ese sonido me aterrorizó, hasta que caí en la cuenta de que me resultaba familiar. Se trataba de Daisy. Pero ¿de quién era el rostro que estaba pegado al cristal del ventanillo?

—¿Daisy? —pregunté entre susurros.

Más arañazos.

De haber estado sola, habría sido más timorata a la hora de abrir la puerta. Se me pasaron por la cabeza toda clase de horrendas posibilidades. Mars se había llevado a Daisy y también había escapado de Natasha. El mirón había regresado. Alguien había secuestrado a Daisy y pretendía exigir un rescate. Sin embargo, ninguna de esas hipótesis parecía probable.

Entreabrí la puerta y Daisy ladró con su entusiasmo de sabueso, agitando el rabo, lo que provocaba que se le contonearan los cuartos traseros. Salió disparada hacia mí, levantando las patas en el aire.

La sujeté por el cuerpo, que no paraba de contonearse, y le di un buen abrazo perruno. Para mi tremenda sorpresa, Bernie, el amigote de Mars de su época universitaria, estaba plantado en el umbral de la puerta.

—¿Va todo bien? —pregunté—. Es de madrugada.

—Esta noche Natasha estaba intentando impresionar a un grupo de trajeados, y creo que intentaba ocultarme —respondió con su encantador acento británico—. Así que he agarrado al otro chucho sin pedigrí de la casa, y aquí estamos los dos.

Esbocé una sonrisa de oreja a oreja. Seguramente, Bernie no sabía que la propia Natasha tampoco tenía pedigrí. Cuando tenía solo siete años, su padre abandonó a la familia y su madre tuvo que sacar a sus miembros adelante trabajando largas jornadas en una cafetería de nuestra ciudad natal.

Siempre me había gustado Bernie, aunque era un poco cabra loca. Socarrón, con tendencia a soltar lo que todo el mundo pensaba pero era demasiado correcto para decir y, por lo general, desempleado. Llevaba el pelo rubio color ceniza enmarañado y, la mayoría de las veces, tenía aspecto de haberse caído de la cama o haber salido de un *pub* tras una buena farra.

—Daisy me ofreció compartir su camita perruna con ella si la traía a casa contigo.

Ladeó la cabeza como un cachorrito esperando una respuesta.

—No hace falta que la compartáis. Sigue disponible la habitación diminuta de la tercera planta, o puedes acomodarte en el sofá cama del antiguo estudio de Mars.

—Me quedo con el estudio sin dudarlo. Mars no se habrá dejado por aquí un poco de *whisky* del bueno, ¿verdad?

Mochi entró corriendo en la cocina.

—¡Por todos los dioses! ¡Un gatito!

Era demasiado tarde para que Daisy no arremetiera contra él. Bernie y yo nos quedamos paralizados, a la espera de bufidos, ladridos y la inevitable persecución que despertaría a todo el mundo. Mochi levantó su diminuta cabecita para olisquear los belfos colgantes de sabueso de Daisy. La perra retrocedió; no tenía muy claro qué pensar del pequeño intruso. Al ver que Daisy no constituía una amenaza, Mochi subió de un salto a la mesa para escudriñar a Bernie.

—Menudo diablillo. Solo había conocido un gato al que no le dieran miedo los perros. El cuarto marido de mi madre tenía una granja en Inglaterra, y por allí campaba un gato de color naranja que se sentía superior a todos los perros del lugar. La verdad es que era un guardián increíble. —Rascó a Mochi por debajo de la barbilla—. Apuesto a que a ti ni siquiera te asustaría Natasha.

Le llevé a Bernie toallas y ropa de cama, y él se instaló en el antiguo estudio de Mars como si pensara quedarse durante un tiempo. Mochi y Daisy me siguieron hasta mi dormitorio en el segundo piso y se hicieron un ovillo sobre la cama, uno en cada esquina.

La mañana de Acción de Gracias dormí hasta más tarde de lo debido para ser alguien que tenía la casa llena de invitados. Ni Daisy ni Mochi estaban en el dormitorio cuando me desperté. Me di una ducha rápida y me puse una camiseta con cuello de cisne, sin mangas y de color naranja calabaza, unos pantalones beis y un jersey de punto con hojas otoñales. Con los dos hornos encendidos, ese día haría calor en la cocina. Supuse que acabaría quitándome el jersey de hojarasca para estar fresca. Encontré a mis invitados en la terraza acristalada, que se había calentado y estaba a una temperatura agradablemente cálida a pesar del frío que hacía. El suelo de ladrillo me calentó los pies.

Daisy estaba tumbada en el suelo junto a Bernie, cuyos tobillos desnudos asomaban por debajo de su albornoz de franela. Daisy no se molestó en levantarse, pero, al verme, agitó el rabo, sin despegarse del suelo. Me agaché para hacerle cosquillitas en la barriga.

Mi madre estaba relajada con una taza de café entre las manos y los pies apoyados en un escabel.

—Hay *frittata* todavía caliente en el horno, dormilona. Bernie nos ha estado entreteniendo con relatos sobre los numerosos matrimonios de su madre.

Hannah se ruborizó, y yo me pregunté si el comentario habría sido una pulla intencionada de mi madre. Si mal no recordaba, Craig sería el tercer marido de mi hermana; la madre de Bernie había hecho el paseíllo hacia el altar siete u ocho veces.

Me dirigí a la cocina a por un café, pero me detuve al oír unas voces. Una sola voz, para ser exacta. June estaba hablando en la cocina. Me quedé quieta un instante preguntándome quién faltaba en la terraza acristalada.

—No podría estar más de acuerdo —decía June—. Has tomado la decisión correcta. Y me encanta lo que han hecho con la cocina.

Me asomé para mirar con disimulo. La madre de Mars estaba sentada junto a la chimenea tricotando. Su única compañía era la de Mochi.

—Buenos días.

¿Habría estado hablando con el gatito? Saqué la *frittata* del horno y le ofrecí una porción a June.

—Ya he comido, gracias. Estaba bastante buena. Y tu madre ha tenido el tierno detalle de fingir que la ha preparado Hannah. —Soltó una risita nerviosa—. Tu hermana no tiene tus habilidades culinarias.

La comida nunca había sido uno de los intereses de Hannah.

—Pero sí tiene unas habilidades para la informática impresionantes. Menos mal que es honrada, porque, si no, sería una *hacker* alucinante.

—Justo ahora estaba diciéndole a Faye lo contenta que estoy de que tú seas la dueña de la casa. Es un hogar muy acogedor e invita a quedarse.

¿Faye? Faye estaba muerta. Levanté la vista hacia la foto de la difunta situada sobre la chimenea. Estaba recta. Por lo visto, no soplaba ninguna corriente extraña. June alargó una mano para acariciar a Mochi. A lo mejor la había oído mal.

—¿Quieres que te sirva más café?

—No, querida. Así está bien. Estaba aquí, manteniendo una agradable charla.

¿Con el gatito?

Contuve la respiración deseando haber malinterpretado lo que había dicho sobre Faye.

—Con mi hermana. Adora a Mochi. Faye siempre tuvo gatos y está encantada de que ahora haya un chiquitín viviendo en la casa.

¿June estaba perdiendo la cabeza? De pronto cambié de opinión sobre el interés de Natasha en proteger el colchón donde dormía su actual suegra. Quizá June no estuviera bien.

Mi padre llegó del recibidor y se unió a nosotras. No lo había visto tan preocupado desde que mi hermano, a los dieciséis años, se compró la motocicleta de un amigo por cincuenta dólares. Agitó el periódico en mi dirección.

—¿Por qué no me habías contado esto?

Se puso las gafas de leer y abrió el diario.

—Según fuentes policiales contrastadas, la persona sospechosa del asesinato de Simon Greer también es sospechosa del asesinato de Otis Pulchinski, un detective privado asesinado un día antes.

Se bajó las gafas e inspiró con fuerza, mientras me fulminaba con la mirada.

—No quería preocuparte.

—Bien hecho, Sophie, porque ahora sí que estoy preocupado.

—Ha sido una coincidencia. Estaba en los lugares equivocados, en los momentos equivocados. De haber llegado allí unos segundos después, habría sido Natasha la que encontrara el cuerpo de Simon.

—Cielo, necesitas un abogado. Ese tipo era un hombre rico y con influencias. Les van a presionar mucho para que den con el asesino.

—Pero si yo no he hecho nada. No puede haber ningún testigo ni nada que me vincule con ninguno de los asesinatos, porque yo no he matado a nadie.

—¡Oh, Sophie! —intervino June—. No seas ingenua. Mi difunto esposo siempre decía que a la mayoría de los asesinos se les condena por pruebas circunstanciales.

En ese momento, June no parecía estar delirando. El padre de Mars había sido juez. Sin duda alguna, su viuda sabría unas cuantas cosas sobre juicios.

Mi padre se masajeó la mandíbula.

—No le comentemos nada a tu madre ni a Hannah de momento. Están en modo vacaciones y no se enterarán de las noticias en unos días. Quiero que mañana mismo llames a un abogado.

June se quedó mirando lo que estaba tejiendo: un jersey color crema claro, de una lana entramada con un fino hilo metálico color bronce.

—¿Podría Natasha haber tenido tiempo de matar a Simon y esperar a que tú entraras antes de dar la voz de alarma?

Teniendo en cuenta cómo la había tratado, no me extrañaba que a June no le gustara Natasha, pero, sinceramente, no me la podía imaginar asesinando a Simon y cargándome el muerto. Se enorgullecía de su propia perfección y no esperaba menos de los demás. Aunque esa característica la convertía en una estirada algunas veces —está bien, muchas veces—, yo la conocía hacía demasiado tiempo para saber que era improbable que fuera una asesina. Por otra parte, la reflexión de June tenía sentido. Natasha sabía que yo estaba buscando a Simon.

—Estoy segura de que podría haberlo hecho. Había dos puertas traseras que daban al pasillo de servicio. Cualquiera podría haber escapado, a toda prisa, por allí.

Miré la hora. Si queríamos comer pavo, más me valía ponerme en marcha.

Mi padre y June se reunieron con los demás en la terraza acristalada. En cuanto salieron de la cocina, llamé a un abogado con el que había coincidido en varias ocasiones. Sabía que no contestaría porque era el Día de Acción de Gracias; aun así, le dejé un detallado mensaje, con la esperanza de que volviera a trabajar el viernes.

Colgué, levanté la jarra del café y me di cuenta de que Craig andaba merodeando por la cocina, a mis espaldas, escuchándome. Llevaba unas deportivas de corredor, una sudadera de la Universidad de Georgetown y unos pantalones cortos que dejaban a la vista sus musculosas piernas.

No me gustó nada que hubiera oído mi llamada. Y su costumbre de andar siempre cotilleando y escuchar las conversaciones de los demás no contribuía mucho a que empezara a sentir alguna simpatía por él. No obstante, yo era consciente del disgusto que se había llevado Hannah la noche anterior.

—¿Un café? —le pregunté educadamente.

Echó el brazo izquierdo hacia atrás, se sujetó el pie del mismo lado por el tobillo y se quedó así, sobre una sola pierna, realizando su estiramiento.

—No, gracias. Voy a salir a correr.

Se produjo un breve instante violento.

—Si eres la mitad de buena cocinera de lo que comenta Hannah, estoy seguro de que me pondré las botas en la cena.

Me deslumbró con su blanca sonrisa perfecta.

—Más me vale salir a quemar unas cuantas calorías antes.

Era un claro esfuerzo para ser agradable, aunque le agradecí que lo intentara. Lo seguí hasta la puerta de casa y se la abrí.

—Que disfrutes de la carrera —le deseé.

Me llegó el sonido de las risas desde la terraza acristalada. Regresé a la cocina, empecé a precalentar el horno y me quité el jersey; a continuación, llevé la jarra de café a la terraza acristalada por si alguien quería repetir.

Bernie había salido al exterior un momento para atender una llamada. A través del cristal, percibí su expresión de preocupación. Daisy merodeaba a su lado e iba olfateando las macetas volcadas que yo había olvidado enderezar. Cuando todavía estaba sirviendo café, Bernie volvió a entrar, muy agitado.

—Era Mars. Me temo que tengo malas noticias —anunció nuestro amigo inglés—. Anoche se declaró un incendio bastante grave en la cocina de Natasha.

June palideció.

—¿Mars está herido?

Todos empezaron a preguntar al mismo tiempo. Bernie hizo un gesto levantando las manos para tranquilizarlos.

—Mars y Natasha están bien, pero la casa ha quedado inhabitable. Se han trasladado a un hotel y, como es lógico, esta noche no se celebrará ningún gran banquete en casa de Natasha.

—Podéis cenar con nosotros —ofrecí—. Tenemos comida de sobra. Por si era poca, me pasé comprando.

Mi madre me premió con una sonrisa de orgullo. June se quedó cabizbaja, mirando el jersey a medio tejer que tenía en el regazo.

—Es un gesto muy amable por tu parte, Sophie. Yo solo quiero pasar un tiempo con Mars. Hoy esperaba tener un rato con él a solas, mientras Natasha cocinaba.

—Entiendo perfectamente cómo te sientes. —Mi madre le puso una mano en el hombro a June—. Me parte el corazón que mi hijo y su familia no puedan estar aquí hoy.

Mi hermano vivía en Chantilly, una zona residencial en las afueras de Washington capital. No estaba demasiado lejos en línea recta, pero sí a unos buenos cuarenta y cinco minutos en coche, teniendo en cuenta la cantidad de tráfico. Sin embargo, ese Acción de Gracias, mi hermano y su familia habían ido, también en coche, a Connecticut, para visitar a la familia de su mujer.

Hannah soltó lo que yo estaba pensando.

—Venga ya, mamá, lo único que quieres es ver a Jen.

Mi sobrina de diez años era la única nieta de la familia y todo el mundo la adoraba. Mi padre, la eterna voz de la razón, metió baza para quitarle hierro al asunto.

—Vamos, vamos... No puedes esperar verlos todas las fiestas. Y no olvides que celebrarán la Navidad con nosotros, que, lo mires por donde lo mires, es mucho más divertida para los críos.

Peligro: mi madre estaba a punto de contener las lágrimas.

—Es que no los veo nunca. Siempre están tan ocupados... Sophie, tú los ves mucho más a menudo que yo. —Se le iluminó la mirada—. ¿Por qué no invitamos a Mar...?

¡Ni hablar!

—Mamá —la interrumpí—, ¿podrías venir a echarme una mano en la cocina?

Hizo un gesto con la cabeza en dirección a June y me siguió.

—Ni se te ocurra invitar a Mars y a Natasha a cenar —le advertí con voz susurrante.

—Cielo, ya has visto cómo estaba June. ¿De verdad es tanto pedir?

—¿De verdad esperas que invite a la cena de Acción de Gracias a mi exmarido y a su nueva novia, quien, por cierto, me ha acusado de asesinato?

—Cielo, esta es tu oportunidad de quitarle a Mars y recuperarlo.

—Natasha no me quitó a Mars.

Mi madre me dio una palmadita, como si no me creyera.

—Seremos tantos que ni te darás cuenta. —Dejó escapar un resuello—. Y eso me ayudará a olvidar que Jen no puede estar con nosotros.

—No.

—Bueno, pues debo decir que me decepcionas muchísimo, Sophie. ¿Dónde está tu compasión? Se les ha incendiado la casa ¿y eres incapaz de ofrecerles un plato de comida? Yo te eduqué para que fueras mejor persona. Además, tengo que ver a la madre de Natasha todas las semanas en el centro médico. Es una simple cuestión de buenos modales. Si a ti se te incendiara la cocina, esperaría que Natasha te invitara. —Hizo una pausa—. Es más, Natasha sí que lo haría porque tiene unos modales exquisitos.

No pensaba dejarme manipular.

—No.

June asomó la cabeza por la puerta de la cocina.

—No quiero interrumpir, pero Bernie me ha dejado este telefonito tan mono para llamar a Mars. Los dos han aceptado tu generosa invitación. Ahora voy a llamar a Andrew y a Vicki. —June debió de captar mi expresión de asombro porque se apresuró a añadir—: No tienen otro sitio adonde ir. El único pariente vivo de Vicki es un hermano que vive en Hong Kong.

No lo habíamos visto nunca. Ni siquiera asistió a su boda. ¿Y también el hermano y la cuñada de Mars? Miré a mi madre con cara de desesperación. Mi antigua parentela política al completo iba a venir a casa a cenar. Mi madre se encogió de hombros como si estuviera atada de manos, pero parecía encantada con la situación.

CAPÍTULO NUEVE

De *Un Acción de Gracias a lo Natasha*:

Para un centro de mesa espectacular, ahueca ocho calabazas pequeñas. Hazles agujeros en diversos sitios con un taladro eléctrico. Asegúrate de hacerlos equidistantes, a cada lado, para poder unirlas formando un círculo. Usa tuercas y tornillos para que queden bien juntas. Coloca un cirio dentro de cada calabaza y tendrás una deslumbrante pieza como centro de mesa o para decorar una cómoda.

Hannah apareció de pronto en la cocina, pasando por completo del caos que era mi vida, como siempre.

—Voy a darme un baño y a arreglarme el pelo mientras Craig está fuera. No quiero que me vea con los rulos calientes.

Me habría ido bien algo de ayuda, pero si mi hermana pretendía ocupar el único baño completo de toda la casa durante un buen rato, más valía que lo hiciera cuanto antes.

Mi padre se quejó un poco de que Bernie hubiera tomado posesión del estudio. Supuse que había planeado esconderse allí a leer el periódico. En lugar de eso, Daisy y él salieron a dar un paseo por la acera con adoquines de ladrillo.

A diferencia de Mars, quien sin duda hubiera preferido la muerte a pasar la mañana con tres mujeres metido en la cocina, Bernie andaba por ahí con su albornoz, como Pedro por su casa. Puso el agua a hervir para el té; probó la salsa de arándanos rojos, que se había gelificado; removió la base de harina y mantequilla para la salsa de carne hasta que estuvo dorada y desprendía un ligero aroma a nuez; y le preguntó a June sobre su hermana.

Me planteé si la forma tan poco tradicional en que lo habían criado, viviendo en tantos lugares distintos, tendría algo que ver con su facilidad y evidente deseo de sentirse como en casa en nuestra cocina, con nosotras.

Las agujas de tejer de June volaban como si funcionaran en piloto automático, mientras ella hablaba.

—En los años cuarenta, una elegante dama de la sociedad llamada Perle Mesta celebraba cenas para invitados selectos en Washington. Cuenta la leyenda que, durante esas veladas, se pactó más de un tratado internacional. ¿Sabéis?, Perle sabía dónde sentar a sus comensales, de forma que llegaran a acuerdos políticos. —Hizo una pausa para desenredar la patita de Mochi del ovillo de lana—. Teniendo en cuenta el grupo de remilgados aspirantes a políticos que Natasha invitó anoche a su casa, yo diría que ansía alcanzar la fama de Perle Mesta. —Chasqueó la lengua—. Eso explicaría por qué le echó el guante a Mars. En cualquier caso, aunque Faye nunca llegó a la altura de Perle, sí que tuvo, en esta casa, a la flor y nata del glamur de Washington. En esa época, las cosas eran distintas. Las mujeres querían acceder al mundo laboral, entraron a formar parte de la fuerza de trabajo, y ser una diva doméstica perdió el glamur durante muchos años. Sin embargo, eso jamás hizo recular a Faye. Se ponía su minifalda naranja y sus camisetas desteñidas y organizaba de todo: desde sesiones de espiritismo hasta elegantes recenas de madrugada. Por eso es tan grande el comedor. Mandó construir el anexo en el fondo de la casa para poder dar cabida a fiestas multitudinarias.

Con una taza de té en la mano, Bernie se acercó para mirar de cerca la foto de Faye.

—Deberíamos celebrar una sesión de espiritismo para ver si logramos contactar con ella.

Me mordí el labio inferior y me quedé esperando a ver si la madre de Mars comentaba que hablaba con su difunta hermana. June se limitó a sonreír.

—Jamás fue la chica más guapa de la fiesta, pero, sin duda, era la más divertida —comentó.

El tiempo pasó volando mientras mi madre y yo discutíamos hasta qué punto era cierto que ir rociando el pavo con grasa influía en la jugosidad de la carne. Yo afirmaba que no; que ir abriendo el horno para rociar el pavo solo serviría para enfriar la temperatura. Mi madre insistía en que ir echándole sus propios jugos haría que la carne estuviera más tierna.

Con los platos del acompañamiento ya casi listos, me enfrentaba al desafío de los entrantes para la cena de Acción de Gracias. Algunos comensales prefieren no probar nada antes del opíparo banquete, pero otros deciden picar algo. Preparé la masa de mis volovanes superligeros, rellenos de queso y para comer de un solo bocado, y los metí en el horno mientras iban llegando los invitados. Para los que quisieran picar algo más, rellené unos champiñones con carne de cangrejo al toque de limón.

Una vez tuve todos los platos controlados, me puse el jersey y salí al patio trasero, armada con un cesto y unas tijeras de podar. No me gustaba robárselas a los pájaros, pero las bayas naranjas de piracanta, que crecían en la cerca de atrás, serían un perfecto centro de mesa. Las ramas de ese arbusto no solo eran lo bastante cortas para que los invitados pudieran verse las caras por encima de ellas, sino que tenían un color intenso y alegre. Corté unas cuantas para colocarlas en varios jarrones pequeños. Natasha habría preparado un ornamento mucho más elaborado, pero a mí me gustaba la sencillez de esas bayas. Mientras estaba fuera, aproveché para enderezar las macetas volcadas por el mirón.

De vuelta en el interior, saqué uno de los larguísimos manteles de Faye, con estampado de tartán verde, ámbar y naranja calabaza. Cuando heredamos su considerable colección de platos de porcelana y cubertería de plata, me pregunté qué haríamos con ella. Tras el divorcio, Mars no quiso nada de todo eso; y a mí, para esa ocasión, me hacía ilusión contar con doce servicios de mesa completos y a juego.

Seguro que Natasha tendría planeado usar porcelana fina de la más elegante; esa fue la verdadera razón por la que yo escogí, para servir la sopa, un juego de platos y cuencos de cerámica de color verde salvia. Añadí una botella de vino económico y vasos de agua que había comprado porque me encantaba la iridiscencia del cristal color ámbar con su textura de burbujas. Puse unos jarroncitos de unos ocho centímetros de alto, bien llenos de bayas, y los agrupé justo en el centro de la mesa, combinados con coloridos candelabros de cerámica. Retrocedí unos pasos para contemplar la mesa en perspectiva. Tenía un aire festivo, para nada recargado. Estaba perfecta.

Mi madre me espiaba desde la puerta.

—Te ha quedado monísima, cariño, pero tendrás que poner más cubertería y más vajilla.

Conté los invitados mentalmente.

—No, hay justo para doce personas.

Mi madre me echó esa mirada que yo conocía desde la infancia: estaba ocultándome algo.

—¡Mamá! —No conocía a nadie más que viviera cerca de mi casa, aparte de mi hermano, y su familia y él estaban fuera de la ciudad—. ¿A quién has invitado?

Sonó el timbre, en el momento justo para que mi madre se librara de responder a mi pregunta. El estómago me dio un vuelco. Me aterrorizaba la llegada de Natasha y Mars. Mi madre me quitó una pelusilla del hombro.

—¿No podrías haberte puesto algo para enseñar un poco de canalillo?

Pero ¿de qué narices iba mi madre? Yo no tenía tiempo de estar pensando en esas cosas. Inspiré con fuerza una buena bocanada de aire, puse mi mejor sonrisa y fui a abrir la puerta.

A continuación, estalló el caos total. Mi padre volvió con Daisy, que entró disparada en la casa. Mars llegó en compañía de Natasha, al mismo tiempo que el coronel y MacArthur, que encabezaban la comitiva, seguidos por Craig.

Se distribuyeron por parejas de inmediato. MacArthur, el bulldog, empezó a jugar con su vieja amiga Daisy. Mi padre y el coronel tomaron posesión del estudio. Natasha, con su sonrisa de presentadora televisiva, me entregó una corona hecha con calabazas, cada una de ellas ahuecada y con un cirio dentro.

—No hacía falta que trajeras nada. —Examiné el adorno con detenimiento. Natasha se había tomado la molestia de perforar unos agujeritos en las calabazas para dejar pasar la luz a través de ellos—. ¿De dónde has sacado el tiempo para hacer esto?

—Es una manualidad rápida. Pedí algunas cosas prestadas al personal de mantenimiento del hotel. No están muy ocupados en Acción de Gracias. No les importó. —Levantó los brazos de golpe y exclamó—: ¡Hannah! —Sin reprimirse un pelo, recibió a mi hermana con su típica y exagerada efusividad sureña—. ¡Hacía años que no te veía! Estás tan guapa como siempre. Ya sabes que siempre he dicho que, si tuviera una hermanita pequeña, querría que fuera como tú.

Hannah le presentó a Craig, lo que provocó un nuevo derroche de efusividad por parte de Natasha.

—¿Solo siete meses para la boda? No es demasiado tiempo. Tienes que contármelo todo sobre la planificación.

Natasha no se imaginaba que una lectura de la lista completa de esos detalles a los que se refería podía durar hasta el día de la ceremonia.

Hannah llevaba un conjunto de jersey y chaqueta de punto de color beis y unos diminutos pendientes de perlas: un cambio radical con respecto a sus habituales prendas fucsias y su bisutería llamativa. Lo tomé como una consecuencia más de la influencia de Craig. Con los tirabuzones rubios rebotando por el encrespado que se había hecho con los rulos calientes, Hannah llevó corriendo a Natasha y a Craig hasta la terraza acristalada.

Mi madre sugirió acompañar a Mars y a June al comedor para que tuvieran el momento íntimo de madre e hijo que la anciana deseaba, pero yo la frené y le entregué la corona de calabazas.

—Me gustaría decirle algo a Mars, si no te importa. ¿Podrías encontrarle un lugar a esto en la mesa del bufé?

Me miró con una ceja enarcada, aunque sonriendo con condescendencia.

—Iré a ayudar a tu padre a servir los cócteles.

Mars ladeó la cabeza.

—Natasha ya me advirtió que intentarías algo así, pero yo le he asegurado que nosotros ya hemos pasado página hace tiempo. Sophie, amor, al vernos ayer, supongo que renacerían ciertos sentimientos, pero no estoy dispuesto a dejar a Nata.

—Te lo tienes muy creído. Tengo que contarte algo sobre June.

—Oh, no, tú también, no. Nata cree que ha llegado la hora de llevar a mi madre a una residencia de ancianos.

—Yo no quiero eso, pero estoy preocupada.

Me siguió hasta la puerta de la cocina. Levanté una mano para impedirle que entrara. Oímos que June decía: «Eso fue inevitable. Pero ¿no te das cuenta? Esto es una oportunidad para que Sophie y Mars vuelvan a estar juntos».

—Oh, no, mamá... —masculló Mars. Entró en la cocina y miró a su alrededor. Con un tono de voz amabilísimo, le preguntó—: ¿Con quién estás hablando?

—Con tu tía Faye —respondió ella sin saltarse ni un solo punto de su labor.

Mars abrió los ojos más que si hubiera visto al mismísimo fantasma de Faye. Se arrodilló junto a su madre.

—Mamá —dijo con más dulzura de la que había utilizado jamás—, hace muchos años que la tía Faye falleció.

June siguió tejiendo.

—No creerás que ha dejado esta casa, ¿verdad?

—¿Crees que el fantasma de la tía Faye se aparece por la casa?

Mars se sujetó con fuerza al borde de la silla, levantó la vista para mirarme y torció el gesto mientras esperaba la respuesta.

—Decir que se aparece no está bien. Tiene connotaciones fantasmales. Lo que pasa es que, estando aquí, siento la presencia de su espíritu.

A Mars se le relajó el gesto y pareció aliviado.

—Así que... ¿en realidad no oyes hablar a la tía Faye?

—¡Oh, no! La oigo alto y claro. Es maravilloso volver de visita para charlar con ella.

Mars se quedó cabizbajo, sin duda, para ocultar su cara de preocupación.

—Sophie y yo no oímos a Faye.

—A lo mejor no estáis escuchando.

Mars se puso de pie y levantó las manos con gesto de impotencia.

—Mamá, tienes que aceptar la realidad. Faye está muerta, y Sophie y yo estamos divorciados. Ahora estoy con Natasha.

—Eso ya lo sé. No soy estúpida.

Las agujas de tejer de June se detuvieron, y ella centró toda su atención en Mars.

—Todavía no te has casado con Natasha, ¿verdad?

—No, señora.

—¿Lo ves? —Esbozó una amplia sonrisa—. La esperanza es lo último que se pierde.

Mars le sugirió que ambos se retirasen al comedor para hablar. Sin embargo, cuando él salía de la cocina, me interceptó y me llevó a un lado.

—¿Crees que mi madre está perdiendo la cabeza?

—De no ser por lo de Faye, parece sana.

—No le digamos nada de esto a Natasha. Si descubriera que mi madre cree estar hablando con su hermana muerta, la metería en una residencia la semana que viene. Sobre todo, ahora que su futura suegra casi le quema media casa.

A mí me pareció bien.

—¿Estás seguro de que tu madre provocó el incendio?

—Nata está segura.

El momento de intimidad entre madre e hijo no duró mucho. Andrew, el hermano pequeño de Mars, llegó con Vicki.

—Muchas gracias por habernos invitado —dijo ella—. Anoche estábamos en casa de Natasha cuando se declaró el incendio. Fue horrible. Y no teníamos un plan alternativo. Ya nos había imaginado a los dos cenando sándwiches de mantequilla de cacahuete y jalea en Acción de Gracias.

Iba a cerrar la puerta cuando alguien llamó tímidamente.

—Hola, Sophie —me saludó un hombre delgado, de barba rala y el vello tan rubio que casi parecía albino.

CAPÍTULO DIEZ

De *La buena vida*:

Querida Sophie:

Cuando a mi cuñada le toca ser la anfitriona de las celebraciones familiares, se levanta a las cuatro de la madrugada para preparar el pan. Yo tengo tres hijos y hago largas jornadas de trabajo; necesito dormir y no tengo tiempo de estar horneando nada cuando me toca a mí organizar las reuniones familiares. Me disgusta mucho que mi cuñada se quede mirando con desprecio mi pan comprado en el súper.

¿Qué puedo hacer?

Somnolienta en Saltville

Querida Somnolienta:

Necesitas dormir. No te sientas culpable por hacerlo. Yo preparo panecillos y trenzas de pan, más o menos, con una semana de antelación, y dejo que la panificadora haga el trabajo duro. Hasta la madre más ocupada encuentra un par de minutos para echar los ingredientes en la panificadora. Pon el electrodoméstico en modo manual y se encargará de la elaboración del pan hasta la fase del primer levado. Luego saca la masa y dale forma de panecillos y monísimas trenzas. Tus hijos pueden ayudarte. Coloca los panecillos y las trenzas sobre una lámina de papel de hornear galletas sin engrasar. Cúbrelo todo con un paño limpio de cocina y déjalo levar (evitando las corrientes) hasta que doble su tamaño. Retira el paño de cocina y cubre la masa, todavía cruda, con papel celofán. Mete la bandeja con las elaboraciones en el congelador. Si necesitas la bandeja o más espacio en el congelador, puedes meter los bollos, en cuanto estén congelados, en una bolsita de congelación. Cuando los necesites, precalienta el horno a 175 °C, salpica los bollos con agua por encima y échales una pizca de sal antes de meter la bandeja en el horno. A tu cuñada le sabrán a recién hechos, pero tú no estarás tan cansada como ella.

Sophie

El hombre de la puerta me resultaba ligeramente familiar.

—¿Puedo ayudarle?

—¿No me recuerdas? Yo a ti sí. —Se inclinó hacia mí para hablarme con tono de confidencia—: Yo era el que gritó de alegría por ti cuando ganaste el campeonato de rayuela contra Natasha.

Me quedé mirándolo a la cara, sintiéndome estúpida. Estaba hablándome de algo que había ocurrido en cuarto de primaria. ¿O fue en quinto? ¿Quién era ese tipo?

—¡Humphrey! —exclamó mi madre con voz cantarina acercándoseme por la espalda—. Espero que no te haya costado demasiado localizar la casa.

¿Humphrey? Ese nombre sonaba anticuado incluso antes de que yo naciera. Pero sí que había conocido a un Humphrey. Lo miré mejor mientras me entregaba una botella de jerez.

—¿Humphrey Brown?

—Sí que me recuerdas.

Asentí con la cabeza. La verdad era que llevaba años sin pensar en él. Resultaba evidente que mi madre lo había llamado como su invitado sorpresa.

El temporizador del horno hizo sonar la alarma y dejé a mi madre atendiendo a Humphrey. En la cocina, Bernie estaba intentando adivinar qué había dentro del horno.

—¿Está listo para sacar?

Me puse las manoplas y estaba sacando del horno el boniato con malvaviscos de mi madre cuando Vicki me localizó.

—No quiero interrumpir, pero Hannah y Mars están a punto de provocar una guerra mundial por el coste de los seguros médicos.

Genial. A Mars le encantaba discutir y no siempre sabía cuándo dejarlo estar.

—¿Bernie?

—Ya me encargo yo, cariño.

De alguna manera, a pesar del caos provocado por la llegada de los invitados, Bernie había conseguido cambiarse y parecer prácticamente respetable, salvo por su pelo de fregona.

—¡Oh! Un gatito. —Vicki acarició a Mochi en la cabeza—. Siempre quise tener uno, pero mi hermano era alérgico, y Andrew también lo es. Parezco destinada a pasar esta vida sin un minino.

Lanzó un suspiro y se acercó caminando sin prisa hacia mí. Con gesto distraído, cortó una esquina de una trenza de pan y fue mordisqueándola como un ratoncito. No me extrañaba que los pantalones le quedaran tan bien. Yo habría untado el pan con mantequilla.

Coloqué los crujientes y dorados volovanes de queso en una bandeja de cristal para servirlos y debería haberlos llevado a todo correr al comedor, pero tenía muchas ganas de pasar un minuto a solas con Vicki para poder sacarle algo de información.

—Oye, ¿qué problema hubo entre Andrew y Simon? —pregunté como quien no quería la cosa.

Tragó un pedacito de pan.

—¿Te acuerdas del programa de televisión?

—¿Qué programa?

Puso expresión de sorpresa.

—Ese que daban cuando... ¡Oh, Dios mío!, más o menos cuando Mars y tú rompisteis. ¿Has oído hablar de *Ni se te ocurra*?

—¿Ese programa de tele para idiotas en el que la gente corre riesgos estúpidos para ganar millones de dólares?

—Ese mismo. Fue una idea de Andrew. Pero necesitaba un productor televisivo con mucha pasta que lo financiara. Acudió a Simon, y él lo rechazó.

—Pero si el programa sigue en antena...

—Simon le robó la idea. Pues resulta que ha sido un éxito total, salvo por el triste caso ese de la concursante que perdió una pierna. De no haber sido por ese horrible accidente, la chica habría ganado. Mi hermano siempre dice que el destino es muy caprichoso. La concursante perdió la pierna y ese tío engreído ganó un millón de dólares, y Andrew no recibió nada de nada. Ni un centavo.

Natasha entró de golpe y frenó en seco.

—Creía que habías reformado esta cocina.

—Sí que la reformamos.

—Ojalá me hubieras llamado, me habría encantado ayudarte. Tendrías que haber visto la maravillosa cocina de mi mansión campestre. —Esto último lo dijo con un hilillo de voz que acabó quebrándose—. Claro que ahora ya no existe. —Se abanicó con una mano como para secarse las lágrimas y luego la levantó de golpe en dirección a la pared de piedra—. Deberías haber eliminado eso, por ejemplo. En las cocinas jamás debería haber piedra rústica ni ladrillo, son materiales imposibles de limpiar.

El retrato de Faye colgaba torcido, pero Natasha no se dio cuenta.

Tuvo su gracia que no supiera lo antiquísima que era la piedra, ni que había viajado hasta la casa en la bodega de un antiguo navío. Estuve a punto de comentar que no me dedicaba a cocinar sobre la pared de piedra, pero me mordí la lengua, ya que estaba decidida a no provocar una discusión.

—Me sabe fatal que te hayas visto obligada a invitarme. El incendio ha sido una pesadilla. Teníamos invitados en casa cuando se declaró. No te imaginas lo horroroso que es ver cómo se incendia tu casa. —El tono de su voz alcanzó un timbre agudo y estridente—. Y luego tuvimos que registrarnos en un hotel en plena noche.

—Ya no puedo oírla ni un segundo más —me susurró Vicki al oído, al pasar por mi lado.

Le entregué la bandeja con volovanes de queso.

—¿Te importaría llevar esto a los invitados?

Salió dando grandes zancadas hasta el recibidor.

—Me alegro de que no hubiera heridos.

Le ofrecí a Natasha una caja de pañuelos de papel. A veces me sacaba de quicio, pero, en ese momento, no estaba montando la típica escenita a lo *drama queen*. Con solo pensar en el incendio, me recorría un escalofrío por todo el cuerpo. No podía ni imaginarme lo traumatizada que debía de estar. Natasha se quedó mirando por la ventana panorámica mientras retorcía un pañuelo de papel entre las manos, con gesto nervioso.

—Sophie, necesito disculparme.

Era toda oídos. No la recordaba disculpándose por nada en toda mi vida.

—Tal vez me precipité un poco ayer al acusarte de haber asesinado a Simon. Tenías tus motivos y la oportunidad, pero ahora entiendo que las cosas igual no fueron como parecían, y me arrepiento de haber sacado conclusiones precipitadas sobre tu relación con el asesinato, al margen de lo evidente que pareciera en ese momento.

—Gracias, Natasha.

Me pregunté qué habría motivado la extraña disculpa, pero seguí a lo mío y no se lo pregunté. Me bastaba con que hubiera pensado en ello y hubiera tenido la amabilidad de disculparse. Pincelé una segunda bandeja de trenzas de pan caseras con un cuenco de agua fría, las salpiqué con escamas de sal *kosher* y las metí en el horno. A ella se le relajaron los hombros, como si hubiera estado en tensión antes de soltar su discursito.

—Me alegro de que hayamos aclarado este asunto. Cuando una alcanza cierto nivel de fama como yo, se hace muy difícil saber en quién confiar. Saber quiénes son tus amigos. Me da la sensación de que todo el mundo quiere algo de mí. Tú eres una de las pocas personas a las que puedo recurrir, Soph. —Vaya, vaya. Eso sería hasta que descubriera mi columna de consejos anti-Natasha. Entonces me eliminaría de la categoría de amiga de confianza en menos que canta un gallo—. Necesito un favor, Sophie.

Una cosa era invitarlos a la cena de Acción de Gracias, pero ni hablar del peluquín iban a mudarse conmigo, me daba igual el motivo. Programé el temporizador del horno, levanté la salsera y me preparé para lo peor. Natasha me miraba con sus ojos negros y expresión aterrorizada.

—La policía pensará que Mars mató a Simon —afirmó—. Sé que tú, como yo, no quieres que eso ocurra. Tenemos que ayudarle, Sophie.

Estuve a punto de tirar la salsera.

—¿Por qué iban a sospechar de él?

Se me pasaron por la cabeza un montón de hipótesis descabelladas. ¿Habrían encontrado sangre en la ropa de Mars? ¿Lo habría visto alguien salir de la sala de conferencias?

Natasha se sujetó la cara con ambas manos.

—Es todo culpa mía. Jamás debería haber accedido a participar en el concurso. Pero no podía ni imaginar que acabaría así.

Tendría que haberla consolado, pero el borboteo de la salsa en la bandeja del horno requería mi atención inmediata.

—¿Qué hizo Mars para que lleguen a sospechar de él?

—Es por esa terrible contienda.

No pude evitar reírme. Lo había olvidado por completo.

—Eso no fue más que una maniobra publicitaria.

Los periodistas de los medios de Simon solían rebuscar en la basura de los políticos y se inventaban historias escandalosas. Mars lo había reprendido por ello, y Simon le había replicado. Al final, todos salieron ganando. Los clientes de Mars obtuvieron la clase de publicidad que jamás habrían podido pagar y la cadena de televisión por cable de Simon alcanzó las mejores cifras de audiencia cuando Mars y Simon aparecieron en pantalla despotricando el uno contra el otro.

—No fue una maniobra publicitaria, Sophie. El congresista Bieler perdió su oportunidad de ser candidato a la reelección por las mentiras que inventaron los periodistas de Simon. Lo peor de todo fue que la confrontación entre Mars y Simon era un asunto de dominio público. Todo el mundo sabía que se odiaban.

Removí una vez más el lecho de salsa y comprobé cuánto tiempo quedaba para apagar el horno. En ese momento, lo único que deseaba era que Natasha saliera de mi cocina para poder concentrarme.

—Sophie, por favor... Se me había ocurrido que, a lo mejor, tú tendrías alguna idea. Algo que pudiéramos hacer para convencer a la policía de que Mars no está implicado.

Tenía que estar de guasa. Ni siquiera había sido capaz de convencerles de que yo no estaba implicada.

—¿Podrías llevar estas botellas de vino al comedor? —pregunté.

Enarcó las cejas.

—No están decantadas.

—¡Oh, no! ¿Qué vamos a hacer? —Me arrepentí en cuanto el comentario sarcástico salió por mi boca—. Tú llévalas así al comedor y ya está. ¿Y si te lo pido por favor?

Lancé un suspiro de alivio cuando me hizo caso. El vino blanco no necesitaba ser decantado y el tinto era solo un comodín para los invitados a los que no les gustaba el blanco.

Por fin, un par de minutos para concentrarme en el cocinado. Sin mirar, alargué una mano para coger una agarradera de paño y me topé con el brazo de Humphrey.

—¿Puedo ayudarte con algo? —preguntó.

¿Tenía alguna tarea que endosarle para quitármelo de encima a él también?

—No, gracias. ¿Por qué no vas a pasar el rato con los demás? No tardaremos en sentarnos a comer.

Siempre y cuando pudiera mantener a todo el mundo fuera de mi cocina durante un par de minutos.

—Entonces me quedaré para hacerte compañía.

Se colocó junto a la chimenea, con las manos unidas por delante del cuerpo. Cada vez que yo miraba en su dirección, él me sonreía con la cabeza ligeramente echada hacia adelante, como un buitre hambriento. No podía soportarlo ni un segundo más. Saqué los sombreros de champiñón del horno y, con una espátula, fui colocándolos en una bandeja. Inspiré la vaharada del intenso aroma a ajo que desprendía el relleno chisporroteante. Tomé de la mano a Humphrey y tiré de él hasta la terraza acristalada.

—Cariño, me gustaría haber tenido tiempo para presentarte a todo el mundo, pero ya se encarga mi madre. —Le solté la mano y le sonreí—. Cuidará muy bien de ti y se asegurará de que conozcas a todos. ¿Verdad que sí, mamá?

Sin esperar una respuesta, le pasé los sombreros de champiñón y volví volando a la cocina. Mars y yo habíamos celebrado muchas fiestas estando casados, y la mayoría de ellas salía siempre bastante bien. Era muy capaz de manejar airosamente esa situación. Solo necesitaba un par de minutos más de tranquilidad para terminarlo todo. Natasha regresó y me dio un toquecito en la espalda.

—Has olvidado poner las tarjetas con los nombres de los comensales.

—No hay tarjetas.

—Siempre deberías preparar tarjetas con los nombres de los comensales. ¿Cómo vamos a saber dónde sentarnos?

—Hasta esta mañana, creía que seríamos seis. Y no me parecía un problema grave.

Entonces me habló como si estuviera explicándole algo a una niña.

—Si hubieras colocado tarjetas con los nombres de los comensales, me habrías ahorrado el posible bochorno de tener que sentarme junto a June, a quien, ahora mismo, no trago, porque me ha incendiado la mitad de la casa. Habría cambiado las tarjetas con mucha discreción.

No pude evitar reírme disimuladamente y me volví para que no me viera. ¿Era a June o a mí, la presunta asesina, a quien no podía tragar? Recuperé la compostura para hablar.

—Gracias, Natasha. No se me había ocurrido que las tarjetas con los nombres de los comensales servían para que tú acomodases a los invitados según tu conveniencia.

Ella ignoró el sarcasmo.

—Hace días que deberías haber preparado las hojas. ¿Es que no ves mi programa? Tienes que colocarlas entre las páginas de libros voluminosos para que se sequen y queden planas. —Lanzó un suspiro—. Voy a salir al jardín para ver qué puedo utilizar para colocar las tarjetas.

—Creo que deberías saber que el poli de ayer anda merodeando por fuera de la casa —me susurró Vicki acercándose a mí con disimulo.

—¿Qué?

La seguí hasta la ventana del comedor que daba a la calle. En efecto: Wolf estaba plantado en la acera vigilando la casa.

—¡Por el amor de Dios!

Me dirigí hacia la puerta.

—Sophie —dijo la mujer de Andrew, y se tiró del cuello de su blusa de seda—, si ese poli cree que mataste a Simon, seguramente no sea muy buena idea discutir con él.

Era la voz de la razón, pero la ignoré. Yo no había matado a nadie. Salí con paso firme y fui directamente hacia Wolf.

—Si tienes que estar de servicio el Día de Acción de Gracias, mejor que entres y cenes con nosotros. Así podrás vigilarme de cerca. Tengo un mogollón de invitados. Créeme, no pienso ir a ninguna parte.

Se quedó sin palabras, y sentí la satisfacción de haber conseguido desconcertarlo por un instante. Estaba claro que una asesina no lo habría invitado a cenar. Tal vez tuviera que replantearse sus teorías sobre mi implicación en los asesinatos. Dejó escapar una risa afable, como si estuviera liberando su tensión contenida.

—¿Estás segura de que hay comida suficiente?

—Ya nos apañaremos.

No comenté que empezaba a pensar que un ave de once kilos podía resultar tremendamente pequeña.

El aroma a pavo asado impregnaba el ambiente cuando entramos en la casa. Colgué la abultada chaqueta de cuero de Wolf en el armario del recibidor, y me fijé en que Vicki alejaba rápidamente a Andrew del inspector y se lo llevaba al salón con June. Craig se marchó corriendo detrás de ellos. Sin embargo, Bernie y Mars no perdieron ni un segundo y empezaron a preguntarle sobre el asesinato de Simon. Se fueron a la terraza acristalada con él.

Yo no podía permitirme el lujo de quedarme a escuchar qué decían. Debía ingeniármelas para aumentar la sopa, que entonces sería para catorce personas, y encajar otro asiento en la mesa.

Natasha entró en la cocina con las manos repletas de musgo y hojas marchitas.

—Dime que no has invitado a ese inspector de policía a cenar con nosotros...

—¿Preferirías que Wolf se quedara plantado ahí fuera?

Depositó la materia orgánica sobre un paño de cocina para secar platos, se limpió las manos y, con gesto dramático, se llevó las yemas de los dedos a la frente.

—El asesinato de Simon, June me incendia la casa, no hay tarjetas con los nombres de los comensales y ahora esto. ¿Por qué me tiene que pasar todo a mí? Debes pedirle que se vaya, Sophie. Seré incapaz de dar un solo bocado sabiendo que nos vigila.

Jamás había visto a Natasha tan alterada. Sacó un vaso del armario, lo llenó con agua del grifo, se lo bebió de golpe y se apoyó el recipiente de cristal contra la frente.

—No me sientes ni junto al inspector de policía ni junto a June, por favor —suplicó cuando por fin recuperó su compostura habitual—. ¿Dónde tienes el bolígrafo dorado?

De no haber sido organizadora de eventos, seguramente no habría tenido un boli con tinta dorada, pero había uno en mi kit de emergencia, en el coche. Sin embargo, en ese preciso instante, el vehículo se encontraba confiscado en algún depósito perdido de la mano de Dios. No me molesté en explicárselo a Natasha.

—No tengo.

Natasha recogió su trapo de cocina con el detritus del jardín y se dirigió hacia la terraza acristalada. La oí preguntando si alguien tenía un rotulador dorado.

En ese momento, yo tenía problemas más gordos, como aumentar la sopa. En la despensa encontré justo lo que necesitaba, aunque ignoraba qué sabor acabaría teniendo el resultado. Calenté el contenido de un tetrabrik de sopa de pimiento rojo asado y tomate orgánicos.

Entre risitas nerviosas, mi madre y June regresaron a la cocina desde la terraza acristalada.

—¿Qué andáis tramando vosotras dos? —pregunté.

—Es que es tan guapo.... —soltó mi madre—. De no estar casada, le habría dado un buen repaso.

—¿Wolf?

Sí que tenía cierto encanto. Era algo más masculino y recio, comparado con el aspecto impecable y refinado de Mars. Mi pregunta provocó más risitas nerviosas.

—Es atractivo, pero demasiado joven para nosotras. Estábamos hablando sobre el coronel —aclaró mi madre.

—Con ese porte militar... —lo halagó June.

—Y esa mata de pelo canoso —añadió mi madre—. No es muy habitual a nuestra edad.

Eché a las extasiadas damas de la cocina con amabilidad y con instrucciones de que obligaran a todos a ir al comedor para la cena. Me puse las manoplas gruesas, saqué el pavo del horno y lo coloqué sobre la encimera. Los jugos crepitaban en el interior de la bandeja. Moviéndome a toda prisa, coloqué el pavo sobre una tabla de madera con surcos en los bordes para recoger los jugos y rematé la salsa mezclándola con la grasa que había soltado la carne en el horno. La probé con una cuchara para ver si le faltaba sal. ¿Quién necesitaba patatas? Estaba delicioso tal cual.

Una vez dejé el pavo reposando, fui sirviendo cazos de crema en los cuencos y los decoré con una cucharada de puré de pimiento, lo que aportaba un vívido toque rojizo en el centro. Hundí la punta de un cuchillo en medio de cada punto rojo y dibujé un colorido corazón en la tersa superficie de la crema de calabaza. Tenía una pinta espectacular.

Bernie y Wolf me ayudaron a llevar los cuencos al comedor. Me dejé caer en una silla, agradecida de ver a todos sentados a la mesa y tener todo bajo control.

—No estás sirviendo mi menú —masculló Natasha, al tiempo que mis invitados comentaban a coro: «¡Qué bonito!».

Humphrey estaba sentado en el centro de la mesa. Me miraba con tal intensidad que me pregunté si se habría dado cuenta de que habíamos servido la crema. Yo desvié la mirada y lo ignoré.

La expresión de Natasha se iluminó de pronto.

—No has encontrado pichón. Por eso no has servido mi sopa. —Se dirigió a los presentes para anunciar con orgullo—: Como todo el mundo quería preparar mi receta, las tiendas se han quedado sin pichón.

Antes de llegar a probar mi atrevida combinación de cremas, se oyeron golpes y tropezones, retumbando por toda la casa, y a MacArthur ladrando sin parar.

—¡MacArthur y Mochi!

Me levanté de un respingo de la silla y salí corriendo hacia la terraza acristalada, con Wolf pegado a mis talones. Me había olvidado de Mochi y no tenía ni idea de cuál sería la reacción de MacArthur al verlo. Mochi estaba sentado entre las patas delanteras de Daisy y parecían dos angelitos. MacArthur, frustrado, estaba ladrándole a Mochi, pero el valiente gatito no se movía. Lo más raro era que los extraños ruidos prosiguieron. Con una orden de mando: «¡Alto!», el coronel hizo callar a MacArthur. Hannah me dio un codazo.

—¿Conoces a esa mujer? —Señaló a mi vecina, Francie, quien metódicamente tropezaba con las macetas de flores de mi jardín y avanzaba propinando bastonazos contra la fachada lateral de mi casa.

—Ya me encargo yo de esto.

Wolf se dirigió hacia la puerta.

—Deja que yo vaya antes a ver qué pasa.

Salí al frío exterior, con la esperanza de que a la vecina no le diera por usar el bastón contra mí.

—Francie, ¿qué estás haciendo?

Se enderezó y se apartó un mechón de su pelo reseco del rostro plagado de arrugas.

—He visto un bicho.

Y yo estaba viendo a otro.

—¿Tú eras el mirón?

—Había un mirón de verdad. No sé por qué nadie me cree. Deberían creerme. Se han producido dos asesinatos en esta ciudad en los últimos dos días.

¿Sería consciente de que estaba hablando con la principal sospechosa de tales asesinatos? La rodeé por los hombros con un brazo.

—Resulta que, casualmente, hay un inspector de policía alto y fuerte cenando en casa. ¿Qué te parece si entras y compartes la mesa con nosotros?

—No quiero ser un estorbo.

¡Ay, si hubiera sabido la mitad de la historia...! Ni me daría cuenta de si había un comensal más.

La acompañé con un gesto para que entrara.

—Acabamos de sentarnos a comer la crema.

—Espero que no sea ese caldo roñoso del que no paraba de hablar Natasha en la tele.

Todos volvieron poco a poco a la mesa y le dejaron un asiento a Francie para que se sentara junto a Wolf. No pude evitar fijarme en que Natasha le había cambiado el sitio a Mars para no tener que sentarse enfrente de June. Los invitados fueron pasándose los cuencos, las copas de vino y las cucharas para que todo quedara de nuevo delante de cada comensal en sus nuevos asientos. Hasta ahí llegó la vida útil de las tarjetas que había fabricado Natasha con las hojas.

Mientras los demás lo recolocaban todo, fui corriendo a la cocina y raspé la cacerola para servirle a Francie la crema. Se la puse delante y animé a los demás a comer antes de que se enfriara.

Me bastaron unos minutos para darme cuenta de lo que le pasaba a Francie. Solo tenía ojos para el coronel. Además, llevaba una recargada blusa con un lazo en el cuello y un chaleco bordado de raso. Se había puesto elegante para la cena.

Mi madre y June habían animado al coronel para que hablara sobre sus obras de beneficencia en África. Yo sentía lástima por él, pero resultó que era como un imán para las mujeres de más de sesenta y cinco años.

Mi mezcla de cremas fue todo un éxito, y sentí un tremendo alivio. Vicki y Hannah recogieron los cuencos y trajeron a la mesa el cremoso puré de patatas, las judías verdes con virutas de almendra crujiente, tiras de pimiento rojo asado, que parecían joyas, el relleno de beicon crujiente a las finas hierbas, los arándanos rojos rociados con un chorrito de Grand Marnier y los empalagosos boniatos gratinados con cobertura de malvavisco que mi madre había preparado especialmente para Craig.

Y, por fin, saqué el pavo, que, a pesar de que mi madre lo había bañado en sus propios jugos a escondidas, quedó con la piel bien dorada y crujiente. Por primera vez, me sobrecogió una extraña nostalgia ante la presencia de Mars. En el pasado, era él quien trinchaba el pavo. Me tomé un momento y me quedé mirándolo. Parecía tremendamente incómodo, algo nada típico en él. El imperturbable Mars se lo tomaba todo con calma. Se desabrochó el cuello de la camisa y usó una servilleta para secarse el sudor de la frente. Debíamos dejarles claro a nuestras entrometidas madres que éramos amigos y nada más. Miré con disimulo a Natasha, quien no parecía darse cuenta de la incomodidad de Mars. Cotorreaba sin parar sobre uno de sus programas dedicado a los champiñones.

Ese año, mi padre se encargaría de trinchar el pavo. Esperaba que a Mars no le importara. Le sonreí para tranquilizarlo. Se había puesto pálido y parecía mareado. No era por el disgusto de estar en mi casa por Acción de Gracias. Algo iba realmente mal.

—¿Mars? —pregunté.

Antes de poder colocar el pavo sobre el aparador, Mars se levantó ligeramente de la silla. Con la frente perlada de sudor, tosió una vez y se desplomó.

CAPÍTULO ONCE

De *La buena vida*:

Querida Sophie:

Me encanta la piel crujiente del pavo. Recién salida del horno, siempre tiene una pinta deliciosa, pero, por algún motivo, cuando mi mujer sirve la carne, la piel está blanda y ya no resulta apetecible.

Sin Crujiente en Crimora

Querido Sin Crujiente:

Apostaría a que tu mujer tapa el pavo con papel de aluminio para mantenerlo caliente mientras tomáis la sopa. Cubrir el ave caliente provoca que la carne retenga la humedad y, por eso, la piel deja de estar crujiente.

Sophie

N atasha se arrodilló para atender a Mars.

—Sophie, ¿cómo has podido?

—¡Craig, Humphrey, haced algo! —gritó mi madre.

Wolf rodeó la mesa para ayudar a Mars.

—Llamad al teléfono de emergencias. Me parece que ha sido por una alergia alimentaria.

Mars no tenía ninguna alergia. Incluso yo podía ver que estaba sufriendo algo más grave que una simple intoxicación alimentaria. Dejé el pavo sobre la mesa, corrí a por el teléfono y llamé a una ambulancia.

Cuando regresé al comedor, Mars estaba tirado en el suelo, gemía y se retorcía en posición fetal. Expectoraba y parecía tener dificultades para tragar saliva. Natasha le acariciaba el pelo.

—Por favor, Vicki, consigue que Sophie te diga qué le ha dado. Te lo suplico.

—Estás siendo ridícula. Si hubiera envenenado la crema, todos estaríamos mal.

Me horrorizó ver que más de un comensal ponía cara de susto. Levanté los brazos en el aire, con gesto de impotencia.

—¡Yo no he envenenado nada!

El aullido de la sirena de la ambulancia fue aumentando de intensidad. Descarté la idea de poder ayudar en algo, abrí la puerta de golpe y salí corriendo para hacerles señas a los paramédicos. Volver a ver a un equipo de emergencias me puso la piel de gallina. Mars no iba a morir, de eso nada. ¿Cómo podía estar pasando aquello?

Los paramédicos entraron con una camilla en el comedor y se comunicaron por radio con el hospital. La presencia de Wolf facilitaba las cosas. Conocía a los miembros del equipo y les dio las necesarias respuestas sucintas a sus preguntas.

Cuando le preguntaron a Natasha si Mars tenía alguna alergia, ella me miró con cara de cordero degollado. Yo negué con la cabeza.

—No —respondió June, tan pálida que yo creía que también acabaría desmayándose.

En cuestión de minutos, sacaron a Mars de casa y lo subieron a la ambulancia. Natasha me agarró por el brazo.

—No sé por qué has querido hacerle daño a Mars —me susurró al oído—, pero no te confundas, haré lo que sea para protegerlo.

Natasha siguió a la ambulancia con su coche. Bernie se ofreció a llevar a June en el suyo y traerla de vuelta a casa más tarde. Vicki se disculpó por tener que marcharse y corrió a la zaga de un visiblemente impresionado Andrew, que le gritaba que se diera prisa.

Eché un vistazo alrededor del jardín en dirección a los invitados que quedaban. El coronel, la solitaria Francie, el pálido Humphrey, el espeluznante Craig, el receloso Wolf, mis padres y mi hermana. Yo quería irme al hospital con los demás.

Mi padre me rodeó con un brazo por los hombros y me dio un apretón.

—Mars se pondrá bien. Ahora no puedes hacer nada para ayudarlo.

—Pues podríamos volver a entrar y disfrutar del pavo —sugerí con fingido entusiasmo.

Cuando regresamos al salón, un técnico de la policía científica estaba analizando la escena. Entre tanto alboroto, no me había dado ni cuenta de su llegada.

MacArthur y Daisy gimoteaban mirando la mesa y vi que Mochi había aprovechado el caos para subir de un salto y servirse un pedazo de pavo. Con lo diminuto que era, le había arrancado un ala y la estaba devorando como un cachorrito de tigre.

Mi madre sugirió a los invitados que fueran a la sala de estar mientras el agente de policía terminaba con su registro.

Cogí a Mochi en brazos, el ala de pavo mordisqueada y llamé a los perros a la cocina para que compartieran la presa que el gatito había robado. Wolf siguió a los perros.

—¿Has llamado a tu colega para que busque veneno? —pregunté.

Inspiró con fuerza.

—Da gracias de que Mars ha sufrido la reacción antes de que comiéramos nada más. —Wolf raspó un poco de relleno que se había quedado pegado en una sartén y empezó a masticarlo ruidosamente—. Al menos mi compañero solo ha tenido que analizar los entrantes y la crema. Salvo que... ¿Mars probó algo mientras tú lo cocinabas?

Intenté hacer memoria.

—Me parece que no.

Los invitados habían estado entrando y saliendo de la cocina sin parar. A la única que recordaba allí con seguridad era a

Natasha, porque me había vuelto loca. Adiós a su teoría de que la poli sospechaba de Mars. Ni siquiera ellos pensarían que mi exmarido se había envenenado a sí mismo.

Wolf volvió a comer un poco del relleno que aún quedaba pegado en la sartén.

—Eso suponiendo que lo hayan envenenado. Podría haber sido una reacción a algo. Incluso a algún alimento que hubiera comido horas antes, en el desayuno. Los resultados del análisis seguramente te librarán de toda sospecha, al menos, por esta vez.

Coloqué a Mochi sobre una silla y miré a mi alrededor. El poli había sido muy profesional. Habíamos dejado apilados los cuencos vacíos sobre la encimera y ya no estaban. De no ser por el rodete de crema que habían dejado los recipientes, no me habría enterado del paso del agente por la cocina.

Después de darles a Mochi y a los perros sus recompensas, precalenté los hornos para los platos del acompañamiento. Se habían quedado en la mesa y llevaban enfriándose más de una hora. O los servía en condiciones, o los demás invitados sí que acabarían intoxicados por la comida.

Wolf puso un tronco en la chimenea y me preguntó si necesitaba ayuda.

—No, a menos que puedas meterle prisa a tu colega el poli.

Se acomodó en una butaca, y Mochi subió de un salto a su regazo.

—¿Invitas a tu exmarido y a su familia para todas las fiestas?

Nos serví a ambos un vaso de té helado, le pasé el suyo y me senté frente a él.

—No ha sido más que una peculiar confluencia de extraños acontecimientos. En realidad, hace unos días que todo es así. ¿Es que hay luna llena?

—No creo que haya muchas exmujeres que inviten a su casa a la mujer que les ha quitado el marido —comentó con un tono muy calmado de voz.

Lo miré impactada. No lo dijo explícitamente, pero la intención de su comentario quedó clara: solo una exmujer con malas intenciones invitaría a la mujer culpable de acabar con su matrimonio. Apreté los dientes y emití un gruñido.

—Natasha no me quitó a Mars.

El agente de la policía científica que estaba tomando las muestras llamó a Wolf desde la puerta. Ambos salieron al exterior para hablar y no pude resistirme a espiarlos por la ventana de la cocina. Ninguno de los dos parecía preocupado ni molesto. En cualquier caso, hablaban con tranquilidad y total normalidad.

Volví a llevar el relleno recalentado al comedor, donde mi madre estaba recogiendo los envoltorios que habían dejado tirados los miembros del equipo de emergencias. La culpabilidad me reconcomía por dentro mientras retirábamos los cubiertos. Mars podía morir, pero ahí estábamos los demás, a punto de darnos un banquete como si no hubiera pasado nada. Regresé a la cocina con Humphrey pegado a mí.

—Gracias por invitarme.

Pensé en decirle que ignoraba que estuviera invitado, pero habría sido una grosería innecesaria. Parecía tan frágil... como un alma en pena, con su piel blancuzca y su pelo canoso... Si exhalaba con demasiada fuerza, podría derribarlo.

—Me alegra que hayas venido.

Alargó una mano, titubeante, y me rozó con sus fríos dedos los míos. Me hizo falta mucha fuerza de voluntad para no retirar la mano de golpe. Rio con nerviosismo.

—Supongo que te pareceré un tonto, pero me gustabas mucho cuando éramos niños. Me asombra que me recuerdes. Si te digo la verdad, por momentos no estaba seguro de si sabrías que seguía vivo.

Aparté la mano a toda prisa y fingí darme una palmada en el pecho, en un estúpido intento de parecer sorprendida.

—¡Cuando éramos niños! En aquella época éramos muy inseguros. —Me esforcé por recordar algún detalle sobre él—. A ti se te daba tan bien, tan bien...

Dio un paso hacia mí, invadiendo mi espacio personal y más cerca de lo que yo habría deseado, y mordió el anzuelo.

—Diseccionar ranas.

Yo retrocedí un poco, aunque intenté seguir pareciendo amigable.

—Y mírate ahora. ¿A qué te dedicas profesionalmente?

—Dirijo una funeraria.

Recordé de pronto al director de la funeraria de nuestra ciudad natal: un hombre vital y amante del aire libre. Humphrey tenía pinta de haber salido de una viñeta en blanco y negro de las tiras cómicas de la *Familia Adams*.

—¿Sabes, Sophie?, siempre he sido muy tímido. Nunca he sido capaz de decirte lo que siento, pero ahora... saber que tú sientes lo mismo es como un milagro.

¿De dónde había sacado esa idea?

Wolf tosió, sin duda, para hacernos saber que se encontraba en el umbral de la puerta. La confianza de Humphrey se esfumó, y el pobre salió arrastrando los pies de la sala, con la cabeza gacha, abochornado.

Wolf agarró la fuente de boniatos.

No estaba segura de cuánto habría presenciado el inspector, pero una parte de mí quería asegurarse de que supiera que Humphrey había malinterpretado mis sentimientos.

—Esto no ha sido lo que parecía.

—Si asesinas a alguien, es de mi incumbencia. Tu vida amorosa es asunto tuyo. —Se llevó los boniatos con malvavisco al comedor y lo escuché murmurar—: Aunque yo no le veo el atractivo.

¿Qué quiso decir con eso? ¿Que no entendía que a Humphrey le atrajera yo o que a mí me atrajera Humphrey? Salí a toda prisa tras él, pero un comedor abarrotado de familiares e invitados, incluido Humphrey, no parecía el lugar más apropiado para interrogarle.

Por tercera vez esa noche, nos sentamos a comer. Mi padre trinchó el pavo y, durante unos minutos, mientras nos pasábamos los platos e íbamos sirviéndolos, nos comportamos con la normalidad de un grupo de familiares y amigos disfrutando de un banquete en fiestas.

—Wolf, ¿crees que el envenenamiento de Mars tiene algo que ver con el asesinato de Simon?

Hannah nos hizo volver a la realidad. El leve tintineo de los cubiertos se acalló; la estupefacción fue generalizada. La pregunta de mi hermana quedó suspendida en el aire, retumbando en mi cabeza. Si había alguna relación entre ambos sucesos, la persona culpable del asesinato había cometido un tremendo error. La lista con cientos de sospechosos, elaborada por Wolf durante el concurso de relleno para el pavo, habría quedado reducida de forma notable. Craig rompió el incómodo silencio.

—No es una pregunta tan descabellada. El hermano de Mars no ha ocultado jamás lo que siente por Simon. Y entiendo que Simon y Mars también se odiaban. En mi opinión, todos los miembros de la familia de Mars están bajo sospecha.

—Supongo que el propio Mars se libra. —Hannah empezó a diseccionar un pedazo de pavo con el tenedor—. Es decir, supongo que no se envenenaría a sí mismo. Tiene que haber sido alguno de los demás. No puede ser Natasha, así que eso nos deja a June, Andrew y Vicki. ¡Oh! Y a ese tal Bernie.

Me quedé mirando a Wolf. No tenía un pelo de tonto: no había dicho una palabra, pero nos observaba a todos con detenimiento.

—Yo apuesto por Natasha. —De haber sido más joven, la voz ronca de Francie habría sido atribuida al exceso de euforia al animar a su equipo deportivo; teniendo en cuenta su edad, le daba un aire gruñón, como si se hubiera pasado con el *whisky*—. Andrew no es lo bastante listo para cargarse a alguien y expresar sin reparos su desprecio por la víctima con tal de evitar que las sospechas recaigan sobre él. En cuanto a June, ella jamás envenenaría a su propio hijo.

El coronel le dio a MacArthur un trozo de pavo por debajo de la mesa.

—¿Y bien, inspector? ¿Tiene alguna sospecha?

Mi padre volcó la copa de vino enseguida. Corrí a socorrerlo y usé unas servilletas para absorber el líquido. Mientras secaba la alfombra dándole golpecitos, le sonó el móvil a Wolf. Se disculpó al levantarse de la mesa, pero regresó en cuestión de segundos. Tenía la mandíbula tensa.

—Lamento tener que irme tan de sopetón, pero hay novedades en el caso del ascsinato de Simon. —Miró directamente a Francie—. Han encontrado la presunta arma homicida.

CAPÍTULO DOCE

De *Pregúntale a Natasha:*

Querida Natasha:

El año pasado invertí un montón de horas en pulir la plata el Día de Acción de Gracias, pero en Navidad volvía a estar opaca. ¿No hay una forma más sencilla de limpiarla?

Traumatizada en Tappahannock

Querida Traumatizada:

Yo limpio mis objetos de plata de ley una vez a la semana. Utiliza un paño suave para frotarlos y un buen producto limpiador especial para plata. Si te mantienes al día con el pulido semanal, no te costará tanto y siempre la tendrás lista para usar.

Natasha

Wolf se quedó mirándome para ver cómo reaccionaba. —Los investigadores del cuerpo de bomberos han descubierto el trofeo del pavo enterrado en el jardín de Natasha.

Francie dio una palmada sobre la mesa.

—¡Lo sabía!

—Eso es imposible. Debe de haber un error.

Mi madre se limpió la boca dándose toquecitos con una servilleta. Siempre le había gustado Natasha.

—¡Mars! —Me levanté de la silla de un respingo y estuve a punto de tirarla al suelo. ¿Y si Natasha era quien había intentado lastimar a mi exmarido?—. Está con él en el hospital.

Wolf levantó las manos.

—Lo tengo vigilado. Un agente está allí de guardia.

Eso fue un alivio, aunque no me gustaba nada que Wolf tuviera que marcharse. El pobre no había disfrutado mucho del Día de Acción de Gracias.

Serví un generoso plato de pavo cortado y añadí un par de bollos de pan.

—Dame un segundo, Wolf.

Volví corriendo a la cocina, busqué la mayonesa, preparé unos sándwiches de pavo y los aderecé con una buena cucharada de salsa de arándanos rojos. En un abrir y cerrar de ojos, elaboré unos pequeños sobres con papel vegetal y metí los sándwiches dentro para que no gotearan. Lo envolví todo con papel de aluminio y se lo entregué a Wolf cuando estaba en el recibidor.

—Supongo que ahora sí que estoy fuera de sospecha, ¿no? —pregunté.

—Hace falta algo más que un par de sándwiches para chantajearme.

—Ya sabes a qué me refiero. Ahora que han encontrado el arma del crimen en la casa de Natasha, ¿no significa que yo ya estoy libre de sospecha?

Sopesó los sándwiches que estaba sujetando.

—Todavía no puedo descartar a nadie como sospechoso, Sophie. Ni a uno solo de todos vosotros.

Abrió la puerta, y yo me quedé mirándolo mientras se alejaba. Albergaba la esperanza de que la cuestión se resolviera y tuviera la oportunidad de conocer a Wolf un poco mejor. Sin embargo, él mismo acababa de confirmarme mi peor miedo: creía que el asesino era uno de nosotros.

¿De verdad Natasha habría sido capaz de aporrear a Simon en la cabeza con el trofeo del pavo? Sin duda había tenido oportunidad de hacerlo, pero no se me ocurría un motivo. ¿Imaginó que así estaría protegiendo a Mars? Eso no tenía sentido. No obstante, si ella no era la asesina, ¿por qué enterraría el trofeo en su jardín?

—Me alegro de que haya tenido que irse. Deberías haber visto cómo le ha cambiado la cara a todo el mundo en cuanto se ha marchado.

Me volví de golpe y me topé con Humphrey y la salsera.

—¿Quién? ¿Wolf?

—En cuanto ha salido, nos hemos relajado y hemos empezado a charlar. Yo me he ofrecido voluntario para venir a buscar más salsa... y así tener un momento a solas contigo.

Ya en la cocina, le quité la salsera de las manos y la rellené, preguntándome qué mentira inocente podría contarle para ahuyentarlo. Lo tenía tan pegado a mí que notaba su aliento en la nuca.

—Ayer casi no me podía creer la suerte que tuve de verte. Estás igualita que en el instituto. Natasha era popular, pero siempre me ignoraba, como si yo fuera invisible para ella. Bueno, ya sabes, no ha cambiado nada. Hoy casi ni me ha dirigido la palabra. Tú siempre sonreías cuando nos cruzábamos por los pasillos. Y una vez me cediste el asiento a la hora de comer.

¿Hablaba del instituto? Pero si ya teníamos cuarenta y tantos. Humphrey estaba atrapado en un profundo bucle temporal. Le pasé la salsera y le solté una mentira.

—Has malinterpretado a Natasha. Ya sabes cómo funciona esto: la chica más guapa nunca consigue salir con nadie. Es tremendamente tímida.

—¿De veras? Jamás lo habría dicho. Tendré que compensárselo, por haber pensado mal de ella. A lo mejor en el concurso de relleno para el pavo... Volverán a convocarlo, ¿verdad?

No tenía ni idea, pero, si eso quería decir que Humphrey iba a perseguir a Natasha, yo esperaba que se retomara la competición. Sonreí solo de pensarlo.

Humphrey estaba saliendo por la puerta. Lo agarré por su jersey de lana marrón.

—Un momento. ¿Dónde me viste ayer?

—En el concurso *Relleno de rechupete*.

Le solté la manga. Me guiñó un ojo y siguió caminando hasta el comedor. Oí a mi padre pidiéndole la salsa.

Medio aturdida, crucé el recibidor hacia el arco de la entrada del comedor y me quedé mirándolo. ¿Podría ser Humphrey el mirón? ¿Habría contratado a un detective privado para seguirme?

—Siéntate y come algo, Sophie. —Mi madre me hizo un gesto con la mano—. Está todo delicioso.

—Y a nadie más le ha dado un síncope aún —añadió Hannah.

Craig rio disimuladamente, aunque no dudó en llenarse la boca con boniatos. Me apoyé en mi silla y tomé un sorbo de agua helada. En mitad de la mesa, Humphrey comía delicadamente. ¿Podía alguien tan lánguido ser un asesino?

—Humphrey —dije con el tono más despreocupado que pude articular—, ¿conocías a Simon personalmente?

—Gracias al cielo, no. No me topo con ningún famoso hasta que está a punto de pasar a mejor vida.

A los demás, su broma les pareció mucho más divertida que a mí, aunque sentí cierto alivio en la tensión de los hombros. Humphrey no tenía ningún móvil para el asesinato. Desde que habían matado a Simon, sospechaba de todo el mundo.

Me arrellané en el asiento, me relajé y me di cuenta de que los invitados todavía presentes estaban pasándolo bien. La mesa estaba repleta de platos con la guarnición y la conversación era fluida. Me serví pavo y demasiados arándanos rojos, una de mis recetas favoritas de Acción de Gracias. El coronel se puso mantequilla en una trenza de pan.

—No te preocupes por Mars, querida. Esa reacción que ha tenido no ha sido nada en comparación con el lío en el que está metido por el asesinato de Simon. Fue muy desafortunado que Mars expresara tan abiertamente su desprecio hacia el magnate de los medios, después de que ese periodista husmeara en la basura del congresista.

Craig dejó de comer.

—¡Mars Winston! Con razón me sonaba tanto ese nombre... Ahora lo recuerdo. Acusó a Simon de aprovechar sus propios medios de comunicación para dar a conocer su agenda política. Fue un escándalo tremendo.

Mi padre se sirvió más relleno.

—Mars es demasiado inteligente para matar a alguien con quien tuvo una trifulca en público.

—Natasha no lo es.

Fue Francie quien hizo ese parco comentario. El coronel tomó un sorbo de vino.

—A mí, lo que más me fascina es el asesinato del detective privado. La policía tiene motivos para pensar que hay alguna conexión entre ambos crímenes. No me sorprendería. Simon era conocido por sus tácticas comerciales despiadadas.

—Esto es muy emocionante. Es como uno de esos juegos de mesa en los que hay que descubrir al asesino. —Hannah lanzó un suspiro ahogado—. ¿Podríamos hacer algo así en la boda?

No me pude contener, me lo había puesto en bandeja y tenía que decirlo.

—¿Quieres que asesinen a alguien en tu boda? ¡Qué recuerdo tan bonito!

—Pero no de verdad. Ya me entiendes, sería un falso asesinato.

¿Hannah siempre había estado tan mal de la cabeza? ¿Existía una enfermedad llamada «euforia nupcial» que impedía que las novias pensaran en nada más? Por suerte, mi madre cambió de tema y empezó a hablar de MacArthur; conseguimos llegar a los postres sin que nadie volviera a mencionar el tema del asesinato.

Con los perros y Mochi a nuestros pies saltando para conseguir sobras de la mesa, todos colaboraron para recogerla. Si mi madre no hubiera estado presente, yo habría dejado los platos sucios en la cocina y habría ido a reunirme con mis invitados en el salón, pero una de las normas sagradas de mi madre era que la cocinera no descansaba hasta que la cocina estuviera impoluta. No pararía de darme la matraca si creía que quedaban platos sucios en el fregadero. Mi madre debió de contagiarle parte de ese sentimiento de culpa a Hannah, porque mi hermana apareció de pronto en la cocina.

—Yo me encargo de llenar el lavavajillas, pero no pienso limpiar nada con el estropajo. Me estropearía la manicura.

¡Dios no lo quisiera! Mientras Hannah empezaba a enjuagar los platos para meterlos en el lavavajillas, yo llamé al móvil de Natasha. No contestó. A continuación, marqué el número de Vicki. Tampoco hubo respuesta. Estaba marcando el número de Andrew cuando Humphrey entró con paso decidido en la cocina. Sonreía como si todo estuviera bien en su mundo.

—Se supone que debo pedirte que prepares algo de café descafeinado. A Francie y al coronel les apetecería tomar un coñac, tu padre preferiría un poco de oporto y Craig tomará lo mismo que Hannah.

Asentí con la cabeza.

—En cuanto consiga hablar con alguien que me diga cómo está Mars. Nadie contesta al móvil. Espero que no sea una mala señal.

—Seguramente les han pedido que apaguen los teléfonos. Interfieren en la maquinaria del hospital.

Colgué la llamada.

—¿Cómo sabes eso?

Volvió la blanca palma de una mano hacia arriba, como sorprendido por mi pregunta.

—Recojo cadáveres de los hospitales a diario.

Me dejé caer sobre una de las butacas junto a la chimenea. Sus palabras me hicieron recordar que Mars podía ser la víctima mortal número tres.

Humphrey se arrodilló como si estuviera a punto de declararse.

—Sigues enamorada de Mars....

No era así, por supuesto, pero estaba más que dispuesta a hacer que él lo creyera.

—Humphrey... —empecé a decir.

Hannah escogió ese preciso instante para romper a reír.

—¿Por qué piensa eso todo el mundo? Hace mucho tiempo que superó lo de su exmarido. ¿Crees que habría invitado a Natasha y a Mars a cenar si siguiera enamorada de él?

«Gracias, Hannah». Le lancé una mirada de exasperación. Ella abrió los ojos como platos.

—Por eso me sonaba tanto tu cara... Tú eras ese niño que se pasaba el día delante de nuestra casa, yendo de un lado para otro con la bicicleta, después del cole. Dios mío, al principio no he atado cabos, pero tenía la sensación de que te conocía...

Humphrey pareció sentirse halagado.

—Deja que te eche una mano con eso. —Se puso los guantes para lavar los platos y empezó a fregar—. Para serte sincero, nunca pensé que nadie se hubiera fijado en mí. Acabo de confesarle a tu hermana que me gusta desde que éramos niños. Imagínate mi sorpresa al saber que ella siente lo mismo.

¿Por qué no paraba de decir eso? Estaba segura de no haberle dado la impresión equivocada. Tenía que darle calabazas con amabilidad, pero ¿cómo?

Mientras se mordía el labio superior para aguantarse la risa, Hannah se volvió hacia a mí, muy poco a poco.

—¡Quién lo iba a imaginar!

Me levanté.

—Voy a por el vino.

A lo mejor, si los dejaba a solas, Humphrey se enamoraría de Hannah en vez de mí.

El estudio, donde Bernie había establecido su campamento, tenía dos entradas: una que daba al salón y otra, a la terraza acristalada. Abrí de golpe esa puerta, y los perros me adelantaron corriendo, seguidos por el pequeño Mochi. Bernie había dejado toda la ropa desperdigada. Su maleta estaba en el suelo, abierta y junto a una enorme bolsa de viaje que había conocido épocas mejores.

Saqué el oporto y el coñac del mueble bar. Con las manos llenas, me volví justo a tiempo para ver a MacArthur rebuscando con el hocico en la maleta de Bernie. Pegué un silbidito para disuadirlo, pero el bulldog siguió con su exploración. Dejé las botellas, y MacArthur huyó, a todo correr, con algo asomándole por la boca. Daisy y Mochi salieron a la zaga hasta la terraza acristalada. Con la intención de cortarles el paso entrando por el otro lado, abrí la puerta que daba al salón, donde estaban charlando los demás invitados. El repiqueteo de las zarpas del perro sobre el suelo de madera se oía cada vez más alto.

MacArthur, que todavía llevaba algo en la boca, entró corriendo en el salón, con Mochi montado sobre el lomo y Daisy persiguiéndolos a toda pastilla. El coronel logró atrapar a su enloquecido chucho para quitarle a Mochi del lomo. El gatito bajó de un salto antes de que yo pudiera llegar. Subió de otro salto a una butaca vacía y empezó a lamerse las patitas delanteras, como si el olor a perro le resultara ofensivo.

MacArthur no parecía herido, pero me fijé en que no se separaba del coronel. El delicioso premio que había provocado la frenética persecución resultó ser una chocolatina de Toblerone. La llevé a la cocina, donde Humphrey y Hannah estaban trabajando, codo con codo, y la tiré a un cubo de la basura al que no llegaría ninguno de los animales.

Regresé al estudio, pues se me ocurrió que Bernie podía llevar más de una chocolatina en la maleta. Me arrodillé para empezar a recolocar las cosas que MacArthur había sacado de dentro. Cuando cambié la maleta de posición para cerrarla, asomó por fuera una hoja de periódico. Abrí un poco la parte superior para remeter la hoja suelta y vi, sin poder evitarlo, que se trataba de un artículo sobre Simon. Era una breve publicación de la sección culinaria de *The Miami Herald* sobre el concurso *Relleno de rechupete* y la relación de Simon con el certamen.

Hasta entonces, yo daba por sentado que Bernie había llegado a Virginia directamente desde Inglaterra, pero mi suposición no tenía fundamento. La verdad era que me inquietaba un poco pensar que el viejo amigo de Mars ya supiera lo del concurso de antemano y se hubiera molestado en guardar ese artículo. Me incorporé, enfadada conmigo misma por imaginar que eso tuviera alguna importancia. Bernie sabía que Simon estaría en la ciudad, vio el artículo y lo arrancó. No tenía nada de siniestro.

Recogí las botellas de oporto y de coñac, y las llevé al comedor, donde guardaba el juego de copas que nos regalaron a Mars y a mí para la boda. Después de servirle a todo el mundo, regresé a la cocina, a toda prisa, para preparar un café de Colombia, orgánico y descafeinado.

Hannah y Humphrey estaban muertos de la risa, como un par de amigos de toda la vida, aunque debía reconocer que habían hecho un buen trabajo: las encimeras de la cocina estaban relucientes y solo quedaban un par de cosas por lavar. Humphrey había lavado y secado, incluso, la imposible bandeja del horno y la rejilla para asar.

Le pedí que me alcanzara la cafetera de porcelana Rosenthal, estilo *vintage,* que guardaba en un armario alto, porque casi nunca tenía ocasión de utilizarla. La enjuagué bien y vertí el café caliente en ella. En un cuenco de porcelana a juego, serví una generosa ración de nata montada, para los comensales que todavía no se sintieran lo bastante mimados. La jarrita para la leche —irónicamente, desnatada— y el azucarero, ambos a juego, iban también en la bandeja. Humphrey la llevó al salón. Hannah me agarró por el brazo.

—Es muy divertido. No es muy agraciado, pero deberías pensar en salir con él. Está loco por ti.

De haber sido pequeñas, ya le habría tirado de la trenza por decir algo así.

—Tienes que ayudarme a quitarle esa idea de la cabeza, Hannah. No estoy interesada.

Mi hermana recogió la mitad de las tazas y los platitos para el café y se dirigió hacia la puerta.

—No tengas tanta prisa por ahuyentarlo. No tienes a los hombres haciendo cola en tu puerta, precisamente.

La seguí con el resto de las tazas y los platitos. Mi padre removía con el atizador el fuego que crepitaba en la chimenea del salón. MacArthur, Daisy y Mochi estaban tumbados justo delante, aunque el perro del coronel vigilaba, con mirada inquieta, a mi gatito. Serví café a todo el mundo; acababa de sentarme, cuando oímos que la puerta de la cocina se abría de golpe. Bernie y June aparecieron en la puerta del salón, envueltos en sus abrigos de invierno.

—¿Dónde está el pavo? —preguntó Bernie—. Me muero de hambre.

Ayudó a June a quitarse el abrigo y la acompañó a sentarse. Ella se agarró al reposabrazos de la butaca y se dejó caer con inestabilidad. Algo iba muy mal. Mi madre echó unos terrones de azúcar en una taza de café y se la pasó a la anciana.

—Necesitas azúcar, June. ¿No has comido nada desde que te fuiste?

Yo no daba crédito a que nadie hubiera hecho ya la pregunta más lógica.

—¿Cómo está Mars? —espeté.

Su madre tomó un sorbo de café. Tenía los hombros caídos y había envejecido veinte años de golpe. Me quedé mirando a Bernie.

—Veneno —se limitó a decir.

CAPÍTULO TRECE

De *La buena vida:*

Querida Sophie:

En mi familia es una tradición ir de compras el día siguiente a Acción de Gracias, luego volvemos a casa y
nos comemos las deliciosas sobras, pero cuando reca-
liento el pavo, la carne se queda seca y dura. ¿Alguna
sugerencia?

Masticadora en Martinsville

Querida Masticadora:

Recalentar la carne de pavo la reseca. Te voy a dar un
truco de los restaurantes. En lugar de calentar el pavo,
calienta la salsa. Corta en rodajas el pavo frío y sírvelo
en platos calientes. Justo antes de servir, echa la salsa
caliente sobre la carne. Estará casi tan bueno como
recién salido del horno.

Sophie

—¿Pero cómo va a ser eso posible?

Noté que se me formaba un nudo en la garganta. No me extrañaba que June no se encontrara bien. Alguien había envenenado a su hijo.

—Se pondrá bien. Esta noche lo dejarán ingresado para tenerlo en observación, pero los médicos han dicho que se recuperará.

Bernie se quitó el abrigo y lo tiró sobre una silla junto al de June. El coronel se enderezó en su asiento, muy erguido.

—¿Matarratas?

Bernie se rascó un costado de la cara.

—Al final ha resultado ser una sustancia bastante tóxica: la muscarina. Se ha dado una de esas coincidencias alucinantes. Como hoy es día festivo y tenían problemas de personal, uno de los médicos de urgencias era un pediatra; ha reconocido los síntomas de Mars porque ya los había detectado en un par de niños.

Francie sonrió con malicia.

—Muy astuto... Setas venenosas.

El coronel enarcó las cejas.

—¿Es usted experta en venenos?

—Una no llega a nuestra edad sin aprender un par de cosas por el camino. Cuando era niña, recogíamos setas en casa. Mi primo murió por comerse una preciosa seta de sombrero rojo. Parecía salida de una ilustración de cuento. —Francie asintió con la cabeza—. Muscarina.

—Pero Bernie ha dicho que Mars se pondrá bien —repliqué.

—Sí, desde luego. Mañana ya estará como una rosa.

Bernie estaba de pie, por detrás del asiento de June, y me hizo un gesto con la mano. Lo seguí hasta la cocina.

—¿June está bien?

—Está inquieta, como cualquier buena madre al enterarse de que alguien ha intentado matar a su hijo.

—Es incluso peor, porque tiene que haber sido uno de los invitados a mi cena de Acción de Gracias.

Bernie frunció el ceño.

—El médico ha dicho que podría haber sido por algo ingerido horas antes, en el desayuno a lo mejor.

—A menos que haya desayunado con un montón de personas, todo apunta a que ha sido Natasha, ¿no es así?

Me sentí culpable solo de pensarlo.

—Ella asegura que pidieron el desayuno al servicio de habitaciones. Dice que podrían haber puesto el veneno en la cocina o, incluso, cuando fueron a servírselo.

—¿Natasha ha tenido algún síntoma?

Bernie soltó una risotada.

—Ni por asomo. Pero sí hay algo que la tiene bastante nerviosa.

Yo también me había fijado en eso. ¿Sería porque había envenenado el desayuno de Mars y estaba esperando a que muriese? Natasha tenía sus defectos, pero no me cabía en la cabeza que pudiera envenenar a Mars. No obstante, las circunstancias la señalaban a ella como culpable.

—¿Ha dicho el médico cuánto tarda una persona en reaccionar al veneno?

—Ahí está el problema. Podrían pasar solo treinta minutos o hasta seis u ocho horas, antes de que se produjera una reacción. Depende de la dosis y de la variedad de seta.

Mi madre entró corriendo.

—Cariñito, creo que ya es hora de sacar las sobras y servir una recena. Por lo visto, el servicio de cafetería del hospital cerraba antes por ser día festivo.

Los hornos no se habían enfriado del todo cuando los volví a precalentar. Luego me planté delante de la nevera y fui pasándole a Bernie un recipiente de comida detrás de otro.

—¿Ha quedado algo de crema? —preguntó él.

—Muy gracioso.

—No era broma. Estaba deliciosa.

—Nos la hemos comido toda. Ese agente de la científica se llevó los cuencos para analizar una muestra.

—Qué lástima. Me habría encantado repetir.

Aunque, lógicamente, yo no había echado nada raro en la crema, sabiendo que Mars había sido envenenado, no me atrevía a probar ni una gota más.

Pasada media hora, volvíamos a estar reunidos alrededor de la mesa del comedor. Los que no habíamos estado en el hospital fuimos picoteando de nuestros platos favoritos, pero Bernie y la madre de Mars tomaron una cena en condiciones.

El coronel posó una mano sobre la de June.

—Tu hijo se pondrá bien. Le han administrado enseguida el tratamiento médico adecuado y, seguramente, no le quedará ninguna secuela.

—No os hacéis a la idea de lo que se siente cuando alguien ha querido matar a tu hijo. Y, para colmo, que la policía sospeche de su propia familia..., de Andrew, de Vicki, incluso de mí. Jamás me habría imaginado algo así.

Después de cenar, mi madre acompañó a June a la cama. El educado coronel llamó con un silbido a MacArthur, recuperó su bastón e insistió en acompañar a Francie a su casa, porque ya era de noche. Con una sonrisa coqueta, la anciana se tomó del brazo del coronel y ambos salieron a dar un paseo nocturno.

Humphrey se ofreció para ayudar con los platos, pero había sido un día largo y extraño para todos, y, sinceramente, no me apetecía tener que lidiar con sus insinuaciones. Le aseguré que ya había ayudado mucho más de lo que debería fregando la vajilla y lo acompañé hasta la puerta.

Hannah, Craig y mi padre se retiraron a la sala de estar.

Bernie y yo recogimos muy deprisa todo lo de la cocina. A mí me costaba mantenerme despierta, y me fui directamente a la cama, pero Bernie se reunió con los demás para ver una película.

Dormí muy inquieta: me despertaba pensando en Mars y en por qué habrían querido envenenarle. A las tres de la madrugada, bajé con calma la escalera y me encontré a mi madre y a June en la cocina. Daisy estaba esperando, pacientemente, algunas migas de la tarta de calabaza que mi madre había cortado en porciones. June tenía a Mochi en el regazo, y me pareció que estaba de cháchara con alguien, pero mi madre no estaba prestándole atención. Le di un codazo.

—June está hablando.

—¡Sophie! No te he oído entrar. Dentro de nada, se despertarán todos. Estamos tomando leche caliente. ¿Te apetece una taza?

Puse más leche dentro del cazo que estaba en el fuego.

—Cariñito, he intentado quitarle un poco de hierro a todo este asunto por el bien de Hannah. Este fin de semana con Craig para que él conozca a la familia es muy importante para ella. Sin embargo, mañana tendrás que esforzarte por averiguar quién es el responsable de esta pesadilla. No quiero preocupar a tu padre, pero, cielo, aun en el caso de que le gustes a Wolf, sigues siendo la principal sospechosa. ¿Hay algo que pueda hacer para ayudarte?

—Mamá, ¿te das cuenta de que June está hablando?

—No está hablando con nosotras. Está hablando con Faye.

Ya no era un secreto entre Mars y yo.

—Faye está muerta. ¿Te parece normal?

—No, yo hablo con mi padre.

—¿Y lo oyes responderte? —pregunté en voz baja.

—Muchas personas hablan con sus difuntos seres queridos. ¿Quién dice lo que es normal o no? Yo sé que el espíritu de mi padre sigue conmigo. Por lo que a mí respecta, podría estar aquí de pie, a nuestro lado, ahora mismo.

Entre Faye y mi difunto abuelo, la cocina se me antojó un poco repleta. Mochi saltó desde el regazo de June y se abalanzó sobre un pequeño trozo arrugado de papel de aluminio. Lo empujó con una patita y se puso a jugar a una especie de *hockey* gatuno corriendo detrás de la bolita de papel y dándole empujoncitos. Mi madre me pasó un plato con una porción de tarta coronada con una cucharada de nata montada.

—A Wolf le gusta comer; no le importará que tengas unos kilitos de más. De todas formas, deberías empezar a controlarte un poco si no quieres acabar como un tonel.

¿Dónde se metía mi hermana cuando la necesitaba para que distrajera a mi madre?

—Entre Wolf y yo no hay nada.

—Si nosotras hubiéramos sabido que él iba a estar en la cena, no habríamos llamado a Humphrey en la vida.

—¿Nosotras?

—June y yo. —De pronto, mi madre torció el gesto—. Lo confieso: me horrorizó el incendio en casa de Natasha, pero ocurrió en el momento perfecto. June y yo estábamos conspirando para volver a juntarte con Mars. Invitamos a Humphrey porque lo necesitábamos para ponerlo celoso.

June se sentó a la mesa, junto a mi madre.

—No ha salido exactamente como lo habíamos planeado.

¿Un asesino andaba suelto y ellas dos estaban en plan casamenteras?

—¿Creíais que Mars sentiría celos de Humphrey? ¿No podríais haber escogido a un hombre más atractivo? Perdón, ¿uno que tuviera, al menos, algo de atractivo?

Solo Dios sabía qué le habría contado mi madre a Humphrey. Eso explicaba su descabellada opinión sobre mis sentimientos por él.

—Está muy paliducho, ¿verdad? —Mi madre se dirigía a June—. Su madre tiene el mismo tipo de piel. No pasa ni un minuto al sol y, precisamente por eso, parece diez años más joven que todas nosotras.

Daisy estaba gimoteando frente a la puerta de la cocina. Puse la mano en el picaporte para dejar salir a la perra, cuando nos sorprendió alguien que llamaba a la puerta muy discretamente. La abrí y Nina entró, como un rayo, temblando de frío.

—He visto las luces encendidas y no he podido evitar unirme a vosotros para la recena de madrugada. Madre mía, hace un frío que pela. ¿Os queda algo de ese licor de Mozart?

—¿Licor de chocolate con tarta de calabaza? —pregunté.

—El chocolate combina con todo —aseguró.

Señalé la botella redondeada envuelta en papel de aluminio dorado, y ella se sirvió una copa mientras yo cortaba otra porción de tarta.

—Con un buen montón de nata montada, por favor —pidió—. Me la merezco por aguantar a mi suegra y su convicción de que, por ser sureña, tengo que ser el doble de Natasha.

Después de pasarle a Nina su porción de tarta, me eché más nata montada en la mía y me senté a la mesa junto a las demás.

—Natasha ha intentado matar a Mars —anunció June.

A Nina se le cayó el tenedor de la mano, y el cubierto tintineó contra su plato. La pusimos al día de lo ocurrido.

—Lo sabía. Esa mujer es demasiado perfecta y siempre muestra demasiado entusiasmo. ¿Quién puede ser así? Nadie es capaz de organizar una cena y servir un festín de diez platos en el mismo día.

Mi madre untó una fina capa de nata sobre su porción de tarta.

—No ha sido Natasha. —Se quedó mirándonos a todas—. Puede que ella no os guste, y estoy segura de que tenéis vuestros motivos, pero esa chica se ha mantenido fuerte toda su vida a pesar de las cosas terribles que le han pasado. Se ha centrado en su carrera y se merece todo el éxito que ha logrado. Es una egocéntrica, ya lo sé, pero hay muchos famosos que también lo son.

June frunció el ceño.

—Ha tenido que ser Natasha. Ni Andrew, ni Vicki ni yo seríamos capaces de envenenar a Mars, ya lo sabéis. Y ningún miembro de tu familia tiene motivos para hacerlo. Eso nos deja solo a Craig, el coronel, Francie y Bernie, que no son grandes candidatos para una rueda de reconocimiento que digamos.

—Si la policía cree que lo ocurrido tiene alguna relación con los asesinatos, el único misterio sigue siendo la muerte del detective privado que encontró Sophie —añadió Nina.

¡Hala!, ya no se lo podía ocultar a mi madre. Aproveché para contarle en detalle cómo había conseguido a Mochi. Mi madre se lo tomó mejor de lo que yo esperaba.

—Pues tendrías que haber empezado por ahí. June y yo nos encargaremos de atender a todo el mundo mañana. Nina, ¿puedes librarte de tus obligaciones como anfitriona?

—No hay nada que pudiera gustarme más.

—Mañana por la mañana, las dos iréis a visitar a la viuda de ese detective para ver qué podéis averiguar.

Después de desayunar, di con la dirección de Otis Pulchinski en internet, buscando información sobre criadores de ocigatos. Dean Coswell, mi editor, me había reenviado los correos electrónicos con las preguntas de los lectores de *La buena vida*. Redacté las respuestas suficientes para tener lista, de antemano, la publicación de la columna durante un par de días.

No queríamos molestar a la señora Pulchinski demasiado temprano, así que Nina y yo hicimos tiempo tomándonos una segunda taza de café con mis padres y con June, antes de dirigirnos en coche hacia la zona noroeste de la ciudad.

Otis vivía en una de esas casas adosadas, apiñadas en pequeños grupos, de un estilo entre *vintage* y moderno. La hojarasca alfombraba el diminuto patio delantero, y había una oxidada furgoneta blanca aparcada en el camino de la entrada. Nina estacionó su Jaguar justo detrás.

Nadie respondió cuando llamé al timbre. Mi amiga y vecina lo intentó por segunda vez, y lo oímos resonar en el interior de la casa. Retrocedí, bajé la escalera del porche y fui a echar un vistazo por el exterior de la casa. No me dio ninguna pista sobre los dueños. La fachada de ladrillo rojo y los detalles de estilo federal eran idénticos en todas las viviendas. Sin embargo, cuando me volví para marcharme, percibí cierto movimiento en una cortina de la ventana situada a la izquierda de la puerta principal. Me dirigí de nuevo hasta donde se encontraba Nina y llamé a la puerta.

—¿Señora Pulchinski? Tengo... tengo a su gato.

Alguien respondió desde el interior de la casa.

—¿Qué gato?

—El que Otis llevaba consigo el día que... —Me callé de golpe. ¿Por qué no me habría preparado una fórmula para decirlo?

La persona que hablaba desde el otro lado de la puerta iba poniéndose cada vez más nerviosa.

—¡No pienso volver a quedármelo!

Nina y yo intercambiamos una mirada. Ella se encogió de hombros.

—No quiero devolverlo.

La puerta se entreabrió, apenas unos centímetros, y se oyó un crujido.

—¿Ha traído al gato?

—No.

—No estará mintiéndome, ¿verdad?

La mujer abrió la puerta del todo y se quedó mirándonos con suspicacia. Nos envolvió una nube con hedor a humo rancio de cigarrillo. Unos mechones de pelo negro como el ébano le salían disparados de la cabeza en todas direcciones, y se había pintado la raya de los ojos demasiado gruesa. Tenía un cuerpo menudo y vestía un top ajustado de licra y pantalones pirata con estampado de leopardo.

—Ese gato no me ha dado más que disgustos. Lo vendí dos veces, lo regalé otra y todo el mundo lo devolvió. Bueno, no os quedéis ahí plantadas, ¿es que no veis que tengo gatos que se pueden pirar por la puerta abierta?

Me pregunté si estaría confundiéndose de minino y estaría pensando en cualquier otro. Por otra parte, yo quería quedarme a mi pequeño Mochi y no me molestaba para nada que esa mujer no quisiera recuperarlo.

Entramos enseguida, con cuidado de no pegarle un pisotón a ninguno de los curiosos gatitos. Estaban por todas partes. Dormitando sobre las baldas de las librerías, sentados sobre la tele, paseándose entre nuestras piernas. Eran de colores marrón chocolate, canela, plateado y beis, y todos ellos, con manchas, como buenos ocigatos.

El manchado también imperaba en la decoración: mantas, cojines, sillas e incluso los cobertores de los sofás eran de estampado de leopardo.

—¿Qué vas a hacer con él? —Le dio una larga calada a su cigarrillo—. ¿Lo vas a llevar a la protectora?

—Pensaba quedármelo.

La señora Pulchinski no logró ocultar su sorpresa, aunque no tardó en recuperarse.

—¿Otis te contó que es un gato supervalioso? Un ocigato de pura raza.

No pensaba que Nina estuviera prestando atención. No hizo ningún esfuerzo por disimular su curiosidad y estaba fijándose hasta en el último detalle de cuanto la rodeaba. Me sorprendió al formularme una pregunta.

—Entonces, ¿por qué el tuyo no tiene manchitas como estos gatos?

La señora Pulchinski nos invitó a sentarnos en los sofás. Ella tomó asiento, y seis gatos saltaron de inmediato sobre su regazo, compitiendo por captar su atención.

—Por eso es tan caro. Tiene las manchas en la barriga, pero esas rayas solo aparecen en uno o dos gatitos cada doce camadas.

Los rayados son... —hizo una pausa para pensarse la palabra— extrovertidos, y eso los hace muy populares. Los vendo por ochocientos pavos.

La señora Pulchinski se quedó observando nuestra reacción con avidez. ¿Creería que éramos tontas de remate? Cambié de tema antes de que pudiera exigirme que le pagara por quedarme a Mochi.

—Lamento muchísimo su pérdida. ¿Llevaban mucho tiempo casados Otis y usted?

A mí me interesaba que la conversación fluyera. La poli debió de contarle que una mujer había encontrado el cuerpo de su marido. Si creía que era yo, no se le notaba en absoluto.

—Me pasé quince años con ese viejo chocho. —Se secó la nariz con un pañuelo de papel—. No tengo ni idea de dónde voy a sacar la pasta. Él tenía algunos clientes que eran peces gordos, y esperábamos recibir un buen pico cualquier día de estos, pero ahora solo me quedan mis maravillosos gatitos. No me gusta nada tener que separarme de ninguno de ellos, pero de algo tengo que vivir.

—Yo creía que los criaba para venderlos.

Había imaginado que vería alguna fotografía de Otis, pero todas las fotos enmarcadas de la sala eran de los gatitos manchados. La mayoría de ellas, imágenes de estudio, retratos frontales de los felinos sobre algún fondo favorecedor.

—Sí que lo hago, pero se me parte el corazón cada vez que tengo que separarme de alguno de ellos, sobre todo de ese adorable chiquitín que te dio Otis.

¿Es que llevaba la palabra «idiota» escrita en la frente?

—No dejo de preguntarme por qué llevaría el gatito encima el día que murió —comenté.

Ella empezó a mirar a su alrededor, como si estuviera buscando una respuesta.

—Por el veterinario. Iba a llevarlo al veterinario.

—¿Estaba enfermo? —pregunté—. ¿Necesita medicación?

Esa vez sí que tenía una respuesta preparada.

—Inyecciones. Necesita sus inyecciones. —Se quedó mirándonos a las dos con atención y clavó la mirada en el anillo de compromiso de tres quilates de Nina—. ¿Sabéis?, los gatos son mucho más felices si tienen un compañerito gatuno. ¿Quieres comprar un gatito?

—No, gracias.

Tenía el mal presentimiento de que acabaría extendiendo un cheque a cambio de Mochi.

—¿Y una detective privada? ¿Alguna de las dos necesita espiar a su marido? Os haré buen precio.

—¿Usted trabajaba con su marido? —preguntó Nina.

La señora Pulchinski aplastó la colilla de su cigarrillo sobre un cenicero de cristal.

—Ya sabéis cómo va esto: todas las mujeres trabajamos para nuestros maridos.

Ambas debimos de poner cara de escepticismo, porque ella se quedó pensativa.

—El tonto de Otis, ese viejo, se dejó matar justo cuando su negocio estaba atrayendo a los clientes con pasta. Cuando los políticos la diñan, sus mujeres los sustituyen, no veo por qué yo no puedo seguir con el negocio.

Nina, sentada en el sofá, se movió hacia delante y se inclinó en dirección a la viuda.

—Por supuesto que puede hacerlo. Tiene sus archivos, sabe quiénes son todos sus clientes. Es una transición de lo más natural.

—Esos imbéciles de la policía vinieron buscando esos archivos. Se llevaron el ordenador, pero no les servirá de nada. Otis no era idiota; no tenía ningún dato sobre sus clientes por escrito. Valoraba mucho la privacidad. Por eso les gustaba a sus clientes.

Saqué la chequera.

—Señora Pulchinski, no puedo permitirme un gato de ochocientos dólares, pero a lo mejor sí que podría hacer un donativo para ayudarla a comprar pienso para los mininos.

—Eso es muy amable por tu parte. —Se encendió otro cigarrillo—. Tienes un boli sobre la mesa de escritorio.

Se veía una marca de polvo en el lugar del escritorio previamente ocupado por el ordenador. Sobre la mesa había un posavasos con el logo del *pub* The Stag's Head Inn, un antro de mala muerte que alguna vez había visto de pasada. La mujer tenía un montón de correo por ahí tirado y, aunque no fuera muy franca, sentí lástima por ella. Había facturas que asomaban de entre la pila de cartas, pero no vi muchos sobres manuscritos con pinta de carta de condolencias. Salvo por la compañía de los gatos, debía de estar muy sola en el mundo.

Encontré un boli en el primer cajón de la mesa de escritorio y estaba firmando un cheque, cuando Nina se inclinó sobre mi hombro y derribó sin querer la pila de cartas. Empezó a golpetear, frenética, con su uña pendiente de pasar por la manicura, un sobre azul huevo de petirrojo.

Ese color era la marca personal de Natasha.

CAPÍTULO CATORCE

De *Pregúntale a Natasha:*

Querida Natasha:

Debido al trabajo de mi marido, nos mudamos cada año. Odio tener que gastar dinero en el papel de carta con nuestra dirección grabada en el membrete, porque ya no es la correcta. ¿Quedaría demasiado vulgar si lo diseñase con el ordenador?

Chica Informática en Chilhowie

Querida Chica Informática:

¿Verdad que los ordenadores son maravillosos? Nos ofrecen numerosas posibilidades: desde la composición de álbumes fotográficos con recortes hasta la elaboración de tarjetas.

Sin embargo, siempre resulta más elegante escribir a mano una tarjeta o una nota con un mensaje personalizado. Yo invierto varios días en la fabricación de las felicitaciones navideñas cada año.

Para esas contadas ocasiones en las que no es posible elaborar una tarjeta de forma artesanal, ten una reserva de papel especial y sobres a juego con el color que mejor te identifique. Escribe a mano un mensaje muy sentido y el resultado será igual de elegante que el de un mensaje en el papel con tu dirección gravada en el membrete que encargas en el estanco.

Natasha

Nina intentó extraer el contenido del sobre sin que se notara. Se lo impedí de un manotazo. Yo también quería saber lo que había dentro, pero leer el correo de una desconocida no estaba bien, y punto. Mi mirada inquisidora no la detuvo. Eché un vistazo rápido hacia atrás, volviéndome ligeramente hacia la señora Pulchinski. Totalmente ajena a los tejemanejes de Nina, la viuda estaba contemplando el ascenso del humo de su cigarrillo.

Mi amiga y vecina manipuló el sobre sin levantarlo de la mesa con una sola mano y desdobló, sin hacer ruido, la hoja de papel a juego con el sobre. Reconocí la caligrafía perfecta de Natasha con solo verla. Dentro había un cheque por valor de mil dólares. Que yo supiera, Natasha no había comprado ningún gatito hacía poco. Sin embargo, debía reconocerle el mérito. Jamás había sabido qué escribir en una nota de condolencias, pero ella redactó un cortés mensaje alabando a Otis. Nina señaló con un dedo el cheque para que me fijara en la anotación que tenía escrita. Natasha había apuntado: «Páguese al contado».

Dejé mi exiguo cheque debajo del posavasos para que los gatos no lo destrozaran en cuanto lo encontraran, y confié en que Nina volvería a meter la carta de Natasha en el sobre. No debería haberme preocupado que la señora Pulchinski nos pillara. Estaba desparramada en el sofá; el único signo de vida visible en ella era la mano que sujetaba el cigarrillo a escasos centímetros de su boca.

—¿La policía ya ha encontrado a la persona que asesinó a su marido? —preguntó Nina.

Casi me quedo sin respiración. Aquello era equivalente a presentarme como la sospechosa número uno. La señora Pulchinski se pondría hecha un basilisco y nos echaría a patadas de su casa.

—Creen que fue una mujer a la que estaba siguiendo, pero yo no lo veo claro. Mi Otis era listo de narices. No había mucha gente capaz de tomarle el pelo. Creo que Otis se encontró con alguien tan listo como él.

Como estaba segura de que la viuda acabaría relacionándome con la sospechosa de la policía, me apresuré a dar por finiquitada nuestra visita con la promesa de que cuidaría muy bien de Mochi. La señora Pulchinski nos acompañó hasta la puerta.

—Gracias por venir. No tengo muchas visitas. Esto ha significado mucho para mí.

En cuanto la puerta se cerró a nuestras espaldas, me sentí una persona horrible. La pobre mujer estaba pasándolo fatal, y nosotras habíamos ido a husmear. Nina me agarró por el brazo.

—¿Te lo puedes creer? Natasha está metida hasta el cuello en todos los asesinatos. ¡Por eso corrió a señalarte a ti como culpable! Hay que contárselo a la policía ahora mismo.

—Si tienen el ordenador de Otis, ¿no crees que ya lo sabrán?

Nos acomodamos en los asientos bajos con tapicería de cuero del Jaguar, y Nina encendió el motor.

—Ya la has oído. El hombre no llevaba un registro de sus clientes.

Tras años de rivalidad con Natasha, yo tenía la tendencia a pensar mal de ella. En la vida sería su más acérrima defensora. Se trataba de una mujer molesta y una sabelotodo, siempre convencida de tener la razón. Sin embargo, no me la imaginaba como una asesina. Era una perfeccionista, más exigente consigo misma que con cualquier otra persona.

—No sé. Natasha siempre hace lo correcto, como enviar una elegante nota, con un cheque para cobrar al contado, a una viuda necesitada de dinero. Eso es típico de ella. Cualquier otra persona habría pasado de pagarle a un difunto, pero Natasha siempre hace lo correcto.

Nina se quedó mirándome.

—¿Y si creía que matar a alguien era lo correcto? ¿Y si alguien había amenazado a Mars?

¿Habría sido capaz de matar para protegerlo? Sí que afirmó algo así, pero a mí no me cuadraba.

—Estás llegando a esa conclusión porque no te gusta Natasha.

Nina frenó en un semáforo.

—En la cena de Acción de Gracias, ¿se intoxicó alguien más, aparte de Mars?

Tenía razón.

Giramos a la derecha y de pronto vimos unas espaldas anchas que nos sonaron a ambas. En la acera de enfrente de mi pastelería favorita, Wolf y Kenner estaban sumidos en una acalorada discusión. Sentí el impulso de agacharme para que el compañero de Wolf no me viera. Sin embargo, no era necesario; jamás se fijaría en un coche cualquiera que pasara por su lado. Nina viró de golpe para aparcar en un sitio que vio libre.

—¿Qué estás haciendo?

Señaló con la cabeza en dirección a los policías.

—Conozco a ese inspector. Podría decirnos algo sobre cómo va la investigación.

Me hundí en el asiento.

—¿A cuál de los dos conoces?

—Al guapo. Deberías conocerlo. Todas las voluntarias del refugio para animales le van detrás como locas.

Nina abrió la puerta del coche y llamó a Wolf.

Genial.

—Nina —dije—, Wolf es el inspector encargado de mi caso.

Pero ya era demasiado tarde. Wolf se acercó con paso decidido hacia nosotras. Abrí la puerta del coche y salí a regañadientes.

—Nina Reid Norwood. Debería haber imaginado que solo era cuestión de tiempo que acabaras metida en un lío como este.

El inspector se metió las manos en los bolsillos. Ella ladeó la cabeza con gesto de coquetería.

—Pues resulta que Sophie es del todo inocente y está disponible, por increíble que parezca.

«Tierra trágame».

—Gracias por aclarármelo. La tacharé de mi lista de sospechosos ahora mismo —afirmó Wolf con una amplia sonrisa.

Resultaba evidente que tenían la confianza suficiente para bromear así. Yo albergaba la esperanza de que Wolf creyera que el comentario sobre mi disponibilidad era broma. Nina se irguió.

—Natasha es la culpable.

Wolf demudó el gesto.

—¿Y eso cómo lo sabes?

Nina fue enumerando los motivos, contándolos con los dedos.

—Ella contrató a Pulchinski. Tuvo la oportunidad de asesinar a Simon y también la de envenenar a Mars. Solo nos falta saber cuál fue su móvil.

—¿Cómo sabes que Natasha contrató a Pulchinski?

—Hemos estado jugando a los detectives —respondió Nina con mirada picarona, como una universitaria coqueteando con su profesor.

—Os pido a las dos que os mantengáis al margen de este asunto. Sophie ya tiene bastantes problemas muy serios, y no quiero que ninguna de vosotras me fastidie la investigación. ¿Ha quedado claro?

—¿Qué ha pasado con el trofeo en forma de pavo? —pregunté.

—Alguien lo limpió a conciencia. No encontramos huellas. Todavía estamos analizándolo para ver si tiene sangre en alguna parte.

—En la cola.

—La única prueba que tenemos de eso es tu palabra. Ni siquiera tenemos la certeza de que fuera el arma homicida.

—¿Qué pasa con Mars? ¿Había veneno en su crema?

Yo tenía el corazón desbocado. La verdad era que no quería oír la respuesta a esa pregunta.

—Todavía no tenemos los resultados. —Se me acercó y se situó a mi lado—. Debo volver con Kenner. Y vosotras dos no os metáis en líos.

Volvimos a entrar en el Jaguar. A pesar de la distancia a la que se encontraba Kenner, percibí que volvió a ponerse rojo de pura ira. Aunque Wolf creyera en mi presunta inocencia, el simple hecho de verme alteraba a su compañero. Nina se incorporó al tráfico con su deportivo.

—Cuando esto haya terminado, de verdad que tendrías que salir con Wolf. Está buenísimo y es muy majo. Es un habitual del refugio para animales. Dos veces al mes, dona pienso para perros y gatos.

—Si es tan genial, ¿cómo es que aún no lo ha pescado nadie?

—¡Ah, eso! No es más que un rumor, pero dicen que estaba casado y que...

Empezó a bajar el volumen de la voz hasta que se convirtió en un susurro.

—¿Y que...?

Mi amiga tomó aire con fuerza.

—Y que asesinó a su mujer.

—Muy graciosa.

—Ya te he dicho que era solo un rumor. En realidad, nadie sabe qué le pasó a su esposa.

—¿Hablas en serio? ¿Le pasó algo a su mujer?

—Sabemos que estaba casado. Ya no lleva anillo de matrimonio y su mujer no está por ninguna parte.

—Eso se llama divorcio, Nina.

—Y sabemos que no está divorciado. O la mujer salió huyendo, o está enterrada en el sótano de su casa.

—¿Y tú quieres que yo salga con él? ¡Qué gran amiga!

—Es imposible que sea un asesino, no seguiría en el cuerpo de policía.

—¿Quién sabría cómo librarse de un asesinato mejor que un investigador de homicidios? —pregunté.

—Es un tipo encantador. Estoy segura de que hay alguna explicación lógica para lo de su mujer.

Adiós a mis posibilidades de tener una vida amorosa. Simon había sido asesinado; Wolf podía ser un asesino; solo me quedaba Humphrey, un tipo con el atractivo de un flan de vainilla.

Nina se pasó a toda velocidad la calle por donde había que girar para ir a nuestras respectivas casas.

—¿Adónde vas?

—¿No crees que deberíamos ir al hospital para advertir a Mars de lo que sabemos?

—A estas alturas, seguramente ya estará en el hotel.

No me podía creer que tuviera que contarle a mi exmarido la conexión de Natasha con Otis Pulchinski. Creería que mi intención era dejar mal a su novia para conseguir que él volviera conmigo. Sin embargo, debía saberlo con tal de protegerse.

Nina redujo la velocidad y retrocedió un par de manzanas en dirección al hotel donde se había celebrado el concurso *Relleno de rechupete*. Aparcó frente al vestíbulo del salón de baile. Bajé del coche y tuve que apoyarme en él para estabilizarme; me fallaban las rodillas. Esa reacción física me sobrevino por sorpresa.

—¡Venga, vamos!

Nina ya estaba sujetando la puerta abierta. Me uní a ella, con el corazón a mil por hora, al recordar todo lo ocurrido en ese lugar. Mi amiga se detuvo en el vestíbulo del gran salón.

—¿Por dónde se va al pasillo de servicio?

—Nina, no creo que...

—¿Es por aquí? —Siguió avanzando sin parar y echó un vistazo por detrás de una puerta con un letrero que rezaba: A··· ··· ··· ··· ··· ··· ··· ··· ··· ··· ··· ··· ··· ···. Chasqueó los dedos—. ¡Deprisa! Antes de que alguien nos pille. —Nina iba caminando por el pasillo por delante de mí—. Quiero saber cómo lo hizo Natasha. ¿Esta es la puerta que da a la sala de conferencias donde mató a Simon?

Se abrió de golpe justo en el momento en que Nina alargaba la mano para empujarla hacia dentro. Ella soltó un chillido y retrocedió dando un respingo.

Andrew nos saludó, sorprendido.

—¡Sophie! ¡Nina! Lo siento. No pretendía asustaros.

Yo había leído millones de veces que el asesino siempre regresa a visitar la escena del crimen. Bueno, pues, por lo visto, también lo hacían los sospechosos.

—Vaya, supongo que tú también intentas averiguar de qué va todo este lío asqueroso. Tú entraste por la puerta principal el día en que mataron a Simon, ¿no es así, Sophie? —preguntó.

Asentí con la cabeza y seguí a Andrew y a Nina hasta el interior del salón donde Simon había muerto.

—Yo creo que Natasha le golpeó en la cabeza —Nina interpretó el gesto— y que salió por la puerta trasera cuando nosotros entramos. Luego dio la vuelta por la puerta principal y esperó a que Sophie encontrara a Simon.

Andrew torció el gesto.

—Ese pasillo trasero también lleva a otra de las salas de conferencias. Natasha podría haber acortado camino por una de esas estancias.

No estaba muy segura de querer defender a Natasha, pero me sentí obligada a señalar el error en la conclusión a la que ambos estaban llegando.

—Cualquier otra persona podría haber hecho lo mismo. Natasha podría haber entrado y salido por la puerta principal de la sala, mientras el asesino permanecía escondido en el pasillo de servicio, esperando su oportunidad de quedarse a solas con Simon.

Andrew me miró con los ojos achinados, incrédulo.

—Tuvo que ser Natasha. ¿Quién más podría haber envenenado a Mars?

Yo no tenía una respuesta para eso.

—¿Por qué iba a envenenarlo ella? No están casados, no ganaría nada si él muriera.

—¿No? ¿No crees que Mars ha cambiado su testamento? No hace falta estar casado para cobrar una herencia.

—Natasha tiene su propia columna de opinión y su programa de televisión. Trabaja para una cadena local, pero se gana bastante bien la vida.

—Cuando la policía vino a nuestra casa para volver a interrogarnos a Vicki y a mí, quisieron saber dónde estábamos cuando asesinaron al detective privado. Está claro que ese dato es fundamental. Yo odiaba a Simon con toda mi alma, pero, en el momento del asesinato del detective, yo estaba en las clases para ser agente inmobiliario y Vicki estaba en su consulta, con unos pacientes. Natasha es la única que no tiene una coartada. Ella tiene que ser la que asesinó al detective privado.

Me recorrió un escalofrío por todo el cuerpo.

—Andrew, yo fui la que encontró a Otis muerto. Encontré el cadáver de Simon y yo fui quien preparó la crema. ¿Crees que yo soy la asesina?

Los tres nos quedamos en silencio, hasta que Andrew habló.

—¿Tú? —espetó—. Eso daría al traste con toda mi teoría.

No, no lo haría —insistió Nina—. Natasha podría seguir siendo la asesina, y Sophie, sencillamente, estuvo en todos esos sitios por casualidad.

Ni siquiera yo me lo habría tragado. Parecía de un gafe exagerado.

—Lo que importa ahora es proteger a Mars. Debe andarse con mucho cuidado.

—Yo he intentado prevenirle sobre Natasha, pero se niega a escucharme. Vicki y yo estamos turnándonos para estar con él.

Conocía bien a Mars, y eso no duraría mucho tiempo. No le haría ninguna gracia que estuvieran cuidándolo como a un bebé entre su hermano y su cuñada.

—¿Cuál es el número de habitación en la que está? Mientras vosotros seguís investigando por aquí, yo iré a hablar con él.

Subí en ascensor hasta la cuarta planta y llamé con delicadeza a la puerta. Vicki abrió. De pronto, su expresión de preocupación fue sustituida por una de alivio.

—Sophie. ¡Oh, gracias a Dios! Creíamos que era ese horrible inspector Kenner.

Sus ojeras daban cuenta de la tensión vivida en esos últimos días. La tomé de la mano. Tenía los dedos helados.

—No entiendo qué ocurre —se lamentó—. Me parece que la policía sospecha que Andrew envenenó a Mars. Él jamás haría algo así.

—Por supuesto que no. Los hermanos Winston siempre han sido uña y carne. —Sin embargo, yo tenía tan pocas ganas como Vicki de reencontrarme con Kenner; debía ser rápida—. He venido para ver cómo está Mars.

—¡Hola, Soph! —me saludó él desde otra estancia—. Vamos, entra.

Dadas las circunstancias, Mars tenía mejor aspecto que Vicki. Estaba tumbado en el sofá, con las mejillas sonrosadas. Llevaba un jersey color crema de cuello redondo y pantalones verde claro. De no haber sabido que lo habían envenenado, jamás habría dicho que estuviera mal. Apoyó los pies sobre la mesita de centro y estaba cómodamente arrellanado en el sofá de lo que parecía una *suite* de dos habitaciones.

—Bonita choza.

—Natasha ha tirado de contactos. Ya sabes, como es una famosa local y esas cosas... ¿Cómo está mi madre?

—Está bien. Todos estaremos mejor en cuanto hayamos dejado atrás esta pesadilla. —Me senté en el sofá—. Mars, hay algo que necesito que sepas.

Se le tensó la mandíbula, un gesto involuntario que hacía cuando esperaba que le dieran malas noticias.

—Alguien asesinó a un detective privado el día antes de que mataran a Simon. La policía cree que ambos casos están relacionados.

—Leí algo sobre eso en el periódico.

Tragué saliva con fuerza.

—Natasha tenía tratos con el detective privado fallecido. Lo contrató para que le hiciera un trabajo.

Mars se frotó la boca con una mano.

—¿Estás totalmente segura? ¿Cómo te has enterado?

—He visto el cheque que ella le extendió a cambio de sus servicios.

—¿Para qué necesitaría un detective privado? —preguntó Mars.

—Esperaba que tú pudieras responderme a esa pregunta. ¿A quién querría Natasha que investigara Otis?

Mars se puso blanco como el papel.

—¿Sería a mí? ¿Contrataría a Otis para seguirme? —pregunté.

Él me miró parpadeando.

—¿Por qué iba a hacer algo así?

—El día que lo asesinaron, Otis llevaba mi foto y mi nombre escrito en el salpicadero de la camioneta.

—Sophie, eso es horrible. No tenía ni idea. —Se había incorporado e inclinado hacia mí—. Deberías saber que Natasha contactó con un abogado la noche que Simon murió.

CAPÍTULO QUINCE

De *La buena vida:*

Querida Sophie:

Para estas fiestas, me toca encargarme de la tarta para una comida en casa de mis suegros. Creo que puedo apañármelas con el relleno, pero me da pánico la masa. Los padres de mi marido son muy tiquismiquis con las tartas precocinadas; comprarla hecha está totalmente descartado. Soy la nuera más reciente que tienen y quiero quedar bien con ellos, pero me temo que va a ser un desastre.

Preocupada en Pearisburg

Querida Preocupada:

La primera comida con tus suegros, en estas fechas señaladas, no es el momento para intentar elaborar una masa casera. Una base de galletas de salvado es igual de sabrosa, mucho más rápida de preparar y prácticamente a prueba de inútiles. Para disimularla, cubre todo el borde con nata montada. Eso ocultará cualquier irregularidad de la base y le quedará precioso.

Sophie

—L e han aconsejado que no diga nada, ni una palabra, ni a Wolf ni a Kenner —aclaró Mars—. Tú deberías hacer lo mismo para protegerte. Pueden tergiversar hasta la declaración más inocente.

—Contacté con un abogado, pero todavía no me ha devuelto la llamada.

—¿Es Mike Doyle?

—¿Cómo lo sabes?

—Es el mismo que representa a Nata. Estaba en la fiesta que dábamos en casa la noche del incendio. Por Dios bendito, ha sido una semana horrorosa.

Vicki sacó una Blackberry del bolsillo.

—Tengo un mensaje de texto de Andrew. Kenner está subiendo para interrogar a Mars otra vez.

La mujer de Andrew dejó su dispositivo sobre la mesa y se masajeó las sienes.

—Tranquila, Vicki.

Si Mars sentía algún miedo por Kenner, no lo demostró.

—¿Qué pasa contigo? —le pregunté—. ¿Vas a hablar con la policía?

—¿Y correr el riesgo de implicar a Nata? De ninguna manera.

Le di un beso en la mejilla.

—Ten cuidado —le advertí, y me dirigí hacia la puerta a toda prisa.

Vicki me abrazó con fuerza.

—Intenta dormir un poco —le aconsejé—. Todo saldrá bien. Es solo una cuestión de tiempo que encuentren al asesino de Simon y nos dejen a todos en paz.

Ella sonrió con timidez.

—Eso espero. Ojalá Andrew sea capaz de tener la boca cerrada por una vez en su vida, en lugar de andar contándole a todo el mundo lo mucho que odiaba a Simon.

Como no me apetecía para nada vivir un momento incómodo con Kenner, bajé por la escalera hasta la planta del salón de baile. Aunque conocía muy bien a Mars y a Andrew, no paraba de pensar en el comentario de Craig sobre los hermanos Winston. ¿Podrían haberse confabulado para matar a Simon?

Nina me esperaba en el vestíbulo del salón de baile y apenas podía contener su impaciencia.

—Andrew y yo hemos hablado con el personal de limpieza. Después de que la poli retirase el precinto amarillo para acordonar la zona, una de las limpiadoras encontró la tarjeta de una habitación en el suelo que los agentes no habían visto. Se la entregó a la poli, y ella nos ha dicho que se mostraron muy animados.

—¿De quién era la tarjeta?

—La chica no lo sabía. Su trabajo no le da acceso a los ordenadores del hotel.

—Había muchísimas personas en el salón de baile el día que mataron a Simon. Con todo, podría ser una buena pista. ¿Tú crees que Wolf nos contará algo si se lo preguntamos?

Nina me dio un repaso de pies a cabeza.

—A lo mejor si coqueteas con él...

No pensaba ir por ahí. Aunque tal vez debiera replanteármelo. A Nina le funcionaba bastante bien eso del coqueteo.

El sonido de los pasos de alguien que se acercaba me hizo salir disparada hacia la puerta, en un intento de evitar a Kenner, pero Nina no se movió.

—Sophie —dijo—, mira quién es. ¡Hola!

Se me hizo un nudo en el estómago de puro miedo, pero me volví a mirar de todos modos. El chófer de Simon, Clyde, estaba acercándose hacia Nina con paso decidido.

—¿Tú no trabajabas para Simon? —preguntó ella.

El tipo me miró directamente cuando me acerqué a ambos.

—Hola, Sophie. Simon era más que un jefe para mí. —Clyde se frotó los ojos con fuerza y se pasó una mano por la frente—. No me puedo creer que esté muerto. Llevaba poco más de un año trabajando para él, pero era un tipo genial. He viajado por todo el mundo gracias a Simon, siempre en primera clase. Me trataba como si fuera de su familia. Habría hecho cualquier cosa por él.

—La policía debe de tenerte bien informado. ¿Qué es lo último que se sabe sobre su asesino? —pregunté.

Él soltó una risa socarrona.

—Tú eres una de las sospechosas. Tranquila, yo tengo la sensación de que lo hizo Natasha. Se había reunido en privado con Simon antes del concurso.

Aparte de lo que eso implicaba, en el sentido de que Natasha estuviera intentando ganarse el favor de Simon de cara a ganar el concurso, le daba un significado totalmente distinto a la afirmación de Natasha de que yo competía con una ventaja injusta.

Nina lo miró con los ojos entrecerrados.

—¿Qué haces aquí?

Clyde enarcó las cejas de golpe y sonrió con gesto cínico.

—Supongo que yo debería haceros la misma pregunta.

Se quedó mirando a Nina de pies a cabeza y se detuvo en el enorme anillo de diamantes que ella llevaba en el dedo, igual que había hecho la señora Pulchinski.

—Hemos venido a ver a alguien —respondió Nina con tono irritado.

—Si esto es un concurso de preguntas, me parece que hemos empatado. Yo me quedo.

Su tono ligeramente divertido no hizo más que molestar a Nina. Pensé que lo mejor era intervenir.

—Te pareces mucho a Simon, ¿verdad?

—Eso me parece un tremendo halago. Simon era un tío genial, un buen amigo. —Bajó la vista y miró la tarjeta de la habitación de hotel que llevaba en la mano—. Esto ha sido muy duro para mí. Estoy esperando a que la policía me entregue sus pertenencias y su cuerpo para poder llevarlo a Inglaterra y enterrarlo. Ya sabéis que estábamos viviendo en Londres. A él le encantaba esa ciudad.

A pesar del jueguecito desafiante que se traía con Nina, sentí muchísima lástima por él. Había perdido a un amigo y su trabajo, y debía encargarse de la nada envidiable tarea de gestionar los detalles para el funeral.

—Lo siento mucho, Clyde —expresé con voz entrecortada.

Se despidió de las dos con un gesto de la cabeza y se alejó caminando a toda prisa. Nina asomó la punta de la lengua como si hubiera comido algo en mal estado.

—Qué tipo tan desagradable. No me gusta un pelo.

Estuvo mascullando comentarios sobre Clyde durante todo el camino de regreso a casa. Cuando aparcamos delante de la suya, la invité a comer algo, aunque fuera tarde.

—Gracias, pero será mejor que vuelva a fingir que soy una diva doméstica sureña al estilo Natasha.

Pobre Nina.

—¿Qué tienes para cenar?

—Me alegra que me hagas esa pregunta: *piccata* de ternera con pasta de cabello de ángel. El repartidor de Alfredo's la entregará en tu casa. Llámame cuando llegue el pedido.

Metió la mano en el bolso.

—¿En mi casa? ¿Por qué?

—No quiero que la bruja de mi suegra sepa que no la he preparado yo. Ya está pagado, pero toma algo de dinero para la propina.

Estuve a punto de decirle que su suegra, seguramente, se daría cuenta de que la casa no olía a ajo, pero, cuando salí del coche, vi a un hombre extraño abriendo la puerta lateral de mi casa y dirigiéndose hacia la parte trasera de la vivienda.

—¡Oiga!

Crucé corriendo la calle y fui hacia el patio trasero. Un equipo de personas vestidas de uniforme estaba rastreando el suelo. La mayoría de los agentes se encontraban de cuclillas o arrodillados.

—¿Disculpen? —pregunté levantando la voz—. ¿Qué está pasando aquí?

Nina llegó a mi lado al mismo tiempo que Wolf aparecía doblando la esquina del cobertizo del jardín trasero. Se acercó a nosotras agitando una hoja de papel.

—Lo siento, Sophie. Es una orden de registro para buscar setas.

—Las usé todas ayer. —No debería haberlo dicho. Lo supe en cuanto oí las palabras salir de mi boca—. Era broma, Wolf.

—Debes mejorar tu repertorio cómico.

Un hombre agachado por debajo de un pino, junto a la cerca, nos dijo algo gritando. Wolf fue corriendo hacia él, seguido por Nina y por mí. Había encontrado dos setas que crecían en la sombra. No tendrían más de ocho centímetros de alto y sombrero de color rojo pasión, similares a los gorritos de un par de elfos. Eran igualitas a las que había descrito Francie: como salidas de un libro de cuentos. Wolf se quedó mirándome.

—Por lo visto, te dejaste un par sin aprovechar.

—¿No creerás que esto signifique algo? Estoy segura de que también hay en el jardín de Nina. Es decir, no es que yo las haya plantado ni nada por el estilo.

Mi amiga y vecina frunció el ceño.

—Yo he visto estas setas en parques y por senderos del bosque. Cualquiera podría conseguirlas. Miró a Wolf con las cejas enarcadas—. Apuesto a que las hay a toneladas en el jardín de Natasha.

—No te preocupes por Natasha; ya hemos rastreado su jardín a fondo.

—¿Estáis a punto de echarle el guante? —preguntó Nina.

Wolf se irguió.

—Para nada. No tienes ni idea de la cantidad de gente que odiaba a Simon. Ese hombre tenía enemigos en todo el mundo.

Sentí un alivio tan inmenso que se me relajó todo el cuerpo.

—Entonces, ¿los únicos sospechosos no somos mi familia y la de Mars? ¿Tienes a otros?

Wolf no respondió mi pregunta.

—Aquí ya casi hemos terminado.

Se alejó caminando sin más, como si acabara de darnos la orden de retirada. Cerré los ojos. Me dolía la dentadura de tanto apretar la mandíbula. Creía que todo iba a ir a mejor, pero esa orden de registro era una muy mala señal. Nina me rodeó con un brazo para consolarme y me acompañó hasta la puerta de la cocina antes de irse a su casa. Entré en mi hogar, agradecida por los mimos que Mochi y Daisy me exigieron en cuanto crucé la puerta. Los acaricié a ambos y les agradecí que se llevaran tan bien. June entró bailoteando en la cocina.

—Ya me parecía haber oído a alguien. ¿Qué tal estoy?

Levantó los brazos y dio una vuelta sobre sí misma para presumir de su vestido de seda de color azul intenso.

—Preciosa. —Tiré mi chaqueta sobre el respaldo de una silla—. ¿Cuál es la gran ocasión?

Se cubrió las sonrosadas mejillas con las palmas de las manos.

—El coronel me ha invitado a cenar. Llegará a recogerme en cualquier momento.

¿June tenía una cita? Me sentí encantada por ella. Tal vez le hubiera dado por hablar con su difunta hermana, pero yo no había detectado ninguna otra señal que me hiciera pensar en la necesidad de ingresarla en una residencia para ancianos decrépitos. La simple idea de que tuviera una cita me animó de golpe, y le di un abrazo.

—¿Has visto a Wolf? —preguntó—. Se ha presentado con una orden de registro para rastrear el patio trasero.

No quería preocuparla con la noticia sobre las setas que Wolf había encontrado en mi jardín; me limité a asentir con la cabeza. A través de la ventana panorámica, vi al inspector, junto al resto de su equipo, subiendo a los coches para marcharse.

—¿Dónde está mi bolso? —preguntó June—. Creía que lo tenía aquí. Sophie, estoy hecha un manojo de nervios. Llevo una década sin salir con un hombre. En la actualidad, todo el mundo paga a medias, ¿verdad? ¿Tengo que pedirle que me pase la cuenta o él me dirá cuánto me toca pagar?

Localicé su bolso sobre la cómoda del recibidor.

—Tú imagina que vas a cenar con una amiga.

—Qué buena idea. Sí, ya me siento más tranquila.

Sonó el timbre.

—¡Necesito un espejo! —exclamó June—. ¿Cómo tengo el pelo?

La sujeté por los brazos con delicadeza.

—Estás estupenda. Pásalo de maravilla.

Le abrí la puerta al coronel, que estaba deslumbrante con un abrigo gris oscuro de lana pura. Le entregó a June una rosa de color melocotón. Yo temí que el gesto la pusiera más nerviosa todavía, pero ella aceptó la flor con elegante gracilidad y una mirada coqueta dirigida al coronel. Mientras él la ayudaba a ponerse el abrigo, me fijé en que formaban una llamativa pareja: ambos con el pelo canoso, pero el coronel, alto e imponente por su pose, en contraste con las mullidas redondeces de June.

Me quedé mirando cómo se marchaban desde la escalera de la entrada. Una corriente helada se levantó mientras el SUV del coronel se alejaba. El cielo nublado amenazaba con adelantar la oscuridad del ocaso, y yo todavía no había comido siquiera. Cuando cerré la puerta, Daisy agitó el rabo y se me acercó para recibir un achuchón perruno.

—Es la primera vez que tenemos la casa para nosotras solas en todos estos días, ¿eh, pequeña?

Me siguió hasta la cocina. Abrí la nevera, tan cargada de sobras que los recipientes corrían el peligro de salir disparados. Buscando algo de pavo para picar, encontré dos maravillosos solomillos de cerdo que había pensado preparar antes de Acción de Gracias. Miré las fechas de caducidad. Todavía se podían comer. La carne de cerdo con salsa de jerez, acompañada de arroz con especias y espárragos, sería un cambio delicioso para variar un poco de los platos de Acción de Gracias que había servido a mis invitados. Saqué el pavo, corté unas cuantas lonchas y compartí el picoteo con Mochi y Daisy.

El momento de paz no duró mucho. Desde la ventana de la cocina, vi a Nina cruzar la calle a todo correr y agitando los brazos como una loca. Abrí la puerta y me asomé.

—¿Qué pasa? ¿Qué ha ocurrido?

—El mirón —soltó entre jadeos—. Está en el patio trasero de tu casa.

Daisy y yo salimos pitando. La perra me adelantó corriendo y llegó la primera al patio cada vez más oscuro. Nina se detuvo antes de doblar la esquina de la casa. Echó un vistazo hacia la parte trasera.

—¡Está ahí! Está mirando por la terraza acristalada.

Tenía tantas ganas de encontrarme con el mirón como de toparme con una serpiente. Nina se quedó en la retaguardia y yo doblé la esquina de la casa para ir a espiar. El mirón llevaba una chaqueta roñosa y un sombrero viejo.

—Voy a llamar a la poli —susurró Nina.

—Todavía no. —Había algo que no me cuadraba. Daisy olfateó el rastro dejado por ese tipo y no soltó ni un gruñido—. Es alguien que conocemos.

Oí que Nina ahogaba un suspiro.

—¡Es el asesino! Sabía que era Natasha.

Yo no estaba tan segura de que fuera ella, pero creí que podíamos averiguarlo.

—Voy a dar la vuelta corriendo y entraré en el patio por el otro lado. Me quedaré en la sombra. Está oscureciendo tanto que creo que podré hacerlo sin que me vea. Dame un par de minutos, y entonces lo atraparemos, una por cada lado.

Nina me agarró por la espalda de la camisa.

—¿Y luego qué? ¿Y si no es Natasha? ¿Qué le decimos: «Oh, por favor, señor mirón, no nos mate»?

Tenía razón. Permanecimos pegadas a la fachada lateral de la casa.

—Tú quédate aquí —ordené—. Iré a por el atizador de la chimenea.

Eché un último vistazo desde la esquina de la casa y me topé de bruces con el mirón.

CAPÍTULO DIECISÉIS

De *La buena vida:*

Querida Sophie:

Mi marido dice que preparo un té horrible porque caliento el agua en el microondas. He pensado servir un té con especias en un *brunch* familiar la semana que viene, y mi marido insiste en que hierva el agua en el fuego. Hemos hecho una apuesta. Yo digo que no se nota la diferencia. ¿Tú qué opinas?

Tetera Tozuda en Troutdale

Querida Tetera Tozuda:

Aunque el microondas es genial para el chocolate caliente, en el caso del té, debo darle la razón a tu marido. El té calentado al microondas suele quedar soso. Para darle cuerpo y sabor tienes que hervir el agua al fuego y verterla sobre las bolsitas o las hojas de té. Si no tienes más remedio que calentar el agua al microondas, ten mucho cuidado. Es fácil que se sobrecaliente y el agua hirviendo rebose en el microondas y sobre ti.

Sophie

ancé un grito.

El mirón también gritó.

Nina gritó.

Daisy ladró, por fin, sin duda excitada con tanto alboroto.

El mirón se llevó una mano al pecho.

—¿Es que queréis provocarme un infarto?

Era Francie. Otra vez no, por favor.

—Entra en casa, Francie.

Más le valía tener una buena excusa.

Las tres entramos fatigosamente a la cocina. Medio congelada, Nina encendió un fuego mientras yo ponía la tetera al fuego. Francie se quitó su sombrero de tela flexible y se dejó caer en una silla para recuperar el aliento.

Debería haber sido más agradable, pero las excentricidades de Francie me sacaban de quicio. Me crucé de brazos y conté hasta diez para no exigirle una explicación con demasiada brusquedad. Nina se frotaba los brazos para entrar en calor.

—Empezó por el patio del coronel —explicó Nina—. La vi rondando por la parte trasera. Cuando bajé por la escalera corriendo, ella se coló por el antiguo callejón trasero y cruzó la calle.

Francie levantó la barbilla con gesto desafiante.

—¿Y qué si lo he hecho?

Se me pasó el enfado en cuanto me fijé bien en ella: un personaje patético, con el pelo alborotado y de punta por el sombrero y la cara arrugada como una pasa. A pesar de su pronto envalentonado, no era más que una ancianita menuda y marchita.

—Tú has sido el mirón desde el principio, ¿verdad?

La anciana iba a responder, pero Nina la cortó.

—No nos cuentes ninguna de esas patrañas que le contaste a la poli —le advirtió Nina señalándola con el dedo.

—La verdad es que sí que había un mirón. Lo juro. No sé quién sería, pero no era yo.

Daisy le puso una pata en el regazo a Francie, y la anciana la acarició con amabilidad. Nina retiró la tetera del fuego y sirvió tres tazas de té mientras yo iniciaba el interrogatorio. Coloqué una silla de la cocina delante de Francie y me senté.

—¿Qué estabas haciendo?

Torció una comisura del labio.

—Cogiendo un atajo.

—¿Un atajo que te ha obligado a espiar mi casa a través de la terraza acristalada?

Nina nos entregó dos tazas humeantes de té especiado con canela y clavo y se sentó en la otra butaca junto a la chimenea.

—Vale, o cantas ya, o la próxima vez llamaré a la poli.

Francie hizo un gesto despreciativo con la mano, en dirección a Nina, para expresar que su amenaza no la intimidaba.

Di un sorbo al té para entrar en calor. La última vez que habíamos pillado a Francie en mi jardín trasero, ella iba vestida para la cena de Acción de Gracias. En esa ocasión llevaba un atuendo holgado y zarrapastroso, y el sombrero que le ocultaba el rostro. Pretendía que cualquiera que la viera creyera que era el auténtico mirón. ¿Qué andaba buscando en mi terraza acristalada? ¿Querría comprobar que no había nadie en casa?

Durante la cena de Acción de Gracias no le había quitado ojo al coronel. Tal vez fuera una suposición un tanto pueril por mi parte, pero creía saber cómo hacerla confesar. Me levanté y me dirigí a Nina.

—Creo que voy a llamar al coronel para contárselo. Tiene derecho a saber que Francie ha estado merodeando por su patio y que andaba husmeando por el callejón trasero de su casa.

El ceño fruncido de Francie se tornó gesto de horror.

—¡No! A él no lo metáis en esto. Os... os contaré la verdad, pero solo si me prometéis no contárselo al coronel.

Ambas juramos ser como tumbas.

—He estado siguiéndolo.

Nina rompió a reír.

—¿Has estado acosando al coronel?

—Prefiero considerar que he estado observándolo. Seamos sinceras, chicas: no se puede pescar a un hombre limitándose a hacerle ojitos.

Nina se tapó la boca con los dedos, y yo sabía por qué. Si nuestras miradas se cruzaban, sería el fin. Reprimí una sonrisa casi incontenible.

—¿Y en qué te ayuda observarlo?

—Te sorprendería lo que se puede averiguar de una persona. Manda la colada a la lavandería, incluso la ropa interior. Una mujer de la limpieza va a su casa todos los lunes por la mañana, aunque es muy limpio. Supongo que es una herencia de su época en el ejército.

—Francie —intervine—, ¿no sería más fácil invitarlo a cenar? Averiguarías muchas más cosas sobre él de esa forma.

—No necesariamente.

—Eso explica por qué estabas registrando su patio, pero ¿qué hacías espiando a través de mis ventanas?

—Le perdí la pista. Creí haberlo visto dirigirse hacia tu casa. Subí para cambiarme de ropa, pero, al bajar, ya no lo encontré. No sabía adónde había ido. Fui a mirar a su casa, pero no parecía estar allí. Vi luz en su vestíbulo; siempre la deja encendida al salir. Como lo había visto, por última vez, cruzando la calle hacia tu casa, pensé que lo habrías invitado a tomar una copa.

Escucharla me partió el corazón. No me podía ni imaginar cómo sería sentirse tan sola y desesperada.

—¿Y el coronel nunca te ha pillado? —preguntó Nina.

Francie la fulminó con la mirada.

—Un poco más de confianza en mí, por favor. Además, el auténtico mirón me facilitó las cosas. Si alguien me veía, creerían que se trataba de ese tío que había vuelto. —Echó un vistazo a su alrededor—. Bueno, ¿y dónde está el coronel?

No me atreví a decirle que había salido a cenar con June. Era incapaz de romperle el corazón de esa forma.

—Ha salido. Solo se ha pasado un ratito.

—¿Adónde ha ido?

Al menos no tendría que mentirle.

—No lo sé exactamente.

Alguien golpeó la aldaba de la puerta de entrada. Nina echó un vistazo por la ventana panorámica.

—Es mi cena.

Se levantó para ir a abrir. Francie paseó la mirada por toda la cocina.

—¿Dónde está June?

Escogí las palabras con cautela.

—Ha salido.

La anciana se levantó de un respingo de la butaca.

—¡Juntos! ¡Han salido juntos!

No se lo negué. No podía.

Nina entró en la cocina con una pila de recipientes tamaño familiar.

—¿Te importa si te cojo prestados unos cuantos cacharros para que la bruja de mi suegra crea que todo esto es casero?

—Adelante.

Francie se paseaba de un lado para otro.

—He invertido tanto tiempo... Y June acaba de llegar a la ciudad, y ¡toma!, él va y se cuela por ella enseguida. ¿Cómo es posible? —La anciana cerró sus manitas en dos pequeños puños—. Nadie se burla de Francine Vanderhoosen. ¡Nadie! ¡Ese... ese... hombre!

—Francie, tranquilízate. Es solo una cena —intervine.

—¿Solo una cena? Cuando pienso en la forma en que me han tratado... ¡Ooohhh! Se arrepentirá del día en que me hizo esto. No pienso seguir callándome sus secretos.

Nina se volvió de golpe.

—¿Secretos? Cuéntanoslos.

—Os contaré algo que ni siquiera sabe la policía. El coronel fue a ver a Simon el día que lo asesinaron. Y estaba presente cuando lo mataron.

CAPÍTULO DIECISIETE

De *La buena vida:*

Querida Sophie:

Las fiestas se nos echan encima y, entre la decoración de la casa, las felicitaciones navideñas y las representaciones del cole, tengo menos tiempo de lo habitual, pero mi familia y amigos esperan algo más que un sándwich de mantequilla de cacahuete y jalea para cenar. ¿Alguna sugerencia para preparar algo que sea rápido y navideño?

Frenética en Fredericksburg

Querida Frenética:

¡Solomillos de cerdo al rescate! Son el *filet mignon* de la carne de cerdo: deliciosos y fáciles de preparar. Mejor aún, combinan muy bien con toda una serie de frutas y frutos secos, por si te apetece servirlos con algún aderezo.

Un solomillo entero tarda entre veinte minutos y media hora en cocinarse. ¡No te pases con la cocción! La carne debe quedar un poco rosada en el centro.

Puedes meterlos en el horno o cocinarlos al fuego. Si optas por la sartén, dora la carne con aceite de oliva y asegúrate de añadir un poco de líquido, como caldo de pollo o zumo de manzana, y luego la tapas bien. ¿Necesitas una cena superrápida? Corta el solomillo en lonchas muy finas y caliéntalas en la plancha o en una sartén.

Sophie

—¿Cómo sabes que el coronel estaba en el hotel el día en que asesinaron a Simon? —pregunté.

—¿Es que no me estás escuchando? —preguntó Francie con expresión de incredulidad—. Estaba siguiéndolo.

—Así que tú también estabas allí.

—Evidentemente.

—Pero ¿cómo es que la policía no lo sabe? Nos tuvieron a todos encerrados en el salón de baile.

—El coronel no es idiota. Se marchó en cuanto empezó a correr la voz sobre el asesinato. Se limitó a cruzar el vestíbulo principal y salir por la puerta de entrada. Nadie intentó detenernos a ninguno de los dos.

—A lo mejor había ido al hotel por algún otro motivo —sugirió Nina.

—Ni por asomo. Sabía perfectamente adónde iba. Esperó a que el chófer de Simon lo dejara solo y fue a buscarlo a la Sala Washington.

Me pareció detectar cierta incoherencia en su relato.

—De haber sido así, Natasha habría visto al coronel entrando o saliendo.

—No, si ella entró por la puerta trasera. De haber entrado por el pasillo principal, yo la habría visto.

La miré con el ceño fruncido.

—Entonces, ¿por qué no te vi yo?

—Supongo que ya nos habíamos marchado cuando encontraste a Simon. Yo estaba oculta tras una maceta, pero os habría visto, a Natasha o a ti, si hubierais entrado en la Sala Washington.

Nina se quedó mirando a la anciana con admiración.

—¿Te apetecería venir a casa a cenar? A la bruja de mi suegra le iría muy bien algo de compañía.

Francie señaló la sudadera, que le iba enorme y que llevaba por debajo de la chaqueta.

—¿Vestida de esta guisa?

—Puedes ir a casa a cambiarte.

Ambas se dirigieron hacia la puerta para marcharse.

—Pero, como se te ocurra decir una sola palabra de que la comida es de restaurante, se lo chivo todo al coronel —le advirtió Nina.

Las seguí hasta el recibidor y, cuando salieron a la luz del ocaso, oí a Francie decir: «Trato hecho».

Cerré la puerta y volví a la cocina para empezar a preparar la cena. Tras enjuagar la carne con agua y secarla dándole pequeños toquecitos, la adobé con sal, pimienta y tomillo. El día que había encontrado el cuerpo de Otis, compré romero fresco en rama. Fui cortando las hojitas con unas tijeras y disfrutando de ese tenue perfume con un toque a pino. Después de espolvorear la carne con los trocitos de romero, froté las piezas de solomillo con el adobo. Como el grupo al completo seguía sin llegar, envolví las dos piezas de carne con papel film y las dejé en la nevera. Se harían rápido. Esperaría a que todo el mundo hubiera regresado para empezar a cocinarlas, así no se secarían.

Los cogollos de lechuga romana que tenía en la nevera me servirían como buena base para una ensalada. Troceé unas crujientes nueces pecanas y las mezclé con la lechuga lavada y secada en la centrifugadora. Con mi minibatidor de varillas favorito, preparé una vinagreta con zumo de naranja, romero, sal, pimienta recién molida, tomillo y aceite de oliva, y la dejé sobre la encimera en un cuenco aparte. No tardaría más que un segundo en aliñar la ensalada, justo antes de servirla. Si echaba ya la vinagreta, la lechuga se pondría pocha y se humedecería. Piqué una cebolla y dos dientes de ajo para el arroz, y lo aparté. Justo al lado, coloqué un poco de algodonosa salvia seca, arroz basmati, un buen trozo de mantequilla y la cazuela. Estaría todo listo en un santiamén.

En un cazo puse unas cerezas congeladas a las que añadí un poco de azúcar, un chorrito de coñac, canela y unos clavos de olor. El aroma invernal a canela combinada con clavo impregnó el ambiente en cuanto la mezcla se calentó.

Bernie fue el primero en llegar a casa. Daisy y Mochi se peleaban por captar su atención. Él respondió arrodillándose en el suelo de la cocina. La perra le lamió la cara, mientras el gatito iba dándole cabezazos. Cuando la emoción de los animalitos disminuyó, Bernie se levantó y tiró su chaqueta de cuero encima de la chaqueta que yo no me había molestado en colgar.

—Me gusta vuestro Old Town de Alexandria. Tiene carácter. He ido dando un paseo a ver a Mars y luego he pasado la tarde dando una vuelta por ahí. Nunca había tenido tiempo de visitarlo en condiciones.

Me moría por preguntarle sobre el artículo de periódico que había encontrado en su equipaje. Removí las cerezas que estaban descongelándose y pensé en cómo llevar la conversación hacia el tema de Miami.

—¿Y dónde estás viviendo ahora?

—En Londres, pero estoy pensando seriamente en un cambio. Mars cree que por aquí hay oportunidades.

Maldición, no había mordido mi anzuelo.

—Entonces, ¿lo que empezó como una estancia vacacional podría convertirse en residencia permanente?

Bernie se sirvió un vaso de zumo de naranja.

—Sí, puede que sí.

Probé una técnica distinta.

—¿Cómo está tu madre?

La mujer viajaba mucho. A lo mejor Bernie había ido a verla a Miami.

—Conoció a un tipo que le gustó y se fue a Hong Kong. Lo último que supe es que estaban en Shanghái por un tema de trabajo. Es muy capaz de llamarme cualquier día para decirme que vuelve a casarse. ¿Qué hay para cenar?

Si él no hablaba sobre Miami, tendría que ser más directa.

—Arroz al estilo *Corrupción en Miami* y solomillo de cerdo.

—Cómo sois los estadounidenses, les ponéis unos nombres rarísimos a los platos. Me pasé por Miami de camino aquí. Fue genial poder tomar el sol en esta época del año, aunque no recuerdo haber visto el plato de arroz al estilo *Corrupción en Miami* en ninguna carta.

La puerta de la cocina se abrió y entró mi padre.

—¡Hace tanto frío que parece que va a nevar!

Se frotó las manos enérgicamente.

—¿Dónde están los demás? —pregunté.

Mi padre torció el gesto con fingido lamento.

—Les he suplicado que me trajeran a casa. Todavía tenían que ir a otra tienda más.

El abrigo de mi padre aterrizó sobre las demás chaquetas. La silla no tardaría en volcarse. Las levanté todas de golpe y me las llevé al armario del recibidor para colgarlas. Cuando volví a la cocina, mi padre se había acomodado en una butaca. Mochi y Daisy exigían su atención; mientras los acariciaba, se dirigió a Bernie.

—Es un tipo bastante majo. —Mi padre no pareció muy convencido al decirlo—. Muy educado. Pero jamás he conocido a otro hombre tan interesado en su propia boda.

—¿Hablas de Craig? —pregunté.

—¿De quién si no? Podría entenderlo si estuvieran planificando la luna de miel, pero, hoy, durante la comida, los tres han estado hablando sobre los lazos para los respaldos de las sillas tres cuartos de hora. Los he cronometrado. —Mi padre estiró las piernas y dejó caer la cabeza sobre el respaldo de la butaca—. Faltan siete meses para la boda. No estoy seguro de poder aguantarlos, si siguen así.

—¿No te parece lo bastante varonil? —preguntó Bernie.

Mi padre torció el gesto.

—Eso me daría igual. Lo que no me gusta es su personalidad camaleónica. Siempre dice lo que cree que los demás quieren oír. Llevo ya unos días con él y, salvo que es médico y que le gustan los lazos grandes para que cuelguen de los respaldos de las sillas, no sé nada sobre ese tipo. No sé si sus padres están vivos, ni si tiene hermanos o hermanas, ni qué marca de coche conduce, ni qué deportes le gustan.

—A lo mejor solo intenta adaptarse, se estará esforzando para caeros bien —comentó Bernie—. Integrarse en una familia puede ser difícil.

Le puse la tapa al cazo con las cerezas y las dejé cocer a fuego lento.

—Yo entiendo lo que quiere decir mi padre. A mí me da un poco de repelús. Ha estado espiándome desde que llegó. Cada vez que me doy la vuelta, lo tengo pegado a mí, escuchando lo que digo, como si estuviera recabando información.

—¿Espiándote? —Bernie soltó una risotada—. Es la paranoia máxima de una futura cuñada. ¿Por qué iba a hacer algo así?

Estaba a punto de traicionar a mi hermana, pero su bienestar era lo primero.

—¿Sabéis que se conocieron por internet?

Mi padre se puso blanco como el papel.

—Hannah nos contó que se conocieron en una fiesta. —Se levantó de la butaca de un salto—. ¿Me dejas usar tu ordenador?

No esperó a que le respondiera. Bernie y yo lo seguimos hasta el estudio. Tras teclear durante un par de minutos, mi padre suspiró aliviado.

—Aquí está. Craig Monroe Beacham, doctor en medicina. Internista... No hay mucha información... Titulación médica en regla para Virginia Occidental. Nunca ha sido demandado, fue a la facultad de medicina en la Costa Oeste e hizo la residencia médica en Dakota del Sur. Nada siniestro.

Me dejé caer en el sofá. Fin de la historia. Haría lo posible para sentirme feliz por Hannah. A la tercera iba la vencida; por fin tenía la relación que todas las demás soñábamos. El tipo de relación que algunas de nosotras, como Francie, todavía anhelaban.

—Papá, cuando hablaste ayer con el coronel, ¿te comentó algo sobre Simon?

—No salió el tema. Estuvo contándome sus grandes peripecias para conseguir asistencia médica para los africanos sin recursos.

Bernie se despatarró en el otro extremo del sofá.

—¿Por qué lo preguntas, Soph?

—Por lo visto, el coronel se encontraba en el hotel cuando Simon fue asesinado.

Se oyó el martilleo del teclado mientras mi padre escribía a una velocidad increíble.

—Esto es algo impresionante. El coronel ha recibido numerosos premios por su labor. Hay páginas y más páginas sobre él. —El repiqueteo de las teclas volvió a empezar—. Vale, ahora sí que tengo algo. ¡Oh, oh...! ¿Os acordáis de aquella chica que perdió una pierna en el programa ese de *Ni se te ocurra*? Hay un montón de declaraciones que culpan al equipo de rodaje.

—Eso no tiene nombre. Imaginaos, por la torpeza de una persona, alguien perdió una pierna —lamentó Bernie.

—Y se pone más feo todavía. La chica mutilada es la nieta del coronel.

CAPÍTULO DIECIOCHO

De *Pregúntale a Natasha:*

Querida Natasha:

A pesar de mis reprimendas, mi revoltoso hijo adolescente siempre llega a casa con la ropa manchada de sangre. He probado toda clase de productos comerciales, pero, cuando mi hijo regresa de la calle, las manchas ya están resecas y pegadas, y no hay quien las quite. ¿Qué me recomiendas?

Bien de Sangre en Blue Ridge

Querida Bien de Sangre:

La sabiduría popular dice que hay que secar la mancha con sal. Sin embargo, yo tengo un truco profesional. No de las lavanderías profesionales, sino de los profesionales que se manchan con sangre en el trabajo: bomberos y policías. El agua oxigenada es lo mejor. Sin embargo, antes de aplicarla sobre cualquier mancha, debes hacer la prueba en alguna parte de la prenda que no quede a la vista, para asegurarte de que no destiñe.

Natasha

—Entonces, el bueno del coronel no es un tipo tan espléndido, por lo que se ve —musitó Bernie.

—¿Podría haber matado a Simon para vengar a su nieta? —pregunté.

Mi padre se volvió hacia nosotros, sentado en la silla giratoria del escritorio.

—Si creyera que alguien ha amañado un concurso para hacerle daño a Jen, seguramente me volvería loco. Esas situaciones difuminan la línea entre el bien y el mal y anulan la contención natural que aplicamos en otros casos.

—¿Podría ser él quien intentó envenenar a Mars? —pregunté al mismo tiempo que me erguía, espantada solamente de pensarlo.

—A Andrew se le ocurrió la idea para ese programa de televisión. —Bernie se descalzó, tiró los zapatos y se quitó los calcetines—. A lo mejor el coronel quería envenenarlo. Y así habría matado dos pájaros de un tiro.

Mi padre unió las manos en forma de triángulo y empezó a entrechocar los índices.

—No mencionó que había asistido al concurso de relleno para el pavo, ¿lo recordáis? Durante la cena de Acción de Gracias, cuando todos estábamos hablando sobre el asesinato. No dijo ni una palabra sobre el tema.

—Además, teniendo en cuenta que estuvo en el ejército, se supone que cuenta con la formación necesaria para matar a alguien. Sabría dónde asestar el golpe que acabó matando a Simon. ¿A alguien más le dio la impresión de que el coronel sabía demasiado sobre venenos? —preguntó Bernie.

—¡June! —Me levanté de un salto—. La ha llevado a cenar.

—¿Sabes dónde han ido? —preguntó mi padre.

—Ni la más remota idea. —¿Por qué no lo habría preguntado?—. ¿Y si la envenena? Mars ha sobrevivido porque es joven y fuerte, pero June...

Mi padre me hizo un gesto para que me sentara.

—Estamos dejándonos llevar. El coronel no tiene ningún motivo para dañar a June. Además, sería una estupidez por su parte lastimarla justo después de envenenar a Mars. No sabemos si mató a Simon, solo sabemos que ocultó el hecho de estar en el mismo hotel donde se encontraba la víctima en el momento del asesinato.

—Tu padre tiene razón, Sophie. Estábamos los tres allí, pero eso no significa que uno de nosotros le diera un porrazo en la cabeza al pobre Simon.

—¿June tiene móvil? —preguntó mi padre.

—No lo creo. Me pidió prestado el mío el otro día —aclaró Bernie.

—Entonces no podemos hacer nada. Creo que es hora de que se lo contemos todo a tu madre, Sophie.

Mi padre puso el ordenador en modo hibernación. Yo no quería provocar una discusión conyugal entre mis padres y opté por sincerarme.

—Mamá ya sabe lo de Otis y todo lo demás, papá.

A mi padre se le iluminó el rostro.

—Esa es mi Inga. Siempre aguantando el tipo, como si aquí no pasara nada.

Bernie me dio un codazo.

—¿Te importa si hago un poco de colada, amor?

—Como si estuvieras en tu casa. La lavadora y la secadora están en el sótano.

Agarró la bolsa de viaje y añadió los calcetines que acababa de quitarse.

—¿Daisy, Mochi? ¿Venís a hacerme compañía?

Como si percibieran los exóticos aromas que les deparaba la aventura en el sótano, salieron, por delante de Bernie, disparados hacia la puerta. Mi padre y yo nos levantamos, y él me abrazó.

—A June no le pasará nada, mi niña.

—Me sentiré más tranquila cuando haya vuelto a casa y esté sana y salva.

Cruzamos lentamente la terraza acristalada hacia el pasillo.

—¡Las cerezas!

Se me habían olvidado por completo. Salí corriendo hacia la cocina para ver cómo estaban y oí que la puerta de entrada se abría de golpe. Por suerte, las cerezas habían sobrevivido, y la salsa se había espesado a la perfección. Las retiré del fuego y asomé la cabeza por el vestíbulo. Vi a los tres forofos de las bodas quitándose el abrigo. Hannah le pasó el suyo a Craig mientras se quitaba los guantes.

—¡Qué bien estar por fin en casa! En la calle hace un frío que pela.

Saludé a todos y volví a la cocina para precalentar el horno. Mi madre me siguió, se dejó caer en una de las butacas junto a la chimenea y puso los pies sobre un taburete.

—No puedo dar ni un paso más. Cielo, Mars ha llamado antes, mientras estabas fuera. Me ha pedido que June fuera a visitarlo al hotel, mañana por la mañana, porque luego quiere llevarla de compras. Natasha tiene una cita importante y estará fuera. Creo que Mars tiene miedo de que Natasha y June estén juntas en la misma habitación; las cosas están un poco tensas entre ambas desde lo del incendio y el envenenamiento de Mars. Su desconfianza es mutua.

No me extrañaba que mi exmarido intentara mantenerlas separadas.

Mi madre se alisó los pliegues de la falda.

—Pobre Natasha. Cada vez que pienso en todo lo que ha tenido que pasar esa chica en la vida... Es que parece que no tenga un respiro. Debe de ser horrible que te consideren sospechosa de asesinato.

—Pues sí que lo es —afirmé, inexpresiva, mientras removía cuidadosamente con una cuchara las cebollas que estaban pochándose en mantequilla.

¿Es que mi madre había olvidado que su propia hija era la sospechosa de un crimen? Añadí una generosa cucharada de salvia a las cebollas. El reconfortante perfume de la hierba aromática afloró en cuanto la especia tocó la sartén.

Mi madre se inclinó hacia un lado para echar un vistazo al recibidor.

—¿Craig y Hannah han subido?

—Eso creo.

Miré la hora y metí los solomillos en el horno.

—¿Qué información os ha dado la viuda del detective?

Añadí arroz y caldo a las cebollas traslúcidas, las tapé y puse a mi madre al día: le conté lo del pago que había hecho Natasha a Otis, lo del descubrimiento de las setas venenosas en mi patio trasero, lo de la nieta del coronel y lo de la cita de June. Mi madre se tapó la boca con una mano.

—¿Que perdió una pierna? Pobre criatura. Y ahora June anda por ahí con ese hombre. Qué lástima que no hubiera sabido lo de la nieta, podría haber vendido la exclusiva. Mañana por la tarde conseguiremos que June le haga confesar. Puede invitar al coronel a tomar un café y hacer que cante.

—Suponiendo que no la mate esta noche.

—Tonterías. Un hombre con la inteligencia suficiente para salir del hotel sin ser interrogado por la policía no va a cagarla ahora envenenado a su cita durante la cena. Resultaría demasiado evidente.

La puerta del sótano, ubicada en el corto pasillo que conectaba la sala de estar con la cocina, se abrió de golpe. Bernie apareció junto con Daisy y Mochi.

—¿Todavía le haces la colada a Mars?

Qué pregunta tan rara.

—Pues claro que no.

—Había ropa de hombre en la secadora. La he doblado y la he dejado encima de la mesa que tienes ahí abajo.

—¿Has hecho tú la colada? —le pregunté a mi madre.

—He recorrido todas las tiendas de novias de Washington. ¿Crees que me queda tiempo para lavar ropa?

Comprobé cómo iba la cocción del arroz y de la carne antes de aventurarme al sótano para ver de quién era la ropa misteriosa. No tuve que revisarla mucho para identificar al dueño. El día del concurso de relleno, Craig llevaba el polo negro que coronaba la montaña de prendas dobladas.

Con Daisy pegada a mis pies, haciendo ruido con sus enormes pezuñas, subí corriendo la escalera hasta la cocina. Craig no podía estar implicado en los asesinatos. No se encontraba en la ciudad cuando mataron a Otis.

—Mamá —dije jadeando—, cuando fuisteis a recoger a Craig al aeropuerto, ¿él venía de la zona exclusiva para pasajeros?

—Tu padre y yo lo esperamos en el coche para no tener que aparcar. Hannah había acordado que se encontraría con él en la zona de recogida de equipaje.

Mi padre entró y se acomodó en la otra butaca junto al fuego.

—¿Qué sucede?

Mi madre me miró con el ceño fruncido.

—¿Qué insinúas, Sophie? ¿Que Craig no llegó en avión a la ciudad?

—¿Sería posible? —pregunté—. ¿Podría estar implicado en los asesinatos? Yo lo descarté como presunto sospechoso, porque su vínculo con nuestro entorno era demasiado remoto. Apenas nos conoce. ¿Cómo podría haberlo planeado?

—Además, estuvo con Hannah durante el tiempo que duró el concurso de relleno para el pavo —apuntó mi madre.

—Yo lo vi en el aseo de caballeros —añadió mi padre—. Me quedó muy claro que estaba escapando de tu hermana, aunque fuera unos minutos.

—Y consiguió salir del hotel para traer las patatas fritas —comenté.

—Sophie, no dices más que tonterías. Hannah está muy molesta contigo. No te has esforzado mucho en ocultar lo poco que te gusta su novio. Va a convertirse en parte de la familia; deberías empezar a aceptarlo.

Mi madre me lanzó una mirada de disgusto. Miré a mi padre, pero, antes de poder decir nada, Hannah y Craig se reunieron con nosotros. Mi madre cambió enseguida de tema y empezó a hablar sobre Daisy y Mochi, y lo bien que se habían adaptado a convivir juntos.

Mientras mi padre abría una botella de vino blanco, puse la mesa en la cocina. A Hannah le encantaría ver que usaba el mantel de estilo campestre francés, con estampado floral, y las servilletas a juego que me había regalado para mi cumpleaños. Combinaban a la perfección con los candelabros de color ámbar y rojo que coloqué en el centro de la mesa.

Los demás charlaban amigablemente mientras yo terminaba de cocinar y mantenía bien vigilado a Craig. Un médico sabría cómo limpiar la sangre de la ropa y seguro que sería lo bastante listo para lavarla enseguida.

Aliñé las crujientes hojas de lechuga con la sencilla vinagreta y la repartí en platitos de ensalada. Dispuse unos cuantos aros de cebolla roja encima de las verduras formando un círculo. Corté una jugosa naranja sanguina en rodajas muy finas y coloqué una en el centro de cada bandeja, sobre las cebollas. Incluso Natasha habría aplaudido el variado colorido de la combinación.

Corté los solomillos calientes en lonchas de poco más de un centímetro de grosor y las dispuse, superpuestas, en el centro de una bandeja con forma ovalada. Al levantar la tapa del arroz ascendieron los maravillosos efluvios a cebolla y salvia. Repartí el arroz especiado alrededor del borde de la bandeja y bañé la carne con la salsa de cerezas. La salsa sobrante quedó en un cuenco, donde coloqué un cucharón.

En el exterior ululaba el viento, pero, en el interior, el fuego crepitaba, la cocina olía a romero y las velas refulgían con un tenue resplandor, que imprimía una cálida atmósfera a nuestra cena invernal.

Para el postre, devoramos lo que quedaba de la tarta de nueces pacanas y los *brownies,* de una esponjosidad decadente, y aprovechamos el último resto de la nata montada para coronar nuestras tazas de humeante café con un chorrito de licor de Kahlúa.

Mientras seguíamos sentados a la mesa, disfrutando del intenso descafeinado, Bernie se marchó al vestíbulo un momento y regresó envuelto en una gabardina verde.

—Voy a salir un rato. ¿Tienes una copia de las llaves de casa para dejarme, Sophie? No quiero despertar a nadie cuando vuelva.

Le pasé las antiguas llaves de Mars.

—¿Vas a ir a buscar a June?

—He pensado que sería una buena idea.

Salió solo de casa. Desde la ventana de la cocina situada sobre el fregadero, me quedé mirando cómo se alejaba dando un paseo y vi a Nina paseando a un perro por la acera de enfrente. Al tiempo que me ponía una chaqueta, silbé para llamar a Daisy. Con la correa bien sujeta, trotamos para alcanzar a Nina. Fui frenando a medida que me acercaba para no alarmar al otro perro, aunque no me preocupaba mucho. El golden retriever movió el rabo y tiró de la correa, impaciente por saludar a Daisy. Nina se rio cuando su perro tiró de ella para acercarse a nosotras.

—Daisy, te presento a Duke.

Mi perra mantuvo la cabeza bien alta, con su altanería de sabueso, mientras Duke le olfateaba el trasero, pero el entusiasmo del golden pronto se ganó el corazón de Daisy, que también empezó a mover la cola.

—Lo tengo de acogida en casa porque nadie lo ha adoptado todavía. Será porque es un perro mayor y no un cachorro. No soporto pensar qué podría pasarle si no encuentra un hogar —se lamentó Nina—. Se porta de maravilla. ¿Conoces a alguien capaz de adorarlo y con el tiempo necesario para dedicarle la atención que se merece?

Le prometí pensar en ello.

Fuimos caminando, a la luz de las farolas, en una noche lo bastante oscura para desalentar a la mayoría de los paseantes. Cualquiera que estuviera dando una vuelta en ese momento debía tener un buen motivo para hacerlo.

—Duke y yo acabamos de acompañar a Francie a casa. Esa mujer es la bomba. Creo que a la bruja de mi suegra la ha dejado horrorizada —comentó Nina con una sonrisa.

—¿Se ha tranquilizado un poco con lo del coronel?

—Para nada. Ese hombre va a pagar caro el no estar interesado en ella.

Le conté a Nina lo de la nieta del coronel.

—¿No creerás que...? Francie no puede ser la asesina.

La risotada de Nina retumbó con eco en la calle desierta.

—¿Estamos hablando de la misma ancianita arrugada que vive puerta con puerta contigo? Sería incapaz de tirar a un hombre dentro de un contenedor.

—Podría haberlo hecho con ayuda de alguien.

—¿Quieres decir que todo ese rollo de que estaba siguiendo al coronel es una patraña que se ha inventado solo para nosotras?

—¿Y si ambos estaban conchabados y, por eso, se puso como una moto por lo de la cena del coronel con June?

—¿Y que esté tan enamorada de él que haya accedido a ayudarle a matar a Simon para vengar a su nieta? ¿Por qué habrían envenenado a Mars? ¿O matado a Otis? —Nina parecía escéptica.

Daba igual en quién pensara como posible asesino, siempre acababa igual. Un montón de personas se la tenían jurada a Simon, pero, en cuanto entraban en juego Otis y Mars, nada tenía sentido.

Nina me agarró de la manga.

—¡Deprisa!

Abrió la puertezuela que daba al callejón trasero de la casa del coronel. Los perros entraron corriendo, impacientes por olfatear el territorio de MacArthur. Nina y yo los seguimos. Nina cerró la puerta cuando entramos, y miramos por encima de ella. Una persona con abrigo oscuro deambulaba por nuestra calle.

—Que no vuelva a ser Francie —deseé.

—No lo creo. Esta vez no.

Por lo visto, mi desconfianza irrefrenable era contagiosa. Incluso Nina veía sospechosos por todas partes.

—Pasear no es un delito. Creo que empiezas a perder la... —Me callé a mitad de la frase.

La persona del otro lado de la calle había empezado a caminar más despacio para observar las casas con detenimiento. No era algo tan raro en Old Town, salvo porque hacía un frío que pelaba. Me estremecí de pies a cabeza cuando vi a ese sujeto mirando mi casa. La luz de la cocina estaba encendida, y se veían las sombras proyectadas por las siluetas de mis padres y Hannah, sentados a la mesa, frente a la ventana panorámica.

—Tengo que avisarles.

Agarré el manillar de la portezuela. Nina levantó un brazo para detenerme.

—Hay una segunda persona.

El individuo que estaba observando a mi familia no hacía ningún esfuerzo por ocultarse. Entonces, la silueta de otra persona salió disparada por la acera, entre las sombras, donde las farolas no alumbraban. Enseguida pensé que se trataba de Francie. Sin embargo, me bastó echar un rápido vistazo hacia su casa para ver a alguien que pasaba por detrás de las cortinas echadas. En esa ocasión, la anciana era inocente.

La persona que estaba vigilando mi vivienda se volvió hacia nosotras, para mirar hacia la casa de Nina descaradamente.

Nina y yo ahogamos un suspiro al mismo tiempo.

CAPÍTULO DIECINUEVE

De *La buena vida:*

Querida Sophie:

Mi novio dice que no hay nada comparable a dormir en una cama de plumas. ¿Se refiere a un colchón relleno de plumas? ¿O está confundido y en realidad se refiere a dormir con un edredón de plumas?

Friolera en Ferrum

Querida Friolera:

Una cama de plumas es parecida a un edredón, aunque duermes sobre él. Se trata de un cobertor que se coloca encima del colchón. Algunas personas lo colocan por debajo de las bajeras, pero yo lo pongo encima, porque me gusta la sensación de hundirme en él. Eso sí, no olvides meterlo en una funda que pueda retirarse y lavarse. Tengo que darle la razón a tu novio: no hay nada como remolonear en una cama de plumas una noche fría. Al comprarlo, asegúrate de que no sobresalga ninguna pluma que pueda pincharte. Debe ser ligero, pero no fino. Lo ideal es que sea esponjoso como una nube.

Sophie

E l pelo le ondeaba al viento, que soplaba con fuerza, y no dejaba lugar a dudas sobre la identidad de la mujer. La luz de la farola iluminó el rostro de Natasha.

—¿Dónde está el otro tío? —preguntó Nina susurrando.

Yo también le había perdido la pista.

—Deberíamos decirle que la están siguiendo.

—¿Y qué pasa si es Mars?

Dudé un instante. ¿Y si Mars creía que ella era la asesina? ¿Y si sospechaba que Natasha estaba teniendo una aventura?

—¿Y qué pasa si no es Mars?

Natasha llegó deambulando hasta el cabo de la calle y volvió a detenerse.

—Esto me está poniendo de los nervios —confesó Nina—. Parece que estuviera inspeccionando el barrio para entrar a robar en una casa.

Yo seguí sin localizar a la segunda persona. ¿Dónde se habría metido?

Natasha cambió de dirección de pronto y se dirigió hacia... nosotras. Abrí la portezuela y dejé salir a Daisy primero. Si el acosador misterioso acechaba por ahí cerca, mi perra lo olería y le gruñiría. Nina me siguió a través de la puerta, y ambas nos topamos con Natasha en la acera, justo a medio camino de nuestra manzana. Tal vez Natasha creyera que yo había envenenado a Mars, pero debía contarle la verdad por si ella corría peligro.

—Natasha —le dije susurrando—, alguien está siguiéndote.

—Seguramente es algún fan. Son tan monos... Me pasa todo el tiempo.

—¿Tus fans se ocultan en las sombras para que no los vea nadie? —pregunté.

—Sophie, ¿es que no has tenido ya suficiente drama? ¿Pretendes asustarme? No puedo ni imaginar por qué te has inventado algo así.

—Está diciéndote la verdad —protestó Nina.

Natasha se cerró bien el abrigo para taparse del todo.

—Entonces, ¿dónde está ese hombre ahora? Yo solo os veo a vosotras dos.

—¿Qué haces aquí exactamente? —No fue una pregunta de Nina, sino una exigencia—. Hace un poco de frío para dar un paseo nocturno.

Natasha lanzó un suspiro.

—Por si te interesa, llevo un tiempo con problemas de insomnio. Supongo que los asesinatos y el envenenamiento frustrado de Mars me han pasado factura. Se me ha ocurrido que un paseo rápido me ayudaría a relajarme para dormir mejor.

Seguramente, la noticia de que alguien estaba siguiéndola no contribuyó a calmarle mucho los nervios.

—A lo mejor deberíamos acompañarte andando hasta el hotel —sugerí.

Natasha adoptó su actitud de adorable presentadora televisiva.

—No te comas esa cabecita tuya por mí. No me pasará nada.

Se despidió con un rápido gesto de su mano enguantada y se alejó a toda prisa.

—¿Te lo has tragado? —preguntó Nina.

—Ni una sola palabra.

—Yo tampoco. Voy a llamar a la policía para avisarles del otro tío. Lo menos que pueden hacer es enviar un coche a patrullar por el barrio un par de veces.

—June va a ir a visitar a Mars mañana por la mañana. Natasha habrá salido para esa cita importante que tiene.

—Deberíamos seguirla.

Era exactamente lo que yo estaba pensando.

—¿Las ocho y media de la mañana es lo bastante temprano?

—Ten el café preparado.

Los potentes faros de un coche aproximándose iluminaron la calle. Me volví hacia ambos lados, pero, aun así, no logré ver a la persona que estaba siguiendo a Natasha. Solo esperaba que nuestra presencia lo desanimara y no insistiera en seguirla. El coche se pegó al bordillo para aparcar. Entonces bajó el coronel y dio la vuelta al vehículo para abrir la puerta del acompañante, como todo un caballero. Me quité un peso de encima cuando vi bajar a June sana y salva. Ella nos saludó con la mano.

—Hola, chicas.

El coronel la acompañó hasta la puerta de entrada de mi casa. Hablaban en voz demasiado baja para que yo oyera qué estaban diciendo, pero no me cupo la menor duda del beso de buenas noches que se dieron. Nina empezó a darme codazos, como si fuéramos dos niñas pequeñas espiando a una hermana mayor.

—¿Verdad que son tiernos? —comentó susurrando. Se volvió y me dio un puñetazo en el hombro—. ¿Por qué no se lo hemos presentado a la bruja de mi suegra? Se habría olvidado de mí para siempre.

—¿Se ha dado cuenta de que no habías preparado tú la cena?

—Francie la ha tenido muy distraída. No creo que haya tenido tiempo de planteárselo. Mmm... ¿Conocemos a algún otro soltero de su edad?

Sonriendo ante la idea de buscarle pareja a su exigente suegra, le di las buenas noches y me fui para casa. Pasé junto al coronel cuando él cruzaba la calle en dirección a su hogar. A pesar del frío, iba canturreando. Al entrar en la cocina, June estaba entreteniéndolos a todos con el relato de su cita.

—Es muy refinado. Me ha llevado a un exótico restaurante marroquí a cenar... ¡con los dedos! Deberíais haber visto a la bailarina del vientre.

Levantó los brazos y los agitó al tiempo que se deslizaba sobre el suelo.

Mientras June iba a cambiarse y a quitarse su precioso vestido, Hannah me ayudó a sacar frutos secos especiados, nachos, una salsa casera ácida y picante, galletas saladas y un divino queso cremoso de cabra a las finas hierbas italianas. Me lamí un trocito que se me quedó pegado en el dedo y sentí la tentación de coger una cucharada entera del cremoso para comérmela a lametones. Mi padre preparó una ronda de sus famosos Whisky Sours y le sirvió un *whisky* escocés a Craig.

Pasamos el resto de la velada jugando a cartas. El novio de mi hermana perdía más a menudo que los demás y, después de un rato, empecé a sospechar que estaba dejándose ganar. No tenía importancia, pero me picó la curiosidad. ¿Creía que así se ganaría nuestra simpatía?

En circunstancias normales, me habría quedado con Hannah hasta más tarde, pero esa noche subí a mi habitación para acostarme cuando June y mis padres se retiraron, deseando que no fuera una señal de que estaba haciéndome mayor prematuramente. Achaqué mi fatiga a los asesinatos y al ritmo febril del Día de Acción de Gracias, y me acurruqué, con agradecimiento, entre el edredón y el cobertor de plumas. Daisy se ovilló a mis pies y Mochi me golpeó con la patita hasta que yo levanté el edredón y él consiguió meterse debajo.

Me desperté, por un instante, a la una de la madrugada y creí oír a Bernie dando vueltas por la planta de abajo, pero volví a dormirme enseguida.

A la mañana siguiente, creí que sería la primera en despertar, pero oí un tenue murmullo cuando llegué al final de la escalera. June se encontraba sentada junto al exiguo fuego que ardía en la chimenea de la cocina y volvía a hablar. Con Faye, supongo. Le di los buenos días y empecé a desayunar. Mi presencia pareció no molestarla. Mochi saltó sobre su regazo y, salvo por el hecho de que la anciana estaba charlando con una muerta, el conjunto componía una escena bucólica.

Nina se presentó, a las ocho y cuarto, para nuestra misión de vigilancia. Mi madre llamó a la puerta de mi habitación y me avisó de su llegada.

Terminé de vestirme y bajé corriendo la escalera. Ataviada con tejanos negros, un top negro de terciopelo sintético con cremallera, bien ceñido a sus curvas, y zapatillas de deporte del mismo color con incrustaciones de estrás, Nina se plantó frente a la encimera de mi cocina para servirse, en su taza térmica de metal, café orgánico recién molido. Se volvió para mirarme y estuvo a punto de derramarlo.

—¡No puede ser! ¿Quién iba a decirnos a nosotras que ya conocíamos el uniforme de detective?

Yo me había vestido igual que ella, salvo que mi camiseta negra me quedaba bastante holgada, lo que disimulaba mis formas, y que mis zapatos estaban decorados con estrellitas doradas.

—Prepárame uno de esos a mí también, ¿quieres?

Envolví en papel de aluminio unos cruasanes que habían sobrado y los metí en una bolsa de lona. Añadí una bolsita con los volovanes de queso cheddar blanco orgánico que habían quedado.

—¿Dónde está la comitiva nupcial?

—Está arriba, vistiéndose. Incluso Bernie ha madrugado esta mañana.

Nina llevaba el termo de café y yo la bolsa de tela con los tentempiés; salimos a toda prisa, antes de tener que explicarle nuestros planes a nadie. Daisy y Mochi estaban ovillados delante de la chimenea y apenas se percataron de nuestra partida. Nos acomodamos en los asientos de cuero del Jaguar de Nina e iniciamos nuestra misión: en busca de la Natasha perdida. En el hotel donde se alojaban Mars y ella, Nina sacó el *ticket* de aparcamiento y dio una vuelta muy despacio por el oscuro lugar, en busca del Lexus color azul huevo de petirrojo de Natasha.

—¿Tú tienes un color como marca personal? —pregunté.

Nina soltó una risotada.

—¿Un qué?

—Como Natasha. Todo lo que tiene es azul huevo de petirrojo. Sus felicitaciones navideñas del año pasado eran de tonos verdes con un toquecito de rojo, pero, con todo, consiguió colar algo de azul huevo de petirrojo en la imagen. Es su marca personal.

Nina resolló ruidosamente, como si estuviera llorando.

—Yo quería el azul huevo de petirrojo, pero ya estaba pillado. No me puedo creer que ese sea exactamente su color —masculló—. Yo creía que Natasha estaba obsesionada con el azul y punto. ¡Mira! No nos ha despistado. Ahí está su coche.

En efecto, en la cuarta planta del aparcamiento, se encontraba el Lexus azul con la matrícula gravada con su nombre. Al menos nos lo había puesto fácil para saber que ese era el vehículo correcto. Nina aparcó en una plaza cercana, desde donde podíamos ver las puertas del ascensor y también el Lexus. Transcurrida una hora, ya nos habíamos comido todos los cruasanes, habíamos dado buena cuenta de los volovanes de queso y solo nos quedaban unos sorbitos de café. La vigilancia, incluso con tu mejor amiga, resultaba aburrida.

—A lo mejor ha salido caminando. —Nina dio una palmada sobre el salpicadero—. ¡Deberíamos haber aparcado en la calle!

Pasaron otros quince minutos antes de que las puertas del ascensor se abrieran y viéramos salir a Natasha. Llevaba unos tacones de casi ocho centímetros, una camiseta de manga larga, de cuello alto y color camel, con una falda a juego y una capa corta holgada de color caqui sobre los hombros. Pretendía impresionar a alguien.

Nina arrancó el motor.

—Sigue desfilando como si fuera una reina de la belleza. Verla siendo tan perfecta me provoca alergia.

Me preocupaba que Natasha pudiera vernos, aunque no nos prestó atención. Se subió al coche y salió de la plaza de aparcamiento. Nina tuvo la inteligencia de seguir al Lexus desde bastante lejos, lo que me llevó pensar que ya lo había hecho antes. En cuanto Natasha cruzó la puerta de entrada, mi amiga pisó el acelerador. Pagó el *ticket* del aparcamiento con un único y rápido movimiento. El Lexus había girado a la izquierda. Nina viró en la misma dirección, pero un *jeep* de color caqui con la capota de tela se nos puso justo delante. Nina frenó en seco.

—¿Qué prisa tienes, imbécil? Al menos, ese estúpido coche evitará que Natasha nos vea.

El Lexus de color azul huevo de petirrojo, el *jeep* caqui y el Jaguar verde oscuro avanzaban lentamente, como si formaran parte de un desfile por King Street, el centro de Old Town. Los turistas se paseaban por las aceras y se detenían a mirar los escaparates de las tiendas. Los comensales que disfrutaban de sus *brunch* en el interior de los restaurantes contemplaban a los transeúntes.

Bernie, entre ellos.

Giré el cuello y casi me lo parto para verlo mejor. Era él, sin ninguna duda.

—Nina. —La agarré por el brazo—. ¿Es esa persona quien creo que es, la que está con Bernie?

Ignorando totalmente el tráfico, Nina frenó de golpe y se detuvo en plena calle.

—La señora Pulchinski. ¡Oh, esto no puede ser nada bueno! ¿Cómo es posible que Bernie conozca a la viuda del detective?

Buena pregunta. Una cuestión que me puso los pelos de punta. ¿Cuánto tiempo hacía que se conocían? ¿Bernie también conocía a Otis?

Nina pisó el acelerador y se apresuró para alcanzar al *jeep*. Pasadas unas manzanas, ya estaríamos cerca de casa.

—¿No supondrás que están enrollados? —me preguntó.

Todas las veces que Bernie había estado de visita, jamás había venido con ninguna novia. Por algún motivo, me lo imaginaba con una chica más sofisticada que la señora Pulchinski. Ella no era mucho mayor que nosotras, pero no era la clase de mujer que yo habría escogido para el viejo amigo de Mars. Por otra parte, Bernie, a pesar de lo mucho que había viajado por el mundo, iba pasando de un trabajo a otro y, sin duda alguna, era el tipo de hombre que vivía a base de cerveza y *pretzels*. A lo mejor la señora Pulchinski sí era su tipo.

Me disgustaba lo que se me estaba ocurriendo, pero no lograba dar con otra explicación para que Bernie y la viuda del detective privado estuvieran compartiendo el *brunch*. ¿Tenían una relación amorosa? ¿O se trataba de una reunión de negocios relacionada con el asesinato? ¿Habría matado ella a su marido? Sin embargo, él no tenía motivo alguno para asesinar a Simon. Quizás ambos crímenes no estuvieran relacionados.

«¡Por favor, que no sea Bernie!».

Nina torció el gesto.

—La cosa se complica cuando los sospechosos son conocidos tuyos. ¿Cómo es posible siquiera que Bernie la conozca? —Tomó aire con fuerza—. ¿Crees que la señora Pulchinski estaba en el concurso de relleno para el pavo? A lo mejor ella mató a su marido y a Simon.

Nina tenía razón en una cosa: yo quería creer que una desconocida como la señora Pulchinski había cometido los asesinatos. Resultaba demasiado desconcertante imaginar que Natasha o Bernie podían estar implicados en algo tan atroz.

—¿Te lo puedes creer? —soltó Nina—. Podríamos habernos quedado en la cocina de tu casa y esperar a que Natasha pasara con su coche por delante.

Seguimos recto para volver a casa, pero Natasha no se detuvo allí. En la esquina de nuestra manzana, giró a la izquierda. El *jeep* siguió en línea recta, a toda pastilla. Nina fue frenando con el Jaguar y se quedó rezagada.

—Ahora que nos habría venido bien que el *jeep* nos ocultara, va y nos abandona.

Giramos y seguimos a Natasha, muy despacio y a una buena distancia. Ella estacionó a la vuelta de la esquina de nuestra manzana.

—¿Qué pretende ahora? —soltó Nina al ver lo que hacía.

Con la cabeza gacha, Natasha estaba concentrada en algo que tenía dentro del coche, cuando pasamos por su lado y aparcamos en un sitio mucho más adelante, en nuestra misma manzana. Nina tamborileó con los dedos sobre el salpicadero.

—No creo que nos haya visto.

—Eso habría dado igual. Nosotras vivimos aquí. Tenemos todo el derecho a estar en el barrio.

Mi amiga ajustó el espejo retrovisor para poder vigilar a Natasha.

—Está bajando del coche.

Abrí la puerta del vehículo y salí con disimulo, dispuesta a seguirla. La espié mirando por encima de la capota del coche. Los zapatos de Natasha repiqueteaban sobre la acera de ladrillos irregulares. No era la mejor superficie para caminar con tacones de casi ocho centímetros. Yo me habría torcido el tobillo en cuestión de diez segundos. Ella pasó de largo junto al callejón que recorría la parte trasera de las casas del coronel y de Nina y dobló la esquina en dirección a nuestra calle.

—¿Crees que ha venido a espiarnos? —le pregunté a Nina—. A lo mejor ella es el mirón.

—Ni en un millón de años. No lleva el *look* de ladrona chic.

Nina salió a hurtadillas del coche y corrimos por la acera para ir a ocultarnos. Al asomarnos por la esquina de la casa de los Wesleys, al cabo de nuestra manzana, Natasha nos sorprendió, porque estaba plantada a solo un par de metros de nosotras.

—¡Oh, no! —Nina pegó la espalda a la fachada lateral de la casa de los Wesleys—. No puede ser. ¡Esto es lo peor que podría pasar!

Volví a mirar. Natasha estaba hablando con un hombre vestido elegantemente, al estilo chic de Old Town: pantalones de montaña y una americana de color azul marino con vistosos botones dorados. Yo me encontraba lo bastante cerca para ver el monograma grabado en los botones.

—Ese es Blue Henderson —bisbiseó Nina.

—¿Como el color? ¿Qué clase de nombre es «Blue»?

—Es uno de los agentes inmobiliarios más importantes de Old Town. Él nos vendió la casa. ¿No lo pillas? Natasha va a comprarse una propiedad en nuestra manzana.

—No pongas esa cara de asco —dije entre susurros—. No hay ninguna casa en venta.

—Si Blue Henderson está aquí, es que hay algo a la venta. Esto no puede estar sucediendo. No en nuestra manzana. Tiene que haber docenas de casas disponibles en Alexandria. ¿Por qué tiene que venir a mirar aquí?

Nina debía de estar equivocada. A lo mejor Natasha y Blue se habían encontrado por casualidad y solo estaban charlando amigablemente. Volví a mirar a hurtadillas. Blue conducía a Natasha hasta la escalera de entrada de la casa de los Wesleys y estaba abriéndole la puerta.

—¿Has visto alguna vez esa casa? —le pregunté a Nina.

Puso expresión de tristeza al responder.

—Es una vivienda construida en parcela doble, con unos jardines de estilo clásico espectaculares y molduras alucinantes en el interior.

En otras palabras: a Natasha le encantaría. Y se cargaría el encanto histórico de la vivienda reformándola y poniendo sus muebles y electrodomésticos italianos.

Natasha y Mars viviendo delante de mis narices no era exactamente lo que más me apetecía. Me volví y miré con detenimiento hacia la manzana contigua. ¿Es que allí no había ninguna casa en venta? De pronto vi algo por el rabillo del ojo: alguien vestido de negro, como un ladrón, merodeaba, oculto entre las sombras, por la entrada de un sótano, una manzana más allá. Intenté no quedarme mirando.

—Mira hacia el sótano de la casa de al lado —le susurré a Nina—. ¿Podría ser ese el tipo que la seguía ayer?

—Seguro que no es Francie. —Mi amiga se rebuscó el móvil en el bolsillo—. Voy a llamar a Wolf. Creo que la poli pasó de mí anoche cuando denuncié al acosador de Natasha.

Nos dirigimos paseando, como si nada, hacia la casa de Nina y nos agachamos para entrar por la cancela del callejón trasero de su casa. Mientras ella le dejaba un mensaje de texto a Wolf, yo eché un vistazo a la calle para dar con el tipo que habíamos visto. No nos había seguido. Salvo por el crujido de las hojas secas arrastradas por la brisa, todo era quietud.

—¿Por qué la poli nunca está cuando se la necesita? —Nina cerró su móvil de golpe—. Sígueme, acortaremos por el callejón.

Cruzamos corriendo el patio trasero de Nina y salimos disparadas por la puerta trasera hasta el callejón. De espaldas a nosotras, el acosador estaba apoyado contra la valla de la parte de atrás de la casa de los Wesleys. El lugar perfecto para atacar a la incauta Natasha cuando ella se dirigiera hacia su coche. No lo vería hasta que ya fuera demasiado tarde.

CAPÍTULO VEINTE

De *La buena vida:*

Querida Sophie:

Cuando otras personas se casan, reciben como regalo demasiadas tostadoras o licuadoras. Por alguna extraña razón, ahora tengo siete vinajeras de cristal. Ya te digo yo que no consumo tanto vinagre. ¿Qué otro uso podría darles?

Avinagrada en Vinton

Querida Avinagrada:

Me encantan esas pequeñas vinajeras o aceiteras, porque son muy útiles y elegantes. Puedes usarlas para servir crema de leche con el café o una gran variedad de licores para echar a otras bebidas calientes. Poner la salsa barbacoa en recipientes de cristal añade un toque de clase a la mesa. Y, si hay algún miembro de la familia con restricciones alimentarias, servirle su salsa especial en una vinajera la hace mucho más apetecible.

Sophie

E l acosador se volvió; la capucha lo ocultaba casi del todo, salvo por la angosta franja del tabique que le quedaba a la vista. Nos descubrió y salió disparado. Nosotras salimos corriendo del callejón, a toda mecha, tras él; frenamos en seco al llegar a la acera. No se veía al tipo por ninguna parte. Ni siquiera localizamos su sombra vestida de negro desapareciendo por una esquina o metiéndose en un jardín.

—¡Allí! —gritó Nina con voz ronca.

Lo señaló mientras el hombre se ocultaba por detrás de un árbol y, a continuación, volvía a salir huyendo. Fuimos a por él. Dobló por la calle siguiente, y nosotras seguimos corriendo. Cuando llegamos a la esquina, nuestra carrera se había convertido en caminata rápida, y lo vimos subir a un *jeep* y alejarse a toda pastilla haciendo chirriar las ruedas sobre el asfalto. Ese vehículo era sospechosamente parecido al que habíamos estado siguiendo antes por Old Town.

—¿Le has visto la cara? —preguntó Nina, entre jadeo y jadeo.

—No. ¿Te has quedado con el número de matrícula? —pregunté resoplando.

—¿Yo? Estaba demasiado ocupada vigilando a Natasha para que no la perdiéramos. Tú ibas de copiloto, ¿te has quedado tú con el número de matrícula?

—Yo estaba pensando en Bernie.

Me costaba respirar cada vez más durante el agotador camino de regreso. No había corrido así desde que era niña. Con razón me apretaban tanto los pantalones. Cuando nos acercábamos al coche de Natasha, ella dobló la esquina con paso decidido y la capa ondeando al viento. Sacó un bolso de debajo de la capa y siguió caminando, cabizbaja, con una mano metida en el bolso, sin duda, rebuscando las llaves del coche. Levantó la vista al situarse a nuestra altura, con clara expresión de sorpresa.

—¿Habéis salido a correr? Chicas, seguro que os habéis pegado una buena carrera para estar tan agotadas. A las dos os cuesta respirar. ¿Vestidas igual? ¿En serio? ¡Qué raro!

Se lo solté todo, sin paños calientes.

—Natasha, sin duda alguna, alguien está siguiéndote.

—No empieces otra vez con eso. —Escrutó con detenimiento la calle vacía—. Tienes que buscarte alguna afición. —Abrió los ojos como platos—. ¡Todo esto es por Mars y por mí! He sido una idiota al no darme cuenta antes. Intentas volverme loca. Eso no está muy bien por tu parte, ¿sabes?

—Natasha, escúchame con atención. Se han cometido dos asesinatos, y yo no quiero que nadie te haga daño. —Lo decía con sinceridad.

—¿Qué estabas haciendo de visita en la casa de los Wesleys con Blue? —soltó Nina.

La pregunta dejó descolocada a Natasha, pero solo durante un instante.

—Supongo que no habrás pensado que Mars y yo íbamos a vivir para siempre en un hotel.

Yo había estado demasiado ocupada cavilando sobre los asesinatos para pensar en sus problemas con la vivienda. Había supuesto que volverían al estado natal de Natasha, en una o dos semanas. Al menos, ya teníamos una explicación del interés de Natasha por nuestra calle la noche anterior. Debió de acercarse paseando desde el hotel para echar un vistazo a la casa de los Wesleys.

—Mars no debería haberte vendido su parte de la casa de Faye —espetó Natasha al abrir la puerta del coche—. Yo llevo tiempo necesitando una casa en la ciudad. Y ahora que mi mansión campestre ha quedado inhabitable, me parece el momento propicio para realizar esa compra. —Nos lanzó, a Nina y a mí, una mirada de arrogante desaprobación—. De verdad, os recomiendo apuntaros de voluntarias a alguna ONG. La gente empieza a hacer cosas muy raras cuando tiene demasiado tiempo libre.

Sentí ganas de embestirla. Habíamos estado persiguiendo a su acosador, la habíamos librado Dios sabía de qué peligro, y ella nos despreciaba como si fuéramos un par de locas.

Ya era capaz de respirar casi con normalidad, cuando miré al asiento trasero del Lexus de Natasha. Lo que tenía allí volvió a dejarme sin respiración. Había una carpeta enorme con el nombre de una residencia de ancianos. Pobre June. La imagen de la alegre pareja que ilustraba la brillante cubierta no me hizo sentir mejor. Me pregunté si Mars estaría informado.

Nina hizo un último esfuerzo.

—A lo mejor no lo has visto, pero nosotras lo hemos pillado siguiéndote ya dos veces. No hay duda de que está acosándote y, si no nos haces caso, es que eres idiota.

Natasha no se inmutó.

—Por lo visto, sí que estoy siendo acosada... ¡por vosotras dos!

Subió al coche con una elegancia que para mí resultaba imposible, sobre todo, teniendo en cuenta los taconazos que llevaba. El motor de su coche rugió, y Natasha se alejó conduciendo, sin echar la vista atrás ni una sola vez.

—¿Te puedes creer cómo es esa mujer? —espetó Nina—. Es posible que le hayamos salvado la vida y, aun así, no nos cree.

Natasha se había pasado su juventud reprimiendo cualquier sentimiento considerado impropio. Tenía mucha práctica en ocultar sus emociones. Sin embargo, yo recordaba, con todo detalle, la reacción que tuvo con Wolf en la cena de Acción de Gracias. En ese momento, no fue capaz de ocultar su nerviosismo. Sin importar lo que estuviera pasando, Natasha lo aguantaba con un estoicismo a lo Audrey Hepburn, con la característica camiseta de cuello de cisne y todo; yo tenía mis sospechas de que sabía muy bien que estaban acosándola.

Volvimos caminando a casa y entendí por qué Natasha deseaba con tantas ganas poseer una propiedad en Old Town. Las puertas lucían coronas hechas con elementos otoñales y los escalones de la entrada estaban decorados con calabazas de todos los tamaños. El viejo ladrillo rojo de las casas y de las aceras imprimía la gracia de otra época. El humo de una chimenea aromatizaba el aire fresco. Me resultaba prácticamente increíble pensar que estuviéramos atrapados en una maraña de asesinatos.

Daisy vino a buscarme a la puerta cuando la abrí, agitando el rabo y correteando en círculos a mi alrededor, feliz. Me agaché para darle un fuerte achuchón perruno y oí voces procedentes de la cocina. Me asomé a mirar. June, Mars y mis padres charlaban amigablemente.

—Sophie, cielo, llegas justo para la comida. Estábamos pensando en preparar unos sándwiches de pollo y calentar tu delicioso relleno.

Mi madre se levantó enseguida de su silla junto a Mars, en la mesa de la cocina, y dio una palmada en el asiento.

—Ven a sentarte con nosotros.

No tenía muy claro si sacar el tema del acosador de Natasha delante de todo el mundo.

—¿Hay alguien más en casa?

Mi madre puso la tetera al fuego.

—Bernie se ha marchado bastante temprano y Hannah y Craig han ido a ver una exposición sobre la evolución de los ordenadores al Smithsonian. El coronel vendrá a tomar el café con June, a eso de las tres.

Me dejé caer en la silla junto a Mars.

—Tenemos que hablar.

—¿Queréis que nos vayamos? —preguntó June.

—Estamos todos juntos en esto. —Me quedé mirando a Mars a los ojos y le dije—: Natasha y yo hemos tenido nuestros problemas, pero, por favor, quiero que sepas que lo que voy a contarte no tiene nada que ver con esa rivalidad, ni con sed de venganza ni con un ataque de celos.

Mars se enderezó en el asiento, con mirada de aprensión. Fui enumerando los hechos con los dedos a medida que hablaba.

—Natasha contrató a Otis para que le hiciera algún trabajo. Ella fue la última persona que vio a Simon con vida. El trofeo en forma de pavo, que estoy segura de que fue el arma homicida, apareció en su jardín. Y ahora hay alguien que está acosándola.

—¿Qué? Pero ¿tú cómo lo sabes? —preguntó Mars.

—Nina y yo hemos visto a ese tipo siguiéndola ya dos veces. Por lo menos creemos que es el mismo tipo; no hemos conseguido verle bien la cara. Le hemos advertido a Natasha sobre el acosador, pero ella ha reaccionado como si estuviéramos inventándonoslo.

Mars apoyó los codos sobre la mesa y se frotó la cara con las manos.

—Eso explica muchas cosas. No puede dormir y ha perdido el apetito. No me extraña. La pobrecilla, seguramente, cree que será la próxima víctima.

—Ella niega que estén siguiéndola. Tengo mucho miedo de que le hagan daño —confesé.

June acariciaba con delicadeza a Mochi, acomodado en su regazo.

—Mars, hijo mío, no he parado de repasar mentalmente la lista de invitados a la cena de Acción de Gracias y, da igual las vueltas que le dé, siempre acabo pensando en Natasha... Ella es la que te envenenó.

Mars emitió un gruñido.

—Mamá, eso no tiene sentido. ¿Por qué iba a hacerlo?

—A lo mejor ha descubierto que eres tú el que deja las toallas mojadas en el suelo del baño —sugerí.

Mi madre intentó disimular su risa y Mars intentó fulminarme con la mirada, pero no pudo evitar reírse.

Había algo más que me preocupaba, y decidí que era un buen momento para comentarlo.

—Y hablando del incendio... ¿Podría haber sido Natasha la que provocó el fuego para ocultar algún tipo de prueba?

—No creo que ella fuera capaz, en la vida, de incendiar la casa en la que tanto ha trabajado. —Mars negó con la cabeza—. Podría haberlo hecho otra persona, aunque no sé por qué.

—¡No fui yo! —protestó June, con tanta vehemencia que Mochi bajó de un salto de su regazo, alarmado.

—Cielo, creo que ha llegado la hora de que le cuentes todo esto a Wolf.

Mi madre vertió el agua hirviendo sobre el infusor de té colocado encima de la tetera de porcelana estilo Royal Worcester.

—No, si no es en presencia de tu abogado —insistió mi padre.

—¿Te has buscado un abogado? —preguntó mi madre, con tono atemorizado.

—Acéptalo, mamá. Yo encontré los dos cadáveres. Tenía la ropa manchada con la sangre de ambos. Y Mars fue envenenado en mi casa. Soy la que se lleva todas las de ganar en el certamen anual de asesinatos, con Natasha pisándome los talones.

—Supongo que lo del incendio, tener que mudarnos al hotel y, para colmo, ser envenenado me ha tenido un poco distraído —intervino Mars—. Tenemos que llegar al fondo de este asunto. No podemos arriesgarnos a que uno de nosotros se convierta en la próxima víctima. Además, la policía no nos dejará en paz hasta que pillen al asesino.

Reconocí la expresión que adoptó Mars. Puso la misma mirada decidida que en los momentos en que las cifras de popularidad de sus candidatos se desplomaban.

—Natasha y yo vamos a irnos hoy a vivir con Andrew y Vicki. Solo hasta que encontremos una vivienda propia. La cuenta que tenemos con el hotel está alcanzando cifras astronómicas. El traslado no será nada importante, porque prácticamente todo lo que tenemos se va a ir directo a la tintorería. —Mars se quedó mirándome—. En cuanto nos mudemos, te prometo que el asesinato será mi única prioridad.

Mi madre me colocó el pavo delante.

—Ve fileteándolo mientras habláis.

Comimos bastante pronto a base de sobras de la cena de Acción de Gracias, y aprovechamos para hablar sobre los diversos sospechosos y las diferentes teorías, ninguna de las cuales nos satisfizo. Cuando terminamos, Mars y June salieron, a toda prisa, a comprar algo antes de la cita de June con el coronel para intentar sacarle información. Mi madre cargó el lavavajillas y preparó un bizcocho de arándanos rojos y especias, en un molde con forma de corona, para servirlo cuando llegara el coronel.

Mientras se horneaba, me obligué a ir al salón para comprobar que no estuviera hecho un desastre. Si había un trabajo doméstico que odiaba, ese era limpiar la casa. Había contratado un servicio de limpieza antes de la llegada de mis padres, pero el polvo había empezado a acumularse nuevamente en las superficies. Además, tenía pendiente lo que más detestaba: el suelo de la cocina necesitaba un buen fregoteo.

Ahuequé los cojines y quité el polvo de los muebles del salón. Por suerte, no lo usábamos mucho y se mantenía bastante practicable. La repisa de la chimenea y las molduras de la ventana relucieron con su blanco brillante cuando encendí un par de lamparitas de mesa. Un diseñador le había comentado a Mars que el amarillo no servía solo para transmitir autoridad en las corbatas. Mi exmarido insistió en que pintáramos las paredes de amarillo mantequilla. Discutimos durante días sobre la tapicería para el sofá y las butacas. Mars ganó en la elección del color calabaza para el sofá. Los cojines color naranja sanguina, que combinaban con el tartán amarillo en el que yo insistí, eran como un descanso visual de tanto tono amarillento.

Debería haber pasado el aspirador o la mopa seca por el suelo de tarima, pero no me quedaba tiempo. Por si fuera poco, había que ordenar el comedor. Esa estancia conectaba con el salón a través de una entrada abierta de casi cuatro metros de ancho. Faye sabía lo que estaba haciendo cuando construyó el anexo. El salón y el comedor se veían más grandes gracias a la apertura entre ambos espacios y conformaban un espacio abierto, ideal para las fiestas.

Volví a la cocina, saqué el bizcocho del horno y lo coloqué sobre una rejilla para dejarlo enfriar mientras sacaba a pasear a Daisy. Al volver, mi madre andaba revoloteando por la cocina, nerviosa, como si el coronel fuera su pretendiente. Incluso había sacado el bizcocho del molde mientras yo estaba fuera.

Molí unos granos de café vienés con un aroma divino. Mientras se preparaba el café, eché azúcar glas en un pequeño cuenco y exprimí unas gotas de zumo de limón encima. Con la ayuda de un minibatidor de varillas, mezclé ambos ingredientes y fui añadiendo más zumo de limón hasta conseguir una textura semilíquida. Eché una buena cantidad de la mezcla sobre el bizcocho, directamente con el batidor, y dejé que la masa de la superficie la absorbiera. Se formó un glaseado blanco que fue cayendo de forma desigual por los laterales del pastel. Lo corté en finas porciones y me convencí de que era necesario probar una. Estaba jugoso, pero no demasiado empalagoso, con el toque justo de acidez, gracias a los arándanos rojos. Dispuse las porciones sobre una bandeja de servir y la llevé al salón. Estaba volviendo a la cocina, cuando June llegó, sin aliento.

—No tenía ni idea de que era tan tarde.

Salió disparada hacia su habitación, con la intención de arreglarse para su cita con un auténtico caballero. En la cocina, mi madre estaba echando el café en una cafetera de porcelana que yo había utilizado en muy pocas ocasiones. La colocó sobre una bandeja junto con el azúcar, la crema de leche, servilletas de encaje estilo Battenberg y el juego de tazas de porcelana.

La aldaba de bronce de la puerta sonó, y mi madre se retocó el pelo con un rápido gesto. Se lo atusó con una mano y se sacudió la ropa con la otra, por si tenía alguna miga o alguna pelusa. Me quedé mirando desde la puerta de la cocina, mientras mi madre daba la bienvenida al coronel. Le cogió el abrigo al tiempo que June bajaba por la escalera, con las mejillas sonrosadas.

—Sophie —dijo mi madre—, ¿serías tan amable de ir al estudio a por una botella de *whisky* irlandés?

Entré en el estudio, pasando por la terraza acristalada, y me encontré a mi padre cómodamente sentado en el sofá, en calcetines y con los pies sobre la mesita de centro. Se llevó el dedo índice a los labios. La puerta del salón estaba entreabierta, y podíamos oír todo lo que decían June y el coronel. Mi padre se había convertido en espía. No debí hacerlo, pero yo también me dispuse a espiar. Su conversación sobre la cena de la noche anterior habría aburrido hasta a una ostra. Localicé la botella de espirituoso y regresé a la cocina. Mi madre sirvió una pequeña cantidad en el decantador de cristal y lo añadió a la bandeja. Lo llevé todo al salón y lo dejé sobre la mesa.

June y el coronel se sentaron en el sofá uno al lado del otro. June sirvió el café, y mi madre contemplaba la escena desde el comedor. La agarré con amabilidad por el brazo y me la llevé hasta el recibidor.

—Están tan monos juntos... —comentó.

—No te puedes quedar ahí plantada mirándolos. —Por lo visto, yo llevaba lo del espionaje en los genes—. Nunca me había dado cuenta de que papá y tú fuerais tan cotillas.

—¿Dónde está tu padre?

—Espiándolos desde el estudio.

—¡Qué listo! ¡Qué idea tan genial!

Mi madre avanzó a toda prisa por el pasillo, en dirección a la terraza acristalada. Supe que no quería perderse ni una palabra más de lo que estaban diciéndose June y el coronel.

Recogí la cocina, contenta de no tener que preparar la cena. Cuando mi madre anunció que yo sería la anfitriona en Acción de Gracias, reservé unas entradas para *Cuento de Navidad,* representado en el Ford's Theater. Claro está que, por aquel entonces, no había contado con June ni con Bernie. El viejo amigo de Mars tendría que buscarse otra forma de entretenimiento, y yo estaría encantada de cederle mi entrada a June. Los que iban al teatro cenarían algo fuera y, para ser sincera, estaba deseando pasar una noche tranquila para ponerme al día con mi columna de consejos para los lectores.

Aunque quería hacer las cosas bien y esperar a que June nos contara qué había averiguado, bajar al estudio me atraía como un poderoso imán. Fui hasta la terraza acristalada y asomé la cabeza por la puerta del lugar que llamaba tanto mi atención. Mi madre estaba en el sofá, acurrucada con mi padre, con los pies sobre la mesita de centro junto a los de él; mi padre la había rodeado con un brazo. De no haber sabido lo que de verdad estaba pasando, habría creído que estaban viendo una peli en la tele.

—Ese tal Simon debía de ser un hombre terrible. Le estafó millones de dólares a mi Andrew. —Oí decir a June.

—Era despiadado. Ese hombre no tenía escrúpulos de ninguna clase —replicó el coronel—. Se ha ganado un lugar en el infierno.

—¿Usted lo conocía?

Me sorprendió la inocencia palpable en la voz de June. Justo en ese instante, Daisy se acercó, a toda prisa, por el pasillo. Crucé corriendo la terraza acristalada hasta el recibidor para ver qué estaba pasando. Bernie se quitó el abrigo y lo colgó en el armario de la entrada.

—¿Dónde están todos? Esto está más silencioso que un cementerio.

—June está haciéndole compañía al coronel en el salón.

Me daba demasiado apuro reconocer que mis padres estaban espiándolos desde el estudio. Por si fuera poco, yo tenía que hacerle algunas preguntas delicadas a Bernie. Debía descubrir qué estaba haciendo con la señora Pulchinski.

—Ven a la cocina y te prepararé un café irlandés.

Bernie me siguió.

—Maravilloso. ¿Qué has hecho hoy?

Me dio el pie que necesitaba.

—Qué curioso que tú me lo preguntes.

Un tenue golpe me distrajo.

—¿Qué ha sido eso? —preguntó Bernie.

Detecté el origen del ruido dentro de un armario de la cocina. La puerta se entreabrió sola y se cerró de golpe.

—Ahí dentro hay algo.

—Debe de ser una rata. ¿Tienes una sartén de hierro?

—Está ahí dentro, con la rata.

Bernie paseó la mirada por la cocina con detenimiento en busca de un arma.

—¿Y una escoba?

Agarré una colgada en la pared del hueco de la escalera al sótano.

—Tú abre la puerta del armario, y yo estaré listo.

Bernie agarró bien fuerte la escoba por el mango y la levantó a la altura de su hombro. Yo abrí la puerta de golpe y retrocedí de un salto. Con un maullido quejumbroso, como si estuviera preguntándonos por qué habíamos tardado tanto en reaccionar, Mochi salió de un salto. Bernie y yo rompimos a reír. Con razón era el gato que le devolvían una y otra vez a la señora Pulchinski. Lo tomé en brazos y bailoteé por la cocina levantándolo por los aires.

El golpeteo de la aldaba de la puerta de entrada interrumpió nuestro alegre momento de alivio. Todavía con Mochi en brazos, fui dando brincos hasta el recibidor y abrí la puerta de casa. Wolf estaba plantado en la escalera de la entrada mirándome con expresión seria. Ni siquiera la visión de Mochi demudó su adusto gesto.

—Necesito hablar con Bernard Frei, quien tengo entendido que reside aquí en este momento.

CAPÍTULO VEINTIUNO

De *Pregúntale a Natasha:*

Querida Natasha:

Voy a celebrar un fin de semana festivo de Acción de Gracias y quería decorar la escalera de mi pequeño recibidor. ¿Qué puedo hacer, además de poner las típicas y cursis coronas y lazos?

Histérica en Herndon

Querida Histérica:

Una de mis decoraciones favoritas es sencilla y rápida de elaborar. Recoge, de tu jardín, unas veinte hojas, más o menos, que sean coloridas, colócalas entre las páginas de un libro antiguo y déjalas allí un par de días hasta que se aplanen. Compra bastantes candeleros pequeños de cristal para colocarlos en los peldaños de la escalera. Usa cuerda de cáñamo para atar una hoja seca y prensada en cada candelero. Algunas serán demasiado grandes y más altas que el propio recipiente, pero no pasa nada. Si no tienes tiempo de prensar las hojas, puedes sustituirlas por bayas o alguna ramita de forma curiosa. No te preocupes por ocultar el cordel o lazo, es parte del encanto. Coloca una vela en cada vasito y enciéndela. Cuando lleguen tus invitados, se encontrarán, justo al entrar, con una cascada de iluminación festiva.

Natasha

—¿**B**ernie?

Fui presa del pánico. Quería imaginar que había una explicación lógica para que estuviera compartiendo un *brunch* con la señora Pulchinski, pero la petición de Wolf dio al traste con esa nimia esperanza.

Bernie salió de la cocina. Invité a Wolf a entrar, y ambos se dieron la mano.

—Hablaremos en la terraza acristalada, si no te importa.

Wolf caminó en esa dirección con Bernie a la zaga. Mochi iba correteando por delante de ambos. Mis pobres padres estaban acorralados y oirían las conversaciones que se producirían a ambos lados del estudio.

Creí que debía servirles algo de beber a Wolf y a Bernie. Era el gesto hospitalario de rigor, y no haría daño a nadie si oía algo, por casualidad, mientras les llevaba la bebida. El café irlandés estaba del todo descartado. Bernie debía mantenerse sobrio para responder a las preguntas de Wolf y el inspector estaba, sin lugar a dudas, de servicio. En un abrir y cerrar de ojos, preparé más café vienés. Mientras se calentaba, me deslicé a hurtadillas hasta el pasillo para ver si podía oír algo.

—No veo qué es lo que tiene de raro. —Oí decir a Bernie—. Me invitaron a celebrar aquí Acción de Gracias, pero no los días previos. A uno no le gusta ser el convidado de piedra. Además, tenía que hacer unas gestiones bancarias en la ciudad y no sabía si la mansión en el campo de Natasha me quedaría muy lejos.

—¿Qué clase de gestiones bancarias?

—Cambiar libras por dólares, además de una transacción bastante complicada para mi madre. Necesitaba unos fondos de una cuenta de Inglaterra que le habían enviado desde Shanghái.

Regresé corriendo a la cocina, serví dos tazas de café, coloqué a toda prisa azúcar, crema de leche, servilletas y cucharitas en una bandeja, y la llevé a la terraza acristalada.

—Exactamente, ¿cuándo llegó usted a Washington? —estaba preguntándole Wolf a Bernie cuando yo entré.

El viejo amigo de Mars agarró una taza de café de la bandeja que yo sostenía.

—Gracias, Soph. Mi avión llegó un día antes del concurso. Eso debió de ser, a ver... El martes por la mañana.

—¿Cómo escogió el hotel?

Cuando le ofrecí su taza a Wolf, él la rechazó con un gesto de la mano. Coloqué su café sobre la mesita supletoria de acero con superficie de cristal que tenía al lado y dejé la bandeja sobre la grandiosa otomana que usaba como mesita de centro.

—Cuando hablé con Mars por teléfono, él comentó algo sobre el concurso de relleno para el pavo. Leí un artículo sobre el tema en *The Miami Herald* y pensé que sería más práctico alojarme en el mismo hotel el martes por la noche. Mars y Natasha estarían allí el miércoles y yo podría volver con ellos a la casa de Natasha, siguiéndolos con el coche de alquiler. Sinceramente, inspector, no entiendo qué importancia tiene todo esto.

Asumí que yo no debía estar delante y temí que Wolf me echara en cualquier momento, así que retrocedí lentamente marcha atrás hacia la puerta.

—¿Conocía a Simon Greer?

Bernie se apoyó en el respaldo del sofá y, con total serenidad, cruzó una pierna por encima de la rodilla de la otra.

—No vi a ese hombre en mi vida.

Permanecí en el umbral, sintiendo el peso de la culpa como un martilleo en mi conciencia.

—¿Lo vio cuando estaba muerto?

—Es una pregunta bastante macabra, ¿no le parece?

Voy a ponérselo fácil. ¿Estuvo en algún momento en la Sala Washington?

—Supongo que es el lugar donde Simon había instalado su puesto de mando. No, no tenía ningún motivo para ir a buscarlo.

—¿Ni siquiera después de muerto?

—¿Qué está sugiriendo? ¿Que lo descuarticé? ¿Que manipulé las pruebas?

Wolf estaba dándome la espalda. Ojalá hubiera podido verle la cara.

—La tarjeta del hotel que abría su habitación fue hallada en la Sala Washington —anunció Wolf.

Bernie se rascó la nuca.

—¿Este es algún ridículo método de la policía estadounidense para propiciar una confesión? Porque no está funcionando.

«Bien jugado, Bernie. Cabrea al tío que lleva las esposas».

Lo miré aleteando las manos y sacudí la cabeza con desesperación. A Wolf no se le pasó por alto la sonrisa de oreja a oreja que esbozó Bernie ni el hecho de que enfocara su mirada en mi dirección.

—Agradecería tener un poco de privacidad, Sophie —pidió Wolf sin volverse.

Debidamente humillada, me escabullí hacia el pasillo. La cabeza me iba a mil por hora. Resultaba evidente que Wolf no quería que lo escuchara, pero, si me quedaba totalmente callada, podría oírlo todo desde el pasillo sin que se enterase. Debía hacer lo correcto y regresar a la cocina. O tal vez podía limpiar el polvo de las fotos colgadas en el pasillo...

—¿Dónde están todos?

¡Mars! Volví corriendo sigilosamente hasta la cocina antes de que mi exmarido me delatara. Ataviado con unos guantes negros y una cazadora de cuero que parecía de Craig, estaba armando un tremendo alboroto con Daisy.

—¡Qué elegante! ¿Modelito nuevo?

Se quitó los guantes.

—Todo lo que tenemos apesta a humo. No tenía ni idea de que por sí solo el humo pudiera ser tan perjudicial.

Mochi entró como un rayo en la cocina y se subió volando a la mesa, donde se quedó mirando a Mars. Él tiró la chaqueta nueva al respaldo de la silla, acarició a mi gatito y se volvió hacia la encimera de la cocina.

—Oh, ¿es este el bizcocho de arándanos rojos que me gusta tanto?

Yo sabía captar sus indirectas. Le corté una porción y serví dos tazas de café. Ni siquiera se sentó. Agarró un tenedor y empezó a comer de pie.

—¿Está Bernie? Quiero pedirle prestado el coche de alquiler.

—Wolf está interrogándolo en la terraza acristalada.

—¿Sobre qué?

—Sobre dónde estaba, qué hacía y por qué la tarjeta de su habitación del hotel fue hallada en la sala de conferencias donde asesinaron a Simon.

Mars dejó la taza de café.

—Están desesperados. Si tienen que interrogar a un inglés que ni siquiera conocía a las víctimas, es que ya no saben qué hacer.

Deseaba que Mars tuviera razón. No podía tolerar la idea de que Bernie estuviera involucrado de alguna forma. Entre Inglaterra, Hong Kong, Shanghái y Miami, su mundo, al igual que el de Simon, era mucho más grande que el mío. Por desgracia, no era tan improbable que hubiera contratado a Otis y que estuviera en la ciudad con una intención concreta. Mars se miró el reloj.

—No puedo quedarme mucho rato. ¿Has visto las llaves del coche?

—¿No irás a robárselo, así como así?

—Entre Bernie y yo no se considera robo. —Mars vio la chaqueta que Bernie había dejado en la cocina. Tomó un buen sorbo de café, recogió la prenda y le toqueteó los bolsillos—. ¡Aja!

—¿Qué le pasa al tuyo?

—Nada.

Se rebuscó en el bolsillo del pantalón y tiró las llaves de su coche sobre la encimera.

—Por si Bernie necesita ir a algún sitio.

Alargó una mano para dar un último mordisco al bizcocho. Yo aparté el plato y se lo puse delante, en plan chantaje.

—¿Qué está pasando?

—Puedo vivir sin ese último bocado y lo sabes.

—Claro que no puedes.

Corté otra porción muy fina y la añadí a su plato. Se lo pasé por debajo de la nariz para que lo oliera, pero se lo retiré en cuanto intentó alcanzarlo.

—Vale, pero no se lo cuentes a Wolf. No sabía que Nata había contratado a Otis hasta que tú me lo contaste. Ella lo comparte casi todo conmigo, pero eso se lo calló, lo cual me preocupa. Solo hay otra cosa que nunca me contaría. Yo la pincho para saber por qué, pero ella no me lo cuenta, y no me había importado hasta ahora. Una vez a la semana apaga el móvil y desaparece durante unas horas.

Le pasé el plato con el bizcocho. Comió un poco antes de proseguir.

—Nunca me había importado hasta la fecha. Todo el mundo necesita algo de privacidad, ¿verdad? Pero ahora que están acosándola tengo miedo de que se haya metido en algún lío y no sepa cómo gestionarlo. Esa tiene que ser la razón por la que contrató a un detective privado. Eso explicaría el insomnio y la pérdida de apetito.

Me alegraba que me lo contara, aunque no terminé de entender del todo.

—¿Qué tiene que ver eso con el coche de Bernie?

—Voy a seguirla. A lo mejor logro identificar a su acosador. Por lo menos averiguaré adónde va todas las semanas. Necesito el coche de alquiler de mi amigo para que nadie se dé cuenta de que soy yo..., al menos no enseguida.

Nos llegó el sonido de la voz de Wolf desde el pasillo.

—Tengo que irme. —Mars engulló el resto de la porción de bizcocho—. No le digas ni una palabra a Wolf. —Agarró los guantes y la chaqueta—. Ah, y si Andrew aparece por aquí buscándome, tú no sabes dónde estoy.

Salió disparado al frío exterior, sin molestarse en abrocharse bien la chaqueta. La puerta se cerró ruidosamente segundos antes de que Wolf entrara en la cocina.

—¿Estás viéndote con alguien? —me preguntó.

Quise interpretar su pregunta como una señal de coquetería, pero su expresión era, a todas luces, de poli cabreado.

—Nina te ha dicho que...

—Da igual lo que haya dicho Nina. Quiero saber si sales con alguien.

—No. —¿Se refería a Humphrey? Pensé que había malinterpretado las palabras de mi antiguo compañero de colegio el Día de Acción de Gracias cuando entró en la cocina y nos encontró juntos—. Por lo visto, Humphrey imagina ciertas cosas desde la infancia, cuando estaba enamorado de mí, pero no significa nada.

Wolf levantó la barbilla.

—No lo desprecies tan rápido. ¿Hay alguien más? ¿Qué pasa con Bernie?

¿Qué quería decir con eso de que no despreciara a Humphrey?

—Bernie es un amigo de toda la vida. Fue el padrino de Mars en nuestra boda.

Wolf se quedó mirando el fuego de la chimenea, ensimismado.

—Tienes razón. No puedo olvidarme de Mars. ¿Qué hicisteis después del concurso de relleno?

Me quedó claro que no estaba haciéndome todas esas preguntas sobre mi vida amorosa con ningún interés romántico.

—Tú deberías saberlo. Me llevaron a la comisaría para que les entregara la ropa que llevaba puesta.

—¿Y después de eso?

—Tú estuviste aquí el Día de Acción de Gracias. ¿Es posible que no te dieras cuenta de la cantidad de comida que estaba servida? Me pasé toda la noche en casa preparando un montón de platos y tartas.

—¿No saliste a cenar, ni a pedir comida para llevar, ni a comprar algo rápido al súper?

La deriva que estaban tomando sus preguntas empezaba a molestarme, sobre todo, porque no entendía adónde quería ir a parar.

—Tú tienes mi coche, ¿lo recuerdas?

Se aflojó el nudo de la corbata.

—¿Hay algo que quieras decirme?

—Me gustaría saber por qué estás haciéndome todas estas preguntas tan raras.

—Gracias por tu tiempo.

Se dirigió hacia la puerta y no esperó a que yo lo despidiera. Adiós a la teoría de mi madre de que yo le gustaba. Entonces caí en la cuenta. Estaba intentando averiguar quién había enterrado el pavo en el jardín de Natasha. Podría haber sido yo o cualquiera a quien yo le gustara lo suficiente para hacerme un favor importante. Al fin y al cabo, hasta donde yo sabía, era la única que recordaba haber visto el famoso trofeo manchado de sangre. Wolf pensaba que yo lo había enterrado.

La puerta de la cocina se abrió a mis espaldas y Andrew asomó la cabeza.

—¿Dónde está Mars?

—No lo sé. —No tuve que mentir.

—Tiene el coche fuera, debe de estar en casa.

—Ha dejado el coche aquí, pero no sé adónde ha ido.

—¡Mecachis! —Andrew entró y cerró la puerta de golpe—. ¿Y nuestra madre? ¿Está aquí?

—Está en el salón pasando el rato con el coronel.

—Creo que iré a hacerles compañía.

Le posé una mano en el pecho para detenerlo.

—Tal vez estén iniciando una pequeña historia de amor. No estaría bien que los interrumpieras.

—¿A su edad? Estás de guasa, ¿verdad?

—¿Te apetece un trozo de bizcocho?

Tal vez lograra distraerlo.

—Claro. —Se dejó caer en una de las butacas junto a la chimenea—. ¿Vicki te ha contado que voy a ser detective privado? Como lo oyes. He observado a Wolf, y no es tan difícil. Andrew Winston, detective. Suena bastante guay. He estado siguiendo a Mars. Él no lo sabe, así que no se lo cuentes. Entiéndeme, lo he hecho para protegerlo, por si el asesino vuelve a ir a por él.

Le pasé un plato con una porción de bizcocho.

—Sí que suena guay —afirmé.

Evidentemente, Mars sabía que Andrew estaba siguiéndolo. No pude evitar preguntarme si Vicki conocería realmente los últimos planes profesionales de su marido.

—Voy muy por delante de todos en este tema. Ya tengo el asesinato resuelto, bueno, casi del todo, y Wolf todavía está trabajando en el caso. Y eso que él tiene ayudantes.

Servirle el café podía esperar. Me acomodé en la otra butaca, impaciente por escuchar su teoría.

—Soy toda oídos.

—Elemental, querida Watson. El asesino convenció a Francie para que montara su numerito en el exterior y así conseguir que todos abandonaran la mesa; de esa forma, él pudo envenenar la crema de Mars. Pero tú te preguntarás: ¿por qué querría matar a Mars? No quería. Lo que quería era eliminarme a mí porque sé demasiado.

Tenía la sensación de que Andrew estaba inventándose toda esa historia para entretenerse, así que me levanté y acabé sirviéndole el café.

—¿Sabes que dicen que el asesino siempre vuelve a visitar la escena del crimen? La mañana del Día de Acción de Gracias fui al hotel a buscar a mi madre. Ella se había marchado de casa de Natasha, muy cabreada, la noche antes. Sin embargo, debido a mi nueva profesión de detective privado, me pasé por allí para inspeccionar la Sala Washington, donde Simon fue asesinado. Estaba precintada con la cinta amarilla de la policía, pero eso no es un impedimento para los de mi gremio. ¿Y a quién me encontré allí? A Craig, buscando algo a escondidas.

No esperaba escuchar el nombre de Craig en la lista de sospechosos. Estaba segura de que Andrew señalaría a Natasha.

—¿Se lo has contado a Wolf?

Sonrió con suficiencia.

—¿Y revelar mis secretos? Ni hablar. Descubriré al asesino cuando esté listo para anunciarlo. Se me da tan bien esto... No me puedo creer que haya tardado tantos años en darme cuenta de que el trabajo de detective es mi verdadera vocación.

—¿Estás totalmente seguro de que fue Craig?

—No me cabe la menor duda. Llevaba zapatillas deportivas y una sudadera enorme de la Universidad de Georgetown.

Esa revelación tenía mucho sentido para mí. Craig se marchó de mi casa a correr y estaba claro que había ido al hotel por algún motivo. Sin embargo, la teoría de Andrew presentaba un par de lagunas importantes.

—¿Por qué mató Craig a Simon?

—Porque... —Andrew levantó su dedo índice— todavía no he pensado en eso.

Una omisión importante.

—Si Craig quería matarte y Mars nunca fue su objetivo, ¿por qué estás siguiendo a tu hermano?

—Por si estoy equivocado.

Me parecía que confiaba tanto como yo en su propia teoría. No obstante, el comportamiento de Craig me inquietaba. Lavó la ropa que llevaba puesta cuando mataron a Simon y regresó a la escena del crimen a la mañana siguiente.

Andrew bebía café tan ensimismado que no percibió el tenue timbre de llamada del móvil que llevaba en el bolsillo.

—Andrew. —Le di un golpecito en la rodilla—. ¿No está sonándote el teléfono?

—¡Oh! —Lo abrió—. Hola, cariño. —Se levantó de un salto y dejó el plato y la taza sobre la encimera—. Quédate ahí, pero espérame fuera. —Se percibía el pánico en su voz—. Estaré allí en un abrir y cerrar de ojos.

Cerró el móvil de golpe.

—Vicki ha salido a hacer la compra y, al volver a casa, ha descubierto que... ¡alguien ha entrado a robar!

CAPÍTULO VEINTIDÓS

De *Pregúntale a Natasha:*

Querida Natasha:

Mi madre insiste en que una buena anfitriona siempre ofrece un cepillo de dientes a todos sus huéspedes. ¿Los pongo sobre las almohadas? ¿Los dejo en el baño, dentro del paquete sin abrir? Me parece todo muy cutre, de bazar barato. ¿Debería proporcionarles también el dentífrico?

Hospedadora Horrorizada
en Harrisonburg

Querida Hospedadora Horrorizada:

Para cada huésped, deberías tener preparada una elegante cestita con utensilios para el aseo. Dentro, yo coloco toallitas de mano y manoplas de algodón egipcio de fibra larga, junto con un cepillo eléctrico sin estrenar y en su envoltorio, además de un tubo de pasta de dientes. Los señores reciben un frasquito de loción para después del afeitado y a las señoras les pongo perfume. No olvides incluir una esponja natural y una botellita de gel de ducha perfumado.

En verano, es extremadamente considerado incluir talco. Yo siempre añado, como presente para mis invitados, una vela de soja con olor a magnolia y una pastilla de jabón tallada, ambas con el color que es mi marca personal: azul huevo de petirrojo.

Natasha

Un momento —dije—. Te acompaño.

Seguro que a Vicki le iría bien alguien más en quien apoyarse. Salí disparada hacia el estudio, asomé la cabeza y dije en voz baja.

—Dadle mi entrada para el Ford's Theater a June. Ya os lo explicaré después.

Sin esperar una respuesta, salí pitando hacia la puerta para alcanzar a Andrew. Cuando llegamos a su casa, Vicki estaba sentada en la escalera de la entrada, con el cuello de su chaqueta de lana levantado para protegerse de la ventolera. Andrew aparcó a toda prisa y salió corriendo por el camino de subida hacia su casa, antes de que yo hubiera conseguido desabrocharme el cinturón. Cuando llegué hasta donde se encontraban ambos, él estaba dándole a su mujer un abrazo de oso.

—¿Te encuentras bien? —pregunté.

El hermano de Mars rompió el abrazo y Vicki se llevó una mano al pecho.

—Todavía tengo el corazón desbocado, pero, por lo demás, estoy bien. Es una suerte que se hayan marchado antes de que yo llegara a casa. Al menos eso creo. La poli está dentro e imagino que nos habríamos enterado si hubieran encontrado a alguien todavía en la casa.

Los seguí a ambos hasta el interior. El precioso comedor y el encantador salón estaban hechos un desastre. Todos los cojines del sofá estaban tirados por el suelo y los cajones, abiertos. Y había fragmentos de cristal de una lámpara sobre la tarima.

—¿Señora Winston?

Me volví por pura costumbre, pero Wolf estaba llamando a Vicki.

—¿Puede decirnos si falta algo?

—No estoy segura. Todavía no he subido al piso de arriba.

—Cuando acabemos de tomar las huellas, me gustaría que hiciera un inventario detallado.

—Supongo que tu presencia significa que crees que todo esto está relacionado con los asesinatos de algún modo —aventuré.

Wolf se sacó un bolígrafo del bolsillo de la pechera.

—Durante estos días acudo personalmente a cualquier llamada relacionada con los Winston.

Ese día había estado tan cortante conmigo que me pregunté qué estaría pasando. ¿Es que habría hecho algo para ofenderlo? Al principio, se había mostrado muy tierno con Mochi. ¿Qué había pasado para que cambiara de actitud? Deseé que se sincerase conmigo y me contara de qué se había enterado.

—¿Eres consciente de que Natasha y Mars se han trasladado a esta casa hoy mismo, hace solo unas horas? —pregunté.

La noticia sorprendió a Wolf.

—¿Hay alguien más viviendo aquí?

Andrew tiró de mí mientras Vicki le respondía a Wolf.

—¿Crees que podría haber sido Craig? —me preguntó en voz baja.

—Lo siento, pero ha salido a visitar museos con Hannah. Creo que ella se habría dado cuenta si la hubiera dejado sola.

Andrew chasqueó los dedos.

—Debo replantearme mi teoría.

Nadie había cerrado la puerta de la casa, tal vez de forma instintiva, por si el intruso seguía en el interior de la vivienda. Al volverme, me encontré con Natasha en el umbral de la puerta, con los ojos como platos, asimilando la situación. Vicki también la vio y salió corriendo hacia ella para explicárselo. Natasha puso expresión de pánico y partió corriendo hacia la escalera, pero Wolf le cortó el paso.

—Todavía no. Cuando los agentes hayan terminado, agradecería saber si le falta alguna pertenencia.

Natasha empezó a alejarse de él retrocediendo, como si acabara de amenazarla. Sin mediar palabra, tiró de mí para sacarme al exterior.

—Cada vez que pienso que ya nada puede ir peor en mi vida, ocurre algo horrible como esto.

Dejó caer los hombros y sentí lástima por ella. Yo estaba pasando por problemas similares, pero al menos no había perdido mi casa y nadie estaba acosándome.

—Bueno, ya sabes, aprovecharán esta oportunidad para rebuscar entre nuestras pertenencias, sin necesidad de una orden de registro —se lamentó.

Le di una palmadita en el hombro y me pregunté qué tendría entre sus pertenencias para estar preocupada.

—Sophie, tienes que ayudarme. La situación con June está complicándose, y Mars se empeña en mirar hacia otro lado. Se niega a ver que su madre está desorientada y necesita ayuda.

Su afirmación me pilló fuera de juego. Teniendo en cuenta la magnitud del resto de los problemas que tenía Natasha, esperaba que se hubiera olvidado de June. En cualquier caso, yo no iba a permitir que convenciera a Mars de meter a su madre en una residencia de ancianos.

—En mi casa se ha comportado con normalidad.

La mayoría de las personas no habla con los fantasmas de sus hermanos, aunque esperaba que mi madre tuviera razón al respecto. Quizá muchas personas sí lo hacían en la intimidad.

Natasha se enderezó y puso los puños en jarras.

—He hecho una parada en Nordstrom para comprar ropa, ya que el humo del incendio provocado por June ha hecho que no pueda ponerme nada de lo que tenía en el armario, y me la he encontrado en la sección juvenil comprándose prendas totalmente inapropiadas para su edad.

—¿Cómo por ejemplo?

—Como por ejemplo unos tops transparentes de encaje y falditas con volantes.

—¿Preferirías verla vestida con telas apagadas y zapatos ortopédicos de color negro?

—¡Se ha comprado un camisón de satén! —Se le abrieron las aletas de la nariz cuando lo dijo.

Yo no veía la relación entre un camisón de satén y su supuesta desconexión con la realidad.

—¿Y qué tiene eso de malo? ¿El gasto?

—¡Es una prenda *sexy*!

A riesgo de molestar todavía más a Natasha, no pude evitar reírme. Gracias a la atención del coronel, June se sentía bien consigo misma. En lugar de estar preocupada por si iba a acabar encerrada en una residencia para viejos, June estaba pensando en tener una aventura.

—¿Qué pasaría si fuera tu madre? ¿No pensarías lo mismo que yo?

Me arrepentí de lo que había dicho enseguida. Natasha siempre se mostraba muy sensible cuando hablaba de su madre. No podían ser más distintas.

—¿Por qué me empeño siempre en creer que eres mi amiga? Eres un caso perdido.

Se dirigió dando sonoros pisotones hacia su coche y se marchó. Sentí una punzada de culpabilidad. Todos estábamos de los nervios por culpa de los asesinatos y de la investigación. En ese momento, la pobre Natasha seguramente sentía que toda su vida se había vuelto un caos y que no había ni una sola cosa que pudiera controlar ni encarrilar. Necesitaba ayuda.

Subí poco a poco los escalones y entré en el recibidor, donde Wolf estaba hablando con Andrew y con Vicki. Mars seguramente me odiaría, pero la vida de Natasha podía estar en peligro. Jamás me habría perdonado a mí misma que alguien la matara y no haber dicho nada para evitarlo.

—Wolf, alguien está acosando a Natasha.

—¿Cómo? —preguntaron, a coro, Vicki, Andrew y Wolf.

Mars, seguramente, no había tenido oportunidad de hablarles, ni a su hermano ni a su cuñada, del acosador. Ellos, más que cualquier otra persona, merecían saberlo, sobre todo porque Natasha iba a alojarse en su casa.

—Nina y yo lo hemos visto en dos ocasiones.

—¡Eso es horrible! —Vicki se tapó la boca, aterrorizada.

Wolf se quedó mirándome con los ojos entrecerrados.

—¿Por qué no me lo habías contado antes?

—Nina te llamó. Informó a la policía la primera vez, pero afirmó que habían pasado de ella. La segunda vez, la oí dejándote un mensaje.

Me di cuenta de que Wolf se sentía molesto consigo mismo. Seguramente, había estado trabajando durante demasiadas horas seguidas en los asesinatos y no había prestado atención suficiente a su buzón de voz. Cuando se alejó dando grandes zancadas, tenía las orejas rojas, encendidas por la rabia.

Andrew inspiró con fuerza.

—Esto lo cambia todo. —Miró a Vicki—. ¿También han desvalijado la habitación de invitados? El ladrón podría haber estado buscando algo de Natasha.

Sin tener a Wolf allí para pararle los pies, el detective autoproclamado subió corriendo la escalera.

—¿Seguro que estás bien? —le pregunté a Vicki.

—Solo un poco nerviosa. Me recuperaré. Gracias por acompañar a Andrew. Aunque estoy preocupada por Natasha. ¡Un acosador! No me había contado nada sobre el tema.

—Ahora que se queda en tu casa, a lo mejor puedes hablar con ella en privado y averiguar qué está pasando.

Ella prometió contármelo si obtenía algo de información de Natasha. Cuando Wolf llamó a Vicki desde otra habitación, decidí que yo no hacía más que estorbar y me despedí. Recorrí a pie las diez manzanas hasta mi casa, feliz de tener unos minutos a solas. Las luces de los porches de las casas iban encendiéndose a medida que la noche caía sobre Old Town. Cada manzana era digna de una postal de Navidad: las luces refulgían desde el interior de las casas antiguas. Mientras iba paseando tranquilamente hacia la manzana donde vivía, Mars llegó en el coche de alquiler de Bernie. Esperé a que aparcase, y fuimos caminando juntos hasta mi casa.

—¿Sabías que alguien ha entrado en casa de Andrew?

Mars fue presa del pánico.

—¿Le han hecho daño a alguien?

—Ahora vengo de allí. Todo el mundo está bien.

A pesar de mi afirmación para tranquilizarlo, llamó a Andrew con el móvil.

—¿Qué nos está pasando? —preguntó al cerrar el teléfono de golpe.

Daisy y Mochi exigieron nuestra atención en cuanto abrimos la puerta de la cocina. Vestidos para la velada teatral, mis padres y June esperaban a Hannah y a Craig en la cocina. Bernie estaba apoyado contra la encimera, con un sándwich a medio comer en la mano.

—Me he enterado de que tienes un admirador.

Mars abrazó a su madre. June se ruborizó.

—A lo mejor un poquito.

—¿Va a ir a la obra de teatro contigo esta noche? —preguntó él.

—Se han agotado las entradas. Hemos intentado conseguir una a última hora, pero no ha podido ser. —June se volvió hacia mí—. ¿Estás segura de que no quieres ir, querida?

—Puedo ir cualquier otro día. Prefiero que vayas tú y lo pases bien. ¿Qué te contó el coronel sobre Simon?

—No llegó a soltar prenda, ni admitió que había ido al hotel. Sin embargo, sí que me confirmó que la preciosa joven que perdió la pierna es su nieta. Fue una tragedia terrible. Era monitora de escalada en verano y de esquí en invierno. Muy atlética. Tenía pinta de haber podido ganar el concurso del programa de Simon.

Mi padre se removió en su asiento con nerviosismo.

—Habían montado una especie de estructura encima de un barranco tremendo, que los concursantes tenían que cruzar. Una cuerda se rompió cuando ella subió a la estructura, por algún motivo, la pierna se le enredó en la cuerda y le cortó la circulación. No pudieron salvársela.

—¿El coronel culpa a Simon del accidente? —preguntó Mars.

—Cree que el concurso fue amañado —afirmó June—. El problema es que la cuerda desapareció, así que no hay pruebas. Simon afirmaba que los demás concursantes quemaron las cuerdas durante un ritual de purificación esa misma noche. El coronel ha llevado a cabo ciertas investigaciones para intentar demostrar que el equipo de rodaje de Simon maquinó el accidente de su nieta.

—Pero eso es horrible. —Torcí el gesto al pensarlo—. La chica podría haber muerto. Perder la pierna ya fue lo bastante terrible.

—Simon jamás tuvo escrúpulos. Siempre dejaba una estela de muerte y destrucción a su paso. No tenía honor ni decencia, ni respeto por la vida humana. El dinero era la única motivación para cuanto hacía. —Bernie no logró disimular la amargura en su voz.

Por fin me atreví a formular una pregunta que me tenía obsesionada.

—¿Crees que me invitó a salir para cabrear a Mars?

—Es posible. —Mars rio—. Pero no lo habría matado por ti, cielo.

—Entonces, ¿qué ha pasado hoy con Natasha? —le pregunté a Mars.

—No te lo vas a creer. Ha ido a un comedor de beneficencia.

—Para contactar con alguien.

Hasta el momento, había intentado con todas mis fuerzas creer que Natasha no podía haber asesinado a Simon. ¿Había contratado a un sicario para matarlo? ¿Había contratado a Otis para que él buscara a un asesino a sueldo por ella?

—Daba la sensación de que allí la conocían. Se puso un delantal y empezó a servir comida. No sé qué pensar.

—A lo mejor te descubrió y te llevó hasta allí, a propósito, para despistarte —sugirió mi padre.

—O, a lo mejor, trabaja en el comedor de beneficencia todas las semanas cuando desaparece. Pero ¿por qué mantenerlo en secreto?

Mars se quedó mirándonos como si tuviéramos la respuesta.

—Está buscando a su padre —afirmó mi madre en voz baja—. Tú eras muy pequeña, Sophie, no creo que entiendas cuánto le afectó a Natasha. Tenía solo siete años cuando él la abandonó. Su madre no podía pagar la hipoteca de su preciosa casa de Elm Street, ni tampoco venderla sin la firma de su marido. El banco ejecutó la hipoteca, y su madre alegó estar en bancarrota. Estoy segura de que Natasha creía que su padre las había abandonado por culpa suya, como suele pasarles a tantos niños.

—Pero eso ocurrió hace más de treinta años... —protesté.

—¿Es que no lo entiendes? La marcha de su padre ha sido el motor de su vida. Es la razón por la que lucha, hasta el día de hoy, por ser tan perfecta. También es el motivo por el que siempre ha estado compitiendo contigo.

—Venga ya, por favor...

«Con todos vosotros, mi madre: la psicóloga».

—Tú no eras competitiva por naturaleza, pero sí tenías todo lo que a ella le faltaba: un padre, hermanos y una bonita casa. Y la hiciste sudar tinta para ganar. Eráis buenas en las mismas cosas. No era tu intención, pero conseguiste que llegara un poco más arriba, que se esforzara un poco más, y, cuando se convirtió en la que te superaba, resultó que tú también llevabas la competitividad en la sangre.

—Eso explica muchas cosas —comentó Mars con tono jocoso—, pero estoy con Sophie. Es difícil de creer que todavía esté buscando a su padre, después de todos estos años. ¿Y por qué creería que iba a encontrarlo en un comedor de beneficencia? Ese hombre podría ser multimillonario.

—Imagino que su madre no le transmitió una imagen muy positiva de él —comentó mi madre—. Seguramente creció creyendo que su padre era un inútil.

—¿Por qué crees que se marchó? —preguntó Mars.

—Berrysville es una ciudad pequeña; puedes imaginarte la cantidad de chismorreos que hubo. Algunas personas creían que ese hombre llevaba una vida paralela en otra parte. Otros piensan que murió y que nadie conocía su identidad. Yo creo que sentía demasiada presión.

—Yo también tendría que haberme alejado corriendo de esa mujer tan dominante. —Mi padre puso cara de haber chupado un limón—. No debía de ser fácil vivir con la madre de Natasha.

Sonó el teléfono e interrumpió nuestra conversación. Me alejé a toda prisa para contestar. La coordinadora del concurso *Relleno de rechupete* me preguntó si podría participar el lunes. El canal de televisión de Simon había decidido seguir adelante con la competición, a pesar de lo ocurrido. Revisé mi agenda de trabajo para asegurarme de que podía encajarlo en el calendario. Aseguré que allí estaría y que esperaba que los demás también pudieran participar.

—Y, como medida de precaución —me advirtió antes de colgar—, seremos nosotros quienes proporcionemos todos los ingredientes en esta ocasión. Lo único que debe hacer es presentarse en la competición y preparar el relleno.

Cuando volví, Mars se iba.

—¿Por qué nunca conseguimos que esté por aquí al mismo tiempo que Wolf? —preguntó mi madre en cuanto mi exmarido salió por la puerta.

—¿No creerás que Mars es el asesino? —pregunté.

—Por el amor de Dios, no. Pero sí me gustaría que espabilara un poco. Si no nota la atracción que Wolf siente por ti, debe de tener un problema de feromonas.

¡Hasta ahí habíamos llegado!

—Mamá, Wolf está vigilándome porque soy sospechosa de asesinato.

—Tú piensa lo que quieras. Ese inspector te mira como si fueras un helado de nata con extra de cobertura de chocolate.

Miré a mi padre suplicando socorro.

—¿Es que no has oído la forma en que Mars ha hablado sobre Natasha? No vamos a volver juntos, mamá.

—La niña tiene razón, Inga. Mars está muy preocupado por Natasha.

Mi madre torció el gesto, expresando su desaprobación.

—En ese caso, mejor será que empieces a vestirte con ropa más *sexy* para ese tal Wolf tuyo. Y no te iría mal usar delineador de ojos y un pintalabios de un color más intenso.

Me encantaba tener a mi familia en casa, pero, cuando la puerta se cerró tras ellos y reinó el silencio, sentí que la tensión se disolvía. La obra de teatro y la cena tendrían fuera a mis padres, a Hannah, a Craig y a June hasta más o menos las once de la noche. Bernie se marchó al mismo tiempo que ellos, pero no acabó de decir con claridad qué iba a hacer. No pude evitar preguntarme si tendría una cita con la viuda de Pulchinski.

Antes de regalarme un largo baño, pasé por el estudio para ponerme al día con mi columna. Había recibido una avalancha de preguntas de los lectores. Coswell me escribió para sugerirme la creación de una página web para gestionar tal cantidad de consultas. Me encantaba la respuesta de los lectores a mi sección de consejos. Y, aunque me emocionaba la perspectiva de tener una web, eso tendría que esperar un par de días hasta que mi familia regresara a su propia casa.

Dejé de pensar en mi columna al salir del estudio. Necesitaba centrarme en los asesinatos. Habría que detener al asesino antes de que otro de nosotros se convirtiera en su víctima. Wolf sería muy buen inspector, sin duda, pero yo conocía a todos mucho mejor que él. Debía estar pasándoseme algo por alto, alguna pista imperceptible para identificar al asesino.

Como si Daisy supiera lo que estaba pensando, subió trotando la escalera. Mochi nos siguió a ambas. Preparé el baño de espuma con un jabón de esencia a vainilla. Mochi se posó en el borde de la bañera, fascinado ante la espuma creciente que desaparecía en cuanto él la tocaba. Mientras se llenaba la bañera, me desnudé y lancé el albornoz encima del tocador, por si alguien regresaba de forma inesperada. Me sumergí en el agua caliente y me concentré en los asesinatos.

Supuse que podía borrar a mis padres, a mi hermana y a June de mi lista de sospechosos. Wolf y Humphrey también parecían candidatos poco probables. El inspector podría haber matado a su mujer, pero, hasta ese momento, no había descubierto ninguna conexión entre él y las víctimas. Humphrey parecía demasiado escuálido para perpetrar una matanza. Podría haber contratado a Otis para seguirme y haber matado a Simon tras pedirme para salir, pero yo no era ni tan vanidosa ni tan estúpida para creer que nadie, ni siquiera el colgado de Humphrey, llevara a cabo un acto tan drástico solo por mí. No era ninguna *femme fatale*.

Bernie no parecía tener un móvil, a menos que estuviera relacionado con la señora Pulchinski de alguna manera. Puesto que vivía en el extranjero, estaba de los últimos en mi lista de sospechosos, aunque el momento en que Bernie había realizado su visita parecía algo más que una coincidencia, y todavía no podía quitarme de la cabeza la imagen de él en compañía de la señora Pulchinski. Tampoco podía menospreciar el hecho de que había estado en casa de Natasha la noche en que se declaró el incendio y que estaba presente cuando Simon murió.

El coronel, por otra parte, tenía tanto el móvil como la oportunidad de matar a Simon. Todavía no lo había relacionado con Otis, pero se había mostrado muy interesado en la muerte del detective privado durante la cena de Acción de Gracias. Y Francie había sido la que denunció la presencia de un mirón. ¿Podrían estar ambos conchabados?

Tanto Mars como Andrew odiaban a Simon. Ambos habían estado presentes en el hotel cuando el magnate fue asesinado. Cualquiera de ellos podría haber conocido a Otis o haber trabajado con él. Mars me había prevenido contra Simon el día en que lo asesinaron. ¿Había contratado él a Otis para seguirme? Eso no tenía sentido. El Mars que yo conocía podía ponerse furioso, pero despotricaba un poco y se tranquilizaba. No habría matado a una mosca. ¿Habría limpiado él la escena del crimen después de que su hermano cometiera el asesinato? Podría haberlo hecho. Y, aunque no me imaginaba a Vicki siendo tan irracional como para matar a Simon por la forma en que había tratado a su marido, supuse que esa también era una posibilidad.

Eso me llevaba hasta Natasha. Ella contrató los servicios de Otis y se reunió en privado con Simon. Tenía tendencia a ponerse dramática, pero el Día de Acción de Gracias se mostró inusitadamente nerviosa al saber que Wolf cenaría con nosotros. ¿Habría perdido su férreo autocontrol y habría arremetido contra Simon? O bien lo había matado, o bien sabía algo.

¿Me había dejado a alguien? A Craig. El intruso. La persona con menos posibilidades de tener alguna relación con cualquiera de nosotros. No obstante, siempre espiaba e intentaba escuchar las conversaciones ajenas y, lo que era aún más sospechoso, regresó a la escena del crimen. Hannah se pondría furiosa si se enterara de lo que pensaba sobre Craig.

Al final, mi baño no tuvo nada de relajante. Sin duda, el asesino y la persona que intentó envenenar a Mars estaban entre nosotros. Daisy me sobresaltó cuando empezó a ladrar y bajó corriendo la escalera. Durante un instante, creí que Bernie habría vuelto, pero mi perra se quedó en silencio, y pensé que seguramente habría visto a Francie merodeando por el patio trasero otra vez.

Cuando sonó el teléfono, me hundí en el agua y me planteé si contestar o no. Mi indecisión duró más que la paciencia de la persona que llamaba, y el teléfono dejó de sonar. Pero volvió a empezar. Yo seguí sin molestarme en salir de la bañera. Sin embargo, cuando sonó por tercera vez, temí lo peor; salí del agua y me envolví con una toalla. El teléfono dejó de sonar antes de que contestara. Estaba a punto de mirar la identidad de la persona que llamaba cuando volvió a sonar.

Era Nina.

—Hay alguien en tu casa. Sal de ahí ahora mismo —dijo.

CAPÍTULO VEINTITRÉS

De *La buena vida:*

Querida Sophie:

He heredado una colección de cacerolas y sartenes de cobre de la tía de mi marido, que está haciendo limpieza de cosas innecesarias. Son unos objetos maravillosos, pero nunca los uso, porque odio tener que limpiar el cobre. Mi tía política se ofenderá si regalo la batería. ¿Alguna sugerencia?

Cobrefóbica en Coeburn

Querida Cobrefóbica:

Si decides usar la batería de cobre, facilítate las cosas y ten siempre junto al fregadero un salero y una vinajera. Echa un buen puñado de sal al estropajo, añade una gota de vinagre y las ollas te quedarán relucientes como por arte de magia.

Si aun así no quieres usarlas para cocinar, cuélgalas sobre la encimera de la cocina o exponlas en un estante auxiliar decorativo para embellecer el espacio.

Sophie

F ui presa del terror como nunca en la vida. ¿Le habría hecho daño a Daisy el intruso? Yo seguía en el piso de arriba. No podía salir de casa sin bajar por la escalera. ¿Dónde estaba ese tipo? ¿Habría llamado Nina a la policía? Agarrando bien la toalla, bajé con sigilo los escalones y me quedé escuchando a ver si oía algo. El intruso no hacía ningún esfuerzo por ser silencioso. Lo oí arrastrando una silla por el suelo. Bajé de puntillas la escalera, intentando recordar cuáles eran los peldaños que crujían. Al llegar al rellano del recibidor, me recorrió una oleada de alivio. Daisy estaba moviendo el rabo, jadeando y perfectamente bien. Tomé en brazos a Mochi y eché un vistazo desde la entrada del comedor. Fui presa del pánico de forma repentina. El intruso, vestido con holgados pantalones de chándal y sudadera grises, estaba revolviendo el cajón de la cubertería. En realidad, ver al intruso me dejó paralizada por el miedo. Podía quedarse con toda la cubertería de plata que quisiera siempre y cuando no nos hiciera daño a ninguno de nosotros.

Moviéndome furtivamente, crucé por la apertura entre el comedor y el salón, en dirección a la puerta de entrada, para escapar. Un tablón de madera del suelo crujió al pisarlo con un pie descalzo, y el intruso se volvió hacia mí. Llevaba una máscara de la sonriente chef Paula Deen. La simpática sonrisa de Paula parecía la maligna expresión de un falso payaso. Chillé y me abalancé hacia la puerta. Me temblaban los dedos mientras intentaba abrirla. Pasaron unos segundos eternos, pero la abrí de golpe, llamé a Daisy y salí corriendo al jardín delantero.

Los aullidos de las sirenas policiales rompieron el silencio de la noche. La piel húmeda se me puso de gallina con el gélido aire invernal. Dos coches patrulla se detuvieron y bloquearon la calle. Nina salió corriendo hacia mí, equipada con un albornoz mullido y una manta gigantesca. Sostuvo a Mochi mientras yo, agradecida, recibía el albornoz y tiraba la toalla mojada al suelo para poner los pies encima. Al menos era mejor que estar descalza sobre el ladrillo helado de la acera.

Dos agentes de policía entraron corriendo en la casa. Wolf llegó unos minutos después. Con el gesto torcido, se detuvo para preguntarme qué había pasado.

—Esto no me gusta —refunfuñó—. Ni un pelo.

—¿Crees que podría ser la misma persona que entró en la casa de Vicki y Andrew hace unas horas? —pregunté.

—No creo que sea una coincidencia.

Wolf y Nina me llevaron, a toda prisa, a la cocina para hacerme entrar en calor. Me castañeteaban los dientes, en parte por el frío, pero, sobre todo, por el pánico incontenible. Uno de los agentes de policía uniformados nos llamó para que fuéramos a la terraza acristalada. La puerta que daba al patio trasero estaba entreabierta.

—Supongo que no habrás dejado la puerta abierta —quiso saber Wolf—. ¿Alguna señal de que alguien haya forzado la entrada?

Dio una vuelta frente a la puerta para examinar el exterior y la cerradura.

—O bien estaba sin la llave echada, o el intruso la ha abierto con una ganzúa.

Wolf me miró de pies a cabeza. Aunque llevaba el albornoz que me había traído Nina, me sentía desnuda y vulnerable. Me había recogido el pelo de cualquier manera para el baño y todavía iba descalza. Wolf cerró la puerta y se quedó mirando fijamente la terraza acristalada, sin decir una palabra. Lo seguí con la mirada. Nada había cambiado desde que había estado sentado allí mismo unas horas antes con Bernie. Ni siquiera había llevado la bandeja a la cocina ni retirado las tazas de café para lavarlas.

—¿El intruso era muy corpulento? —preguntó Wolf.

Me sentí estúpida. Lo único que recordaba eran los pantalones holgados y la máscara.

—No lo sé. Me dejé llevar por el miedo.

Wolf salió de la terraza acristalada, llegó hasta el recibidor y subió la escalera hasta el segundo piso. Nina y yo lo seguimos.

—¿Dónde está el baño? —preguntó.

Señalé la puerta abierta. El inspector se detuvo en el umbral y se quedó mirando las desafortunadas baldosas verdes y negras que yo me moría por quitar. Se acuclilló para analizar las huellas de mis pies mojados sobre las diminutas teselas que Faye había puesto hacía décadas. Al levantarse, hundió una mano en el agua de mi bañera. Solo en ese momento caí en la cuenta de que no creía mi versión de los hechos.

—¿De verdad crees que me habría inventado todo esto y habría salido corriendo a la calle, con el frío que hace esta noche, mojada y envuelta en nada más que una toalla?

—Ya no sé qué pensar.

—No puedo creer que le haya dicho a Sophie que debería salir contigo —intervino Nina—. No está inventándose nada, yo lo he visto todo. Mi amiga tiene un testigo —se señaló a sí misma con el dedo índice a la altura del cuello—: una servidora.

Wolf cruzó los brazos sobre el pecho, y me pregunté si sabría lo intimidatorio que parecía cuando lo hacía.

—¿Dónde estaba exactamente ese hombre cuando lo viste?

Nina echó los hombros hacia atrás y levantó la barbilla.

—Estaba cruzando la cocina. Yo estaba paseando al perro, concretamente por la acera, y lo vi a través de la ventana panorámica de la cocina de Sophie. ¿Te parece una descripción lo bastante precisa?

—No cuela ni como mentira —sentenció Wolf—. Ni siquiera tienes perro.

Mi amiga se puso roja como un tomate.

—Tengo uno de acogida. Puedes preguntárselo a Karen, la del refugio.

Creí vislumbrar una sonrisa fugaz en el rostro de Wolf, pero la reprimió enseguida.

—No te preocupes, así lo haré.

Le di una palmadita en el brazo a Nina.

—Cree que yo soy la asesina, cree que Bernie es el asesino, seguramente también cree que Mars lo es. Menos mal que no estuviste con nosotros para la cena de Acción de Gracias; si no, también creería que tú eres la asesina.

Wolf se mantuvo impertérrito a pesar de aquella observación mordaz.

—Tienes mucha razón. Mars no ha quedado excluido.

—Pero ¿por qué no? —Aquello era ridículo—. ¿No creerás que se envenenó a sí mismo?

—La gente desesperada toma medidas desesperadas. ¿Qué mejor manera de desviar las sospechas sobre su persona? Todos sentirían pena por él y supondrían que no podía ser el culpable.

—¡Sophie! ¡Sophie!

Un hombre me llamó gritando, angustiado, desde el pie de la escalera.

—¿Quién es ese? —preguntó Nina.

Me encogí de hombros, y los tres salimos corriendo al descansillo para ir a mirar. En el recibidor, a los pies de la escalera, Humphrey estaba discutiendo como un estúpido con uno de los agentes uniformados.

—¡Quítame las esposas, pedazo de animal!

—Wolf, dile que suelte a Humphrey.

Bajé pisando fuerte la escalera, con Wolf y Nina a la zaga.

—¿Qué haces aquí? —le pregunté.

—Resulta que pasaba por aquí y vi los coches de policía. Como es lógico, me he preocupado. Gracias a Dios que no te ha pasado nada.

Humphrey tiró de su camisa hacia abajo y se alisó el abrigo.

—¿Qué ha ocurrido?

Mi amiga le tendió una mano.

—Me parece que no nos han presentado. Soy la mejor amiga de Sophie, Nina.

Él le estrechó la mano.

—Y yo soy el novio de Sophie. ¡Oh, cómo me encanta decirlo!

Wolf emitió un gruñido.

—Podéis fingir cuanto queráis que no os habéis visto en la vida, pero a mí no me la dais con queso.

—Pero... —Humphrey titubeó— si no nos hemos visto en la vida.

El inspector me lanzó una mirada de desprecio y se alejó caminando con paso decidido. Dejé a Humphrey y a Nina en el recibidor, y seguí a Wolf hasta la terraza acristalada. Un tercer agente de policía debió de llegar mientras estábamos arriba. Estaba echando un fino polvo negro sobre el picaporte y la cerradura.

—¿Ya has pasado por el comedor? —preguntó Wolf.

—Hemos encontrado un montón de huellas. Una cuantas muy prometedoras.

Le tiré de una manga a Wolf y me lo llevé hasta el estudio. Encendí la lamparita del escritorio y cerré las puertas. Puse las manos en jarra y me erguí tanto como pude siendo bajita.

—¿Qué problema tienes? Te niegas a creer todo lo que digo. Ni siquiera crees a Nina, quien, sin duda alguna, no es una de las sospechosas, ni al pobre Humphrey, que casi ni se atreve a mirarte a los ojos. No podemos ser todos los asesinos. ¿Qué narices te pasa?

Wolf se quedó mirándome detenidamente y en silencio. Me sujetó por la parte superior de los brazos, me tiró hacia él y me besó. Fue un beso largo y sorprendentemente sensual. Luego salió de la habitación. Me dejó ahí plantada, deseando más. Tardé un par de segundos en recuperarme. Salí como flotando hasta el vestíbulo.

—¿Dónde está Wolf? —les pregunté a Nina y a Humphrey.

Nina hizo un gesto señalando la puerta de entrada.

—Se ha largado.

Yo salí pitando hacia la escalera de la calle, pero las luces traseras de su coche ya eran dos puntitos diminutos en la noche. Los agentes uniformados salieron por detrás de mí.

—La llamaremos para informarle de los resultados —anunció uno de ellos—. Mientras tanto, mantenga las ventanas y puertas de la casa cerradas con el seguro y llámenos si ve algo fuera de lo normal.

Cerré la puerta en cuanto salieron. Humphrey se secó el sudor de la frente.

—¿Te lo puedes creer? Ese inspector se presentó de golpe en la funeraria y asustó a todo el personal haciéndoles preguntas sobre mí. Ahora piensan que soy una especie de pirado.

—Siento mucho que hayas acabado metido en todo este lío, Humphrey.

Si mi madre no lo hubiera llamado para poner celoso a Mars, la policía no habría ido a meter las narices en su negocio ni habría hecho ninguna pregunta. Sonrió con timidez y se le iluminó el rostro.

—No pasa nada. Creo que la mayoría de las personas creía que tú eras una invención mía. Cuando el inspector se presentó en la funeraria y empezó a hacer preguntas, al menos supieron que no me estaba inventando milongas sobre mi vida amorosa.

Nina enarcó ambas cejas de golpe y me miró con curiosidad.

—¿Qué les has contado? —pregunté temiendo su respuesta.

—Que nos conocíamos desde secundaria, que nos gustábamos en secreto y que, ahora, el destino ha intercedido y nos ha unido de nuevo, y que estamos saliendo juntos.

El destino, también conocido como «mi madre». No me extrañó que Wolf no me creyera. Un montón de gente que yo no había visto en mi vida le había dicho que Humphrey y yo teníamos una relación amorosa. Humphrey se metió las llaves del coche en el bolsillo y se quitó el abrigo. Desesperada, me di cuenta de que pretendía quedarse un rato. Nina se iría a casa y yo tendría que apañármelas a solas con él. ¿Por qué no podría quedarme allí atrapada con Wolf? Por otra parte, Humphrey era mejor que nada. No me hacía mucha gracia la idea de quedarme sola en casa en ese momento. Cada crujido o golpe me parecía la señal de que había entrado un intruso.

—Sophie —dijo Humphrey—, ¿conoces bien a ese tal Bernie?

—Es un viejo amigo.

—He estado investigando un poco sobre él. Sinceramente, no estoy muy seguro de que sea el tipo de persona a la que deberías traer a dormir a casa.

¿Traer a dormir a casa? ¿Es que Humphrey creía que tenía una relación sentimental con Bernie?

—No es lo que tú cre... —empecé a decir, pero me di cuenta de que Bernie podía ser justo lo que necesitaba para desalentar a Humphrey—. Ya se ha quedado a dormir muchas otras veces.

—Es un poco desagradable, ¿no te parece?

Nina se quedó escuchando con expresión divertida.

—¿Estás celoso? —pregunté.

—Por el amor de Dios, no. Simplemente me preocupo por tu bienestar. ¿Sabías que pasa las noches en el *pub* The Stag's Inn?

Nina arrugó la frente.

—¿Dónde he oído yo ese nombre hace poco?

—Lo viste en la mesa de la señora Pulchinski. Tenía un posavasos de ese *pub*, The Stag's Inn.

A Nina se le iluminó la mirada.

—Rápido, ve a cambiarte —ordenó mi amiga y cogió el móvil.

—Haré cualquier cosa con tal de salir de la casa.

—¿A qué... a qué te refieres? ¿Vais a ir hasta allí? —preguntó Humphrey—. Me parece muy poco recomendable. Ese local tiene una pinta aterradora.

Salí disparada escalera arriba para cambiarme de ropa mientras oía a Humphrey intentando disuadir a Nina. Recordando el consejo de mi madre, saqué un mullido jersey color verde pepino con un profundo escote por si me topaba con Wolf. Humphrey no pondría celoso ni a un muerto, pero, de todos modos, que yo tuviera un aspecto deseable no haría daño a nadie. Pasada la Navidad, tendría que deshacerme de esos kilitos de más, pero, por el momento, los pantalones con cinturilla elástica eran lo que tocaba. Me pasé un cepillo por el pelo, me puse un toque de pintalabios y ya estaba lista.

Bien abrigados para protegernos del aire frío, caminamos por las antiguas aceras dejando atrás los tentadores restaurantes y elegantes bares. Recordé las reticencias de Humphrey cuando salimos de King Street. La calle paralela, aunque menos bulliciosa y, en cierto sentido, más en penumbra, evocaba la época colonial y tenía bastante encanto. Cuatro manzanas más allá, giramos y entramos en un antiguo callejón.

Humphrey se resistía a pasar por el callejón oscuro. Sin las farolas de la calle, parecía un lugar sórdido. Yo había pasado por allí a plena luz del día, no obstante, y no era tan cutre como parecía estando iluminado solo por un par de luces de la parte trasera de unos cuantos edificios. Aumentaba el atractivo de The Stag's Inn el hecho de que la única entrada al local fuera por ese callejón.

—¿No podríamos ir a uno de esos lugares más bonitos y limpios por los que hemos pasado antes? —preguntó Humphrey.

—Sí que podríamos. —Lo tomé por el codo y tiré de él por el pasaje de adoquines—. Pero entonces no obtendríamos la información que quiero. Tú eres el que está preocupado por Bernie. ¿No tienes curiosidad por saber qué está haciendo en ese lugar?

Se detuvo otra vez frente al *pub*. Una puerta desgastada de madera de castaño, comida por la carcoma y sujetada por importantes goznes de hierro forjado, me recordó a la Inglaterra medieval. Había una farola colgando de la parte izquierda de la puerta, colocada en un gancho también de hierro forjado de color negro, a juego con los goznes. Debido al grueso cristal con burbujas, el farol no iluminaba gran cosa.

Como Humphrey me impacientaba por momentos, le solté el brazo y seguí a Nina hasta el interior. Intuía que a él no le gustaría nada tener que entrar en el *pub,* pero menos le gustaría tener que esperar en el callejón sin nosotras. No había imaginado que el interior de The Stag's Inn estuviera más oscuro que el exterior. Aunque muchos de los elegantes bares y *pubs* de Old Town se encontraban en edificios históricos, en la decoración de los interiores se aprovechaba la pátina de la antigüedad con elegancia o incluso para modernizar el ambiente. No obstante, los dueños de The Stag's Inn no habían optado por ninguna de esas dos opciones.

El local tenía un techo bajo, visiblemente soportado por pesadas vigas, lo que le confería cierto aire medieval. De haber contado con mejor iluminación, el local podría haber tenido algo de encanto. Me recordó a la época en la que el humo generaba una suerte de neblina en los bares y me pregunté si pretenderían crear esa atmósfera antigua o si tendrían el sistema eléctrico desactualizado y temían enchufar algo más para iluminar el lugar.

Había una hilera de mesas pegadas a la pared derecha y una enorme barra que se extendía hasta la pared izquierda, a una distancia considerable. El barman y un nutrido número de parroquianos se volvieron para darnos un buen repaso cuando entramos. Me sentí como si hubiéramos penetrado por una especie de portal, a través del cual nos habíamos teletransportado a otras tierras.

—Será mejor que esto valga la pena —masculló incluso la valiente Nina.

Encontramos una mesa libre al fondo, debajo de unas baldas decoradas con botellines de cerveza de distintas marcas británicas. Mientras nos quitábamos el abrigo, Humphrey nos rogaba que nos marcháramos. La verdad era que la clientela de The Stag's Inn no difería mucho de todas las personas que ocupaban los bares con más clase de King Street. Seguramente no eran de los que recibían una invitación a la Casa Blanca para ir a cenar, pero, en cualquier caso, tampoco la recibía yo.

Un fornido camarero que, sin ningún problema, podría haber levantado a peso a cualquiera de nosotras dos, o a los tres a la vez, para sacarnos por la puerta, nos tomó nota. Nina y yo nos decidimos por una cerveza rubia Whitbread India. Humphrey pidió una infusión de manzanilla, pero yo le di una patadita. El fornido camarero no regresó. En su lugar acudió un hombre con barba de una semana que nos plantó tres jarras de Whitbread en la mesa. Retiró una silla, la puso con el respaldo hacia adelante y se sentó a horcajadas.

—Chicas, ¿sois nuevas en la ciudad? —preguntó ignorando a Humphrey.

Nina se las podía apañar con ese tío. Yo me levanté para llevar a cabo mi investigación, pero Humphrey me agarró por la manga del jersey.

—¿Adónde vas?

Estaba segura de que había un lugar adonde no me seguiría.

—Al aseo de señoras.

Entonces me soltó.

—Te voy a cronometrar. Si no vuelves pronto, tiraré la puerta abajo.

No creí que eso fuera necesario. Me acerqué tranquilamente hacia la barra intentando parecer despreocupada. El barman me plantó un posavasos delante.

—Estoy buscando a un inglés que se llama Bernie.

No pareció molesto por mi pregunta.

—Esta noche no lo he visto —respondió con acento británico—. Harold, ¿has visto a Bernie?

Oí que alguien le respondía que no, pero el barman sí que tuvo la amabilidad de hablarme.

—Todavía no ha llegado.

Dos taburetes más allá, en la misma barra, una mujer se volvió en mi dirección.

—¿Qué quieres de Bernie? Ya está con una chica si es que lo buscas para eso.

La mujer no hablaba con acento británico. Intuí que era del sur profundo de Estados Unidos, de Luisiana tal vez. En comparación con su exiguo vestido, mi jersey *sexy* parecía adecuado para asistir a la catequesis.

—Cierra el pico, Brandee.

No estaba segura de quién había dicho eso, hasta que ella le dio un amigable palmetazo en el brazo al hombre que tenía al lado. Él habló dándome la espalda, encorvado hacia adelante, con los codos apoyados sobre la barra.

—No le hagas ni caso, le va detrás a Bernie desde que él llegó a la ciudad.

Sin duda alguna, por su acento, el tipo era británico.

—¿Sabes cuándo llegó?

El barman entrecerró los ojos.

—A Otis lo mataron el martes. Creo que Bernie se presentó por aquí el viernes. No lleva mucho tiempo en Alexandria.

—¿Conocías a Otis? —pregunté.

—Claro. Todos los clientes habituales conocían a Otis.

El barman estaba limpiando un vaso.

—¿Quién... quién crees que lo mató?

El inglés que me daba la espalda se volvió para mirarme directamente.

—¿Eres poli?

Una poli no habría cometido la estupidez de hacer una pregunta tan directa.

—No, soy amiga de Bernie.

—Una amiga de Bernie que conocía a Otis. —Se rascó una patilla que era clavadita a las de Elvis Presley—. ¿Conocías bien a Otis?

La mujer del escotazo soltó una risita nerviosa.

—Esta no es su tipo.

—Solo de vista —respondí.

Al inglés se le salió la cerveza por la nariz. Se secó la cara con la manga.

—Está claro que conoces a Bernie, eso es lo mismo que dijo él sobre Simon Greer.

Un frío gélido me recorrió la espalda.

—¿Qué dijo exactamente Bernie sobre Simon?

—Que en realidad no lo conocía, y eso es una paparrucha.

CAPÍTULO VEINTICUATRO

De *Pregúntale a Natasha:*

Querida Natasha:

Cuando los amigos de mi marido vienen a casa para ver el fútbol, nuestra sala de cine queda hecha un vertedero en cuestión de minutos. Y a mí me entran ganas de tirarme de los pelos. ¿Cómo puedo conseguir que los chicos recojan todo el desastre que dejan?

Tecnofán en Toms Brook

Querida Tecnofán:

Prohíbe las latas de cerveza. Compra jarras de cristal de Pilsner y sírveles tú misma la primera ronda. No permitas que entren a la sala de cine con bolsas ni recipientes de plástico procedentes de la cocina. Sirve las patatas chips en cuencos de plata y salsas para dipear en alcachofas ahuecadas o volovanes. Si los sorprendes con canapés elegantes servidos en bonitas bandejas, se lo pasarán genial, y tú serás la anfitriona que siempre recordarán.

Natasha

No estaba del todo segura del significado exacto de «paparrucha», pero supuse que el tipo inglés no se había tragado lo de que Bernie no conociera a Simon.

—¿Por qué es una paparrucha?

—Todo el mundo sabe que el padrastro de Bernie se suicidó.

Me quedé de piedra. Bernie jamás me había hablado de eso, ni por asomo.

—Debes de conocer muy bien a Bernie.

—No te creas. Su padrastro era un caballero muy respetado. Las circunstancias de su muerte fueron un hecho muy conocido en determinados círculos.

Tomó un nuevo trago de cerveza.

—¿Qué circunstancias?

—Uno de la competencia lo llevó a la ruina. Un tipo de ética cuestionable que usó prácticas comerciales ilegales para hacer morder el polvo al padrastro de Bernie. El hombre lo perdió todo. Su mansión en el campo y el terreno que había pertenecido a su familia durante generaciones. Se quedó sin nada y se quitó la vida por culpa de un joven empresario llamado Simon Greer, el muy bastardo.

Por fin entendí el impactante resultado de su triste relato. Bernie culpaba a Simon de la muerte de su padrastro.

—¿Estás insinuando que Bernie mató a Simon para darle una lección?

—Eso es mucho suponer, pero no le creo cuando dice que no conoció a Simon.

Humphrey me agarró por la parte superior del brazo con tanta fuerza que sus delgados dedos me parecieron garras.

—¿Qué estás haciendo?

—¿Cómo?

Yo seguía intentando procesar la nueva información sobre Bernie. En parte me sentía horrible por la tragedia de la muerte de su padrastro, pero, al mismo tiempo, ya sabía que Bernie tenía un móvil. Y yo que estaba tan segura de que él no estaba implicado... Le di las gracias al tipo inglés y volví, medio tambaleante, a la mesa donde Nina hablaba animadamente con un joven que lucía un peinado estilo mohicano. El chico se alejó dando grandes zancadas antes de que yo llegara a sentarme. Humphrey no se molestó en tomar asiento.

—Creo que deberíamos irnos. Ese último tipo era... Bueno, no querría volver a verlo hasta que necesitara mis servicios.

—De ninguna manera —protestó Nina—. La muerte de Otis desencadenó la secuencia de acontecimientos. Si alguno de los presentes sabe algo sobre sus clientes o su negocio, tenemos que oírlo. Ese tipo del que te has asustado ha ido a buscar a alguien que lo sabe todo sobre Otis para que hable con nosotros.

Humphrey se sentó a mi lado, a regañadientes.

—Después de hablar con ese tipo, nos vamos a casa.

Me preparé para conocer a un personaje repugnante. Sin embargo, no había preparación suficiente para el hombre que avanzaba con paso tranquilo hacia nosotros. Otros parroquianos lo saludaron dando voces y dedicándole comentarios mordaces. El hombre del pelo tipo fregona y sonrisa de medio lado colocó la silla que quedaba libre con el respaldo hacia adelante.

—Sophie, Sophie, Sophie... —dijo—, ¿qué crees que estás haciendo?

Sentía el bombeo de la sangre en la cabeza. ¿Cómo podía ser Bernie el experto local en Otis? ¿Cómo era posible que conociera a todas esas personas? No me extrañaba que Wolf lo hubiera interrogado. Se me cayó el alma a los pies. Era imposible que el mejor amigo de Mars lo hubiera envenenado. ¿Mars sospechaba que Bernie había matado a Simon? Debía de saber lo de su padrastro. ¿Me habría contado mi exmarido lo de sus sospechas? A lo mejor esa era la razón por la que Mars se había llevado el coche de Bernie. ¿Podría la historia sobre Natasha y el comedor de beneficencia haber sido una estrategia de distracción? ¿Le habría cogido el coche prestado a su amigo para ver si podía encontrar pistas en su interior?

—Bernie —bisbiseé—, ¿qué estás haciendo aquí?

—Lo mismo que tú, imagino. Recabando información sobre Otis.

Quería creerle. Deseaba con toda mi alma creer que sus motivos para estar allí eran sinceros y que de verdad quería ayudarnos a encontrar al asesino, pero no podía dejar de pensar en el hecho de que lo habíamos visto con la viuda de Pulchinski. Me quedé mirándolo a la cara, rogando para conseguir adivinar sus intenciones y saber si eran buenas o malas. Nina fue directa al grano.

—¿Qué has averiguado?

Bernie se volvió y levantó la mano para señalar a un hombre que estaba en la barra. Era de estatura media, calvo, con las cejas pobladas y tan musculoso que me habría gustado tenerlo de mi parte en una pelea. Se acercó como dando un paseo, con una jarra gigantesca de cerveza en ristre.

—Ambrose —dijo Bernie—, cuéntales a mis amigos qué te dijo Otis.

Ambrose se sentó. Pegó un buen trago de cerveza y apoyó la jarra en la mesa, sin soltar el mango.

—¿*Esh* qué?

No supe decir si estaba muy borracho; no se había tambaleado en el trayecto desde la barra hasta la mesa, pero, teniendo en cuenta sus problemas de dicción, me pregunté si nos daría una versión muy precisa.

—Todo.

Esa sencilla palabra hizo mucho por redimir a Bernie. Tal vez estuviera confiando en un borracho para recibir información, pero al menos no pretendía ocultárnosla. ¿O le habría pagado al tipo beodo para mentir?

—Le dije a ese idiota de Kenner que Otis estaba acostándose con la mujer de Wolf.

—¿La mujer que desapareció? —pregunté.

—¡Sí, tío! —exclamó Ambrose, sin duda encantado consigo mismo—. Y yo le conté a Wolf que el tío político ese quería que siguieran a su exmujer.

—¿Algo de todo eso es cierto? —preguntó Humphrey con desconfianza.

—Lo de la mujer de Wolf no.

Bernie presionó a Ambrose.

—Y ahora diles lo que Otis te contó de verdad.

—Dijo que sabía que ser detective privado valdría la pena algún día y que la suerte estaba a punto de sonreírle. Y esa noche nos invitó a todos los chicos a una ronda.

Me recosté en el asiento molesta. Eso no significaba nada.

—¿Y qué más?

Bernie alargó una mano y tomó un sorbo de mi cerveza.

—Y que cuanto más importante y más rico fuera el cliente, más le pagarían para que no aireara sus trapos sucios.

Me crucé de brazos y agradecí a mi buena suerte no haber pagado por esa asombrosa información secreta. Hasta el momento, de lo único de lo que me había enterado era de que Wolf tenía un motivo más para dudar de mi inocencia. Seguramente creía que Mars era «el tío político ese» que había hecho que siguieran a su mujer y que yo había matado a Otis para evitar que desvelara algún oscuro secreto que había descubierto.

No soy muy buena jugadora de póquer. O se me notaba en la cara lo poco impresionada que estaba, o Bernie era capaz de leerme el pensamiento.

—Cuéntales lo del gato —ordenó.

Ambrose rio con disimulo.

—Ah, sí. Su mujer tenía un gatito del que no podía deshacerse y estaba volviéndola loca. Ella había estado insistiéndole a Otis para que lo ahogara en el estanque, pero el viejo detective le tenía cariño al minino. Le dijo que había encontrado a una señora que le proporcionaría un buen hogar, pero que ella todavía no lo sabía.

—¿Yo era su objetivo? ¿Quería que yo me quedara a Mochi? ¿Por qué? Si no me conocía...

Bernie me lanzó una mirada petulante. Ambrose se quedó mirando el interior de la jarra de cerveza vacía como si estuviera buscando la última gota.

—El viejo Otis sabía un montón sobre personas que no lo conocían. Lo suyo se le daba bien. Únicamente se lamentaba de haber tardado tanto en descubrir cómo ganar una pasta gansa con eso.

—¡Oh, no!

Humphrey me dio una patada por debajo de la mesa e hizo un gesto con la cabeza. Yo levanté la vista. Wolf venía directamente hacia nosotros.

—Sophie —dijo con su característica sonrisa fría—, necesito hablar un momento contigo, por favor.

Como una adolescente de instituto en su primer baile, le hice un sitio en la mesa e imaginé que a lo mejor me haría acurrucarme junto a él para darme otro beso. No logré reprimir una sonrisa y me alegré de haberle hecho caso a mi madre y llevar mi jersey *sexy*. Wolf me condujo hasta el exterior del *pub*.

—Quiero disculparme por mi comportamiento.

Su disculpa me robó el corazón. Se había dado cuenta de que había sido brusco y arisco. Admiraba a los hombres capaces de reconocer sus debilidades y que sabían cuándo pedir disculpas. Di un paso para acercarme a él y estaba a punto de posarle una mano en el abrigo, cuando...

—Jamás debí besarte —soltó—. Fue un gesto imperdonable y nada profesional.

Ahí se acababa nuestra historia. Ni siquiera mi jersey *sexy* había cambiado las cosas. Me consolé a mí misma pensando que a lo mejor sí que había matado a su mujer.

—Hay un par de cosas que debería decirte. Debería haberlo hecho antes, pero me marché demasiado rápido.

Una brisa gélida me traspasó por la tela del jersey. A pesar de que era evidente que no se sentía atraído por mí, yo tenía el corazón desbocado. Temía lo que pudiera decirme.

—Seguramente tenías razón al pensar que el trofeo en forma de pavo fue el arma homicida. Encontramos rastros de sangre en la cola, como habías dicho, y, según el forense, eso explicaría la herida de Simon en el cuello.

Me erguí un poco más. Por fin me daba la razón en algo, aunque fuera una nimiedad, y me sentó bien. Al menos sabía que no me lo había inventado.

—¿Qué pasa con lo de la crema? —pregunté.

—Encontramos veneno solo en un cuenco. Eso no te libra de las sospechas, pero tampoco te inculpa.

—Wolf, he estado pensando en las manchas de sangre. Nos interrogaste a todos enseguida. Si uno de nosotros hubiera sido el asesino, ¿no debería haber tenido salpicaduras de sangre en la ropa?

El inspector echó la cabeza hacia atrás de golpe. Por lo visto, mi pregunta lo había sorprendido.

—Siempre te subestimo, Sophie. Es frecuente que no haya salpicaduras de sangre en los casos en que la víctima es asesinada de un solo golpe en la cabeza. Eso es lo que creemos que le hicieron a Simon.

Sin embargo, yo no conocía ese dato y, seguramente, el asesino tampoco. Tal vez se había puesto una prenda de color oscuro y había salido corriendo a lavarla... por si acaso.

—Hemos sido un poco lentos procesando todos los datos por las fechas festivas en las que estamos. Estoy seguro de que empezarán a analizar tus prendas la semana que viene.

Me había olvidado por completo de mi ropa.

—¿Qué pasa con mi coche? Mis padres volverán pronto a su casa y yo necesito un medio de transporte para ir a trabajar.

—Será mejor que alquiles uno. Dudo que te lo devuelvan hasta que hayan detenido al culpable. —Miró con detenimiento la puerta del *pub* y dijo en voz baja—: Y eso puede tardar un tiempo. ¿Qué pintas en este lugar?

—Estoy haciendo unas cuantas preguntas.

—Sospecha de todos y no confíes en nadie —sentenció Wolf.

—Esa es una actitud horrible. Tus sospechosos son mi familia y mis amigos. No pienso arremeter contra ellos.

Wolf flexionó los dedos mientras pensaba.

—Sophie, esto sería mucho más fácil si me contaras lo que estás ocultando.

Ya estaba con la misma cantinela de siempre.

—No tengo ningún secreto. Créeme, Mars no contrató a Otis para que me siguiera y yo no tengo una relación sentimental con Humphrey.

—Mira, Sophie, he visto las grabaciones de la tienda de alimentación...

—Entonces ya sabes que no hice nada.

Se quedó mirándome en silencio antes de hablar.

—Sé que Otis se acercó a ti en el aparcamiento y que tú le hiciste unos gestos con las manos y que luego saliste corriendo para entrar en la tienda.

—Porque él intentaba endilgarme a Mochi.

—Y sé que, cuando saliste, te quedaste mirando por todo el aparcamiento, como si estuvieras buscándolo.

—Por Mochi. Cambié de opinión mientras compraba. Quería llevárselo a Nina para asegurarme de que el gatito acababa en una buena casa.

—Eso no es lo que parece en las grabaciones.

Aquello resultaba ridículo.

—No puedo hacer nada para cambiarlo. ¿Y qué pasa con las imágenes de la parte trasera de la tienda? ¿No se ve al asesino en ellas?

—En la parte trasera de la tienda no hay cámaras. Lo único que sabemos es que escapaste de Otis y que lo buscaste con nerviosismo al marcharte. ¿Te amenazó?

—Solo con darme un gatito.

Abrí de golpe la puerta y me alejé dando grandes zancadas. No tenía sentido seguir soportando toda esa sarta de tonterías. Era evidente que Wolf no quería creerme. Me pregunté si habría hablado demasiado. No podía incriminarme a mí misma porque no había hecho nada, pero Mars y mi padre seguramente tenían razón al aconsejarme que contratase a un abogado. Tendría que haberlo hecho desde un principio. Quería colaborar con Wolf porque me parecía atractivo. Menuda idiotez por mi parte.

—Vamos —les dije a Nina y a Humphrey, al tiempo que recogía mi abrigo y me lo ponía.

Humphrey se levantó de un salto.

—¿Ha sido muy duro contigo? ¿Estás bien? Debería de haberte acompañado.

No tenía paciencia para soportarlo en ese momento. Estaba de los nervios, en parte por la decepción con Wolf y en parte porque esperaba que las grabaciones me libraran de toda sospecha y confirmaran mi versión. Ignoré a Humphrey y me abrí paso a codazos entre los clientes del abarrotado *pub.* Wolf estaba mirándome, pero me daba igual. Lo aparté y salí disparada por la puerta. Ya en la calle, inspiré el aire frío y me quedé esperando a Nina y a Humphrey. No tardaron mucho en salir.

—Nos hemos parado para decirle a Bernie que nos vamos —informó Nina.

Me fui tranquilizando durante el camino de regreso a casa. A medida que nos acercábamos a nuestro destino, me di cuenta de que debería haberle preguntado a Humphrey dónde había aparcado para poder acompañarlo hasta el coche y no tener que ser falsamente educada e invitarlo a entrar en casa. Quizá no fuera demasiado tarde para intentarlo. Me detuve en la acera de enfrente de mi casa y estaba a punto de dirigirme a Humphrey, cuando Nina habló entre susurros.

—El acosador. Está entre los matorrales, enfrente de tu casa.

CAPÍTULO VEINTICINCO

De *Natasha en directo:*

En verano, me encanta recoger, de mi jardín, frambuesas frescas y otras frutas, como melocotones y grosellas negras, para preparar licores. Es sorprendentemente fácil elaborarlo usando fruta, azúcar y vodka. El licor necesita macerarse durante un par de meses para que pueda ir tomando sabor, lo que supone que estará listo justo a tiempo para las frías noches de invierno. Está delicioso sobre una bola de helado casero o servido, sin nada más, en un elegante vaso. Añade un lazo festivo a la botella y lo convertirás en un regalo único y muy especial.

No estaba de humor para soportar más esas tonterías. Sin embargo, lo último que me apetecía en ese momento era llamar a la policía y tener que aguantar otra vez a Wolf.

El farol de la entrada de mi casa iluminaba lo suficiente los arbustos para detectar el movimiento entre las ramas. Si yo gritaba, la persona que andaba merodeando se asustaría, sin duda, y saldría huyendo.

—¿Qué hacemos? —les pregunté en voz baja a Humphrey y a Nina.

Mi amiga abrió el móvil de golpe. Se lo quité y lo cerré.

—Tenemos que averiguar de quién se trata. Nina, tú bloquéale el paso por la derecha. Humphrey... —dudaba que él fuera capaz de detener siquiera a un insecto, pero era todo lo que tenía—, tú encárgate de la izquierda. Yo fingiré que os doy las buenas noches y me despido, e iré directamente hacia la puerta.

—¿Estás loca? —me preguntó Humphrey en un tono susurrante y más agudo de lo que habría creído posible.

No le permití discutírmelo. Proyectando la voz, dije bien alto: «Buenas noches, nos vemos mañana», y caminé hacia la puerta de mi casa. Con la mirada puesta en los arbustos, intenté mantener la cabeza erguida para que el sujeto oculto no sospechara que íbamos a por él. Cuando ya casi había llegado hasta la escalera de la entrada, Mars salió de pronto de entre las sombras.

—¿Es que quieres matarme del susto? —El corazón casi se me salió por la boca—. ¿Qué haces merodeando alrededor de la casa?

—No estaba seguro de quién te acompañaba ni de quién se encontraba en casa. Hola, Nina. Tenemos que hablar, Soph...

Humphrey cargó por la izquierda, como un borrón paliducho, y placó a Mars sujetándolo por las rodillas. Mi exmarido cayó de bruces al suelo.

—¡Suéltalo, Humphrey! ¡Es Mars! No pasa nada —grité.

Fui incapaz de distinguir cuál de los dos gemía con más intensidad. Nina los ayudó a levantarse. Humphrey se frotaba el hombro, aunque se esforzó por esbozar una sonrisa.

—Siempre quise ser un héroe del fútbol americano.

—Necesito una copa —protestó Mars.

—Yo debería marcharme. —Humphrey se sacudió la ropa—. Ha sido una noche de lo más emocionante.

Se inclinó hacia mí para darme un beso. Yo le hice la cobra. Metí la llave en la cerradura y la giré.

—Gracias por habernos acompañado, Humphrey.

Mars entró tambaleante en casa. Era la tercera vez que se pasaba por allí en el mismo día. ¿De verdad necesitaba hablar o era una excusa para volver a verme?

—Creo que todo el mundo sigue fuera.

Le hice un gesto febril a Nina para que entrara. Ella siguió a Mars a toda prisa y yo me di cuenta de que estaba encantada de sentirse incluida. Cuando cerré la puerta, Humphrey ya se dirigía renqueante hacia la calle. Mars nos esperaba a Nina y a mí en la cocina.

—Sentaos.

Dejamos los abrigos colgados en el respaldo de una silla, antes de tomar asiento en la mesa de la cocina. Mars se bajó la cremallera de su chaqueta nueva de cuero, colocó un paquete envuelto con sencillo papel marrón de embalar sobre la mesa y luego plantó una fotografía encima. La imagen, ampliada en papel con brillo, mostraba a Clyde, el chófer y guardaespaldas de Simon. Estaba de pie, como si nada, con una mano en la cadera, y lucía una sonrisa abochornada, como si le pareciera una tontería posar para una foto.

—Qué lástima que sea tan desagradable, porque no está nada mal —comentó Nina.

Mars se quedó mirándola.

—La he encontrado en el maletín de Natasha.

—¿Estabas registrándoselo? —preguntó Nina.

—Sí, estaba registrándoselo. Alguien está acosándola, alguien me ha envenenado, y ella contrató a Otis para Dios sabe qué. —Hizo una pausa y añadió entre susurros—: Tenía miedo de que Nata tuviera un lío con alguien.

—¿Y crees que esta foto lo confirma? —pregunté.

Mars empezó a dar vueltas por la cocina.

—¿Y qué otra cosa puedo pensar? Es una prueba bastante incriminatoria, ¿no te parece?

—Bueno, pues Nata tenía esta foto. ¿Y qué? No es un desnudo frontal ni nada por el estilo. —Nina se volvió de golpe—. ¿Dónde la hicieron? A mí me parece el monumento a la memoria de Jefferson.

Volví a mirarla con detenimiento. El edificio circular que se veía de fondo no dejaba lugar a dudas.

—Además, es bastante reciente. Clyde va vestido de otoño.

Mars abrió el puño y puso la palma de la mano hacia arriba.

—¿Qué hago ahora? ¿Se lo echo en cara? ¿La dejo? —Hizo una pausa y se agarró al respaldo de una silla—. ¿Finjo que no ha pasado nada y sigo adelante con nuestra vida?

Le di la vuelta a la foto, pero la parte trasera estaba en blanco, como la de cualquier revelado fotográfico.

—¿Podría Natasha haber sacado esta foto?

Nina y yo nos inclinamos para ver mejor la imagen.

—Yo no veo ningún reflejo. —Mi amiga torció la boca con gesto de duda—. Esta imagen no tiene nada de incriminatoria. Mars, lo mires como lo mires, esta foto, por sí sola, no demuestra que Nata tenga un lío.

Tal vez la fotografía de Clyde no demostrara que Natasha estuviera engañando a Mars, pero me obligaba a replantearme su implicación en los asesinatos. Yo había estado totalmente convencida de que ella no podía ser la asesina, incluso en ese momento en que las circunstancias la señalaban. Sin embargo, esa foto tenía algo que hizo que me saltaran las alarmas. ¿Por qué tendría una instantánea de Clyde si no estaban liados? Calculé que él tendría apenas unos cuarenta años, cinco más o cinco menos. Era imposible que fuera el padre que Natasha estaba buscando, tal como me había contado mi madre.

—Vosotros dos sois lo que no hay —comentó Nina entre risas—. ¿Cuántos hombres acudirían a su exmujer si sospecharan que su novia está engañándoles?

Mars lanzó un suspiro.

—Estamos divorciados, Nina, no peleados.

—¿Qué hay en ese paquete? —preguntó Nina.

—No protestes, Sophie, la necesitas —advirtió Mars—. También le he comprado una a Nata.

Desenvolví el papel marrón y me encontré una pistola Taser.

—No son fáciles de comprar, pero un cliente me ha hecho el favor. Es como una pistola de fogueo. No puede matar a un adulto, pero sí incapacitarlo el tiempo suficiente para escapar.

Nina soltó un gritito.

—Yo también quiero una. Te la pagaré. ¿Puedes conseguirme una?

No me gustaban las pistolas, pero hacía tiempo que había decidido que debía llevar un espray de gas pimienta en el coche, ya que solía llegar a casa muy tarde por las noches después de algunos eventos. Esa Taser era un nuevo paso más hacia la pistola.

—Claro. Creo que mi proveedor puede conseguir una más. Quiero que la lleves encima, Sophie. Tus padres volverán pronto a su casa y tú estarás aquí sola. No sé a qué nos enfrentamos, pero están ocurriendo cosas raras en tu entorno y en el de Nata. Sabía que ninguna de las dos querríais un arma de fuego. Esta es la mejor alternativa que se me ha ocurrido.

A renglón seguido, la puerta de entrada se abrió y una corriente gélida llegó hasta la cocina. A juzgar por su animada cháchara, los que habían ido al teatro habían disfrutado de la velada. Mars retiró la foto de golpe de encima de la mesa y se la escondió en la chaqueta.

—No se lo cuentes a mi madre. Tal como están las cosas, ya odia a Nata.

Miré en dirección al vestíbulo para asegurarme de que June no estuviera oyéndonos.

—Natasha está presionando para meterla en una residencia de ancianos.

Mars no pudo poner una expresión más triste.

—No para de decirme que mi madre ya no puede vivir sola. Que quemará su propia casa si no la encerramos en un asilo.

—¿Supongo que no se podría ir a vivir contigo y con Nata? —pregunté medio en broma.

Se puso pálido.

—No podría soportarlas a las dos metidas en la misma casa. ¿No crees que ya ha habido suficientes asesinatos? Venga, Nina. Te acompañaré a la calle para asegurarme de que Humphrey no se te tira encima.

Mars hizo una pausa para pellizcar a June en la mejilla antes de salir con mi amiga.

Mientras los que habían ido al teatro se cambiaban de ropa, yo eché vino tinto y especias en una cacerola para servirles una bebida que les hiciera entrar en calor. Sobre una hoja de papel para horno, coloqué rebanadas de pan rústico italiano y las metí en el horno para preparar una *bruschetta* rápida de judías negras. Como intuía que a June se le antojarían mis galletas con pepitas de chocolate, preparé una bandeja con la masa que tenía siempre guardada en el congelador. Bernie llegó a casa a tiempo de compartir nuestra recena junto al centelleante fuego de la chimenea de la cocina. Mientras los demás hablaban sobre la obra de teatro, pensé en Bernie, en su padrastro y en la señora Pulchinski.

El viejo amigo de Mars escuchaba la conversación, con la expresión tan animada como si hubiera estado en el teatro. Se volvió hacia mí con su mirada de ojos azules y me pilló observándolo; en lugar de desviar la mirada, me dedicó una sonrisa deslumbrante. Yo quería creer que alguien con un encanto tan natural no podía matar a nadie de ninguna de las maneras. Por supuesto, eso no era cierto. Cuando nos fuimos todos a dormir, había llegado a la conclusión de que no tenía por qué preocuparme. Si Bernie hubiera querido matarnos a alguno de nosotros, ya había tenido un montón de oportunidades.

Me desperté con el golpeteo atronador de la aldaba de la puerta de entrada. Daisy gimoteó y me golpeó con una pata, y Mochi se asomó por los pies de mi cama alarmado. Quien fuera que estuviera aporreando la puerta estaba haciéndolo con tanta fuerza que debía de estar intentando despertarnos por algún motivo. Eché un vistazo al reloj: las dos y media de la madrugada. No me molesté en ponerme el albornoz y corrí escalera abajo con mi pijama de franela de mujer soltera. La persona que estaba en el exterior volvió a intentarlo.

Bernie emergió del estudio, bostezando, y solo con los pantalones de chándal. Oí un murmullo a mis espaldas y, cuando me volví para echar un vistazo, descubrí que la persona que llamaba había despertado a todo el mundo. Mis padres, Craig, Hannah y June me miraban desde el descansillo del segundo piso.

Quité el seguro de la puerta y la abrí de golpe temiendo que el asesino hubiera vuelto a actuar y alguien necesitara ayuda. Una rubia oxigenada, demasiado maquillada, entró en la casa y tiró un brillante impermeable de color violeta al suelo del recibidor. Adoptó una pose seductora con sus medias negras sujetas con ligas y una lencería que no dejaba nada a la imaginación; se atusó la larga melena de finos cabellos para que le cayera sobre los hombros.

—¿Cuál de vosotros es el coronel? —preguntó mirando a Bernie.

—¡El coronel! —gritó June con tono de desesperación.

—Me temo que te has equivocado de casa. —Recogí su impermeable y se lo entregué.

—No, no me he equivocado. —Alargó la mano para coger la prenda y sacó un papel del bolsillo—. Aquí lo dice. ¿Lo ves?

Lo que vi fue mi dirección y el nombre del coronel escritos. Abrí la puerta y señalé al exterior.

—El coronel vive en la calle de enfrente.

—Pues qué lástima —se lamentó con una risita mientras se ponía el impermeable.

June bajó la escalera y cerró la puerta de golpe en cuanto la chica salió. Corrió hacia la cocina para mirar por la ventana, y todos la seguimos. La rubia cruzó la calle contoneando las caderas sobre sus tacones de casi trece centímetros de alto. El impermeable no debía de protegerla mucho del aire invernal. Debía de estar congelándose.

—Esto debe de ser una broma. El coronel es un hombre muy correcto.

June cerró los puños. Le hice un gesto a mi madre.

—Ya que estamos todos levantados, ¿por qué no vamos a la terraza acristalada para tomarnos una última copa antes de volver a la cama?

Mi madre tomó a June del brazo y la alejó de la ventana. Yo animé a todos los demás a que las siguieran.

—No era más que una buscona —oí decir a June—. Una fulana cualquiera. Del tipo de mujer que cobra por sus servicios.

En eso tenía razón. Yo lamentaba que la buscona hubiera despertado a todo el mundo. Si solo hubiéramos sido Bernie y yo, podríamos haberle guardado el secretito al coronel.

Bernie me siguió hasta el estudio y se puso el albornoz. Le pasé una botella de jerez y otra de Grand Marnier, uno de los caprichos favoritos de Hannah. El amigo de Mars agarró una botella de *whisky* escocés y llevó todas las bebidas a la terraza acristalada, mientras yo iba a buscar, al comedor, los vasitos de cristal tallado para el jerez y unas coloridas y elegantes copas.

Lo cargué todo en una bandeja de plata y estuve a punto de tropezar por el pasillo. Alguien había apagado todas las luces. Entendí el porqué en cuanto llegué a la terraza acristalada. Mi madre había encendido unas velas y mi padre había conectado la iluminación navideña que nos había ayudado a instalar a Mars y a mí hacía años. Las pequeñas lucecitas de Navidad parpadeaban en el techo abovedado de cristal como estrellas en el firmamento. No obstante, esa atmósfera romántica no sirvió de consuelo a June.

—Creía que el coronel era un hombre respetable, como mi amado esposo. Siento un asco insoportable al contemplar lo que está ocurriendo en su casa en este preciso instante.

—Todos estamos sorprendidos. —Mi madre le pasó a June una copita de jerez—. Es mejor que lo hayas descubierto ahora. Podrías haber pasado años sin saber la verdad sobre él.

—Es tan repulsivo pensar que él ha contratado los servicios de una chica de esa calaña. Es un... un... ¡un pedazo de carne! —June agarró su albornoz de color lavanda, se lo cerró bien por el cuello y se lo sujetó con una mano—. Ninguna mujer se siente atraída por un hombre así. Definitivamente no es el caballero que todos creíamos.

Mi madre se acomodó en un banco junto a mi padre.

—No me extraña ni un pelo que estés tan disgustada.

—¿Qué quería Mars tan tarde? —preguntó Hannah.

Le lancé una mirada de agradecimiento por cambiar de tema. Cuanto antes distrajéramos a June, mejor. Entonces recordé que era posible que Natasha tuviera una aventura con otro hombre. Eso distraería a June, pero no de forma positiva.

—Me ha traído una pistola Taser. —No era del todo mentira. No me gustaba confundir a mis interlocutores, pero esa vez consideré más importante levantarle el ánimo a June—. Para las noches cuando regreso a casa tarde del trabajo.

Acerté. Mi sencilla mentira generó una animada discusión entre mi madre y June sobre cómo podrían conseguir que Mars y yo coincidiéramos más a menudo. Craig y Hannah no tardaron en subir a acostarse, seguidos, poco después, por mis padres y por June. Daisy se había tumbado en el suelo de la terraza acristalada con nosotros, pero yo llevaba un buen rato sin ver a Mochi. Lo encontré en la cocina, sentado en el banco de debajo de la ventana panorámica mirando a la calle, por donde estaba pasando un coche fúnebre.

CAPÍTULO VEINTISÉIS

De *La buena vida:*

Querida Sophie:

Mi suegra se queja de que mi decoración para Acción de Gracias se parece demasiado a la de Halloween. Debe de ser por las puñeteras calabazas de la puerta de entrada.

¿Qué puedo hacer para complacerla?

Desesperada en Dumfries

Querida Desesperada:

En lugar de guardar tus fotos favoritas en álbumes artesanales, haz copias de las imágenes tomadas durante el otoño: una excursión inolvidable para ir a ver el cambio de coloración de las hojas, los niños jugando en montañas de hojas secas, un hermoso jardín de coloridas calabazas grandes y pequeñas listas para ser recolectadas, incluso una foto de tu querida suegra que viene de visita. Ponlas en marcos con decoración otoñal y sácalas todos los años después de Halloween.

Puedes agruparlas sobre una cómoda o una mesita supletoria del recibidor para que sirvan como decoración de temporada y sean un encantador recordatorio de momentos divertidos que puedes ir modificando o aumentando cada año.

Sophie

M e quedé mirando cómo pasaba el coche fúnebre, con la esperanza de que no fuera una especie de terrible mal augurio. Con Mochi en brazos, regresé a la terraza acristalada. Bernie había decidido ponerse a ver algo en la diminuta televisión del estudio. Como todavía no tenía intención de dormir, me reuní con él y descargué las fotos del concurso de relleno de la cámara de mi padre al ordenador. Sabía que era poco probable, pero a lo mejor había captado algo interesante, como una instantánea de Natasha besando a Clyde.

Enseguida empezaron a aparecer las pequeñas imágenes de muestra. Las miré una a una. Mi madre y Hannah en una tienda para novias. Fotos y más fotos de vestidos de novia. Supuse que Hannah querría recordar los vestidos y le pidió a mi padre que los fotografiara. Al final había una foto de la pancarta del concurso *Relleno de rechupete*, colgada de lado a lado en la entrada del hotel.

Fui mirando, foto por foto, las imágenes de mi madre y mi hermana. Craig aparecía en un par de ellas, pero, en ambas ocasiones, estaba vuelto hacia otro lado y casi no se le reconocía. Mi padre había sacado algunas fotos de Natasha, con sus creativas cestas para los ingredientes a sus espaldas, y un par más de Wendy y Emma y también de sus espacios de trabajo.

Ojalá mi padre hubiera fotografiado la Sala Washington o alguna de sus entradas. Aunque no me había hecho ilusiones de encontrar nada que cambiara el curso de los acontecimientos, no pude evitar sentirme decepcionada. Imprimí dos hojas con las diminutas imágenes de muestra para examinarlas por la mañana cuando estuviera más despierta.

La impresora empezó a hacer ruido y yo miré a Bernie. Arropado con una colcha, dormía plácidamente con Daisy roncando junto a él. Puse el ordenador en modo hibernación y apagué la tele y la lamparita del escritorio, que era la única luz encendida. Dejé las hojas con las imágenes de muestra sobre la mesa de la cocina y subí de puntillas a la cama con Mochi corriendo a toda velocidad por delante de mí.

A pesar de la noche que había pasado en vela, el domingo me levanté temprano. El intenso aroma a café llegó flotando hasta mí mientras bajaba la escalera para ir a la cocina. June se encontraba sentada junto a la chimenea y tenía ojeras. Supuse que no había dormido bien después de que la cita de medianoche del coronel pasara por casa.

—Jamás hubiera esperado algo así de él —masculló.

Ataviada con una bata de raso, mi madre se quedó mirando las imágenes de muestra que había dejado sobre la mesa.

—¿June está hablando con Faye? —le pregunté dándole un golpecito en el hombro.

Mi madre asintió con la cabeza.

—Y mira a Mochi.

El gatito estaba sentado delante de la pared de piedra mirándola como si estuviera escuchando algo. Me estremecí.

—¿No creerás que el gatito puede oír a Faye?

Mi madre se encogió de hombros.

—¿Quién sabe?

Le serví una taza grande de café a June. Necesitaba un chute de cafeína. Se lo tomó sonriendo, aunque seguía mascullando.

—Me alegro de que te hayas levantado pronto —comentó mi madre—. Necesito decirte algo.

Me serví una gran taza de café, le añadí leche y, cuando mi madre estaba de espaldas, lo cargué bien de azúcar. No estaba para más sermones sobre mi peso.

—¿Qué ocurre? —le pregunté al tiempo que me sentaba a su lado.

—Vi a Vicki abrazando a un hombre en el concurso de relleno —dijo en voz baja mientras le echaba una mirada a June.

Eso sí que no me lo esperaba.

—¿Qué aspecto tenía?

—Era bastante guapo. De pelo castaño. En ese momento pensé que podía ser el chófer de Simon, pero ahora no estoy segura. Oh, cielo, ¿crees que tiene alguna relación con los asesinatos? Debería haberlo comentado antes, pero con todo lo que ha ocurrido se me fue de la cabeza totalmente.

¿Clyde? ¿Acaso Vicki sabía lo de la aventura de Natasha?

—¿Qué tipo de abrazo era?

—Amistoso, pero detecté algo raro, como si no quisieran que nadie los viera.

—A lo mejor era un antiguo paciente. ¿Lo habrá conocido en su consulta de terapias para parejas?

Montones de personas se habrían abrazado en el concurso. Vicki conocía a muchísimas personas, había sido la psicóloga de centenares.

Un golpe en la puerta de la cocina nos pilló desprevenidas. Para mi profunda sorpresa, Francie entró y me entregó una caja blanca de pastelería con un reluciente lazo dorado.

—He traído unos *muffins* para el *brunch*. Son de arándanos rojos con nuez moscada, de compota de manzana con nueces y de calabaza con especias. —Sacó la edición dominical de un periódico local, la puso sobre la mesa de la cocina y se quitó la chaqueta—. ¿Hoy solo estáis vosotras? —Caminó sin prisa hacia la cafetera y se sirvió una taza. Miró hacia fuera por la ventana situada sobre el fregadero y dijo—: Esta mañana está todo muerto en la calle.

¿Brunch? No recordaba haberla invitado para un *brunch*. La mera mención de esa comida me recordó que había ignorado a mis invitados. En circunstancias normales, tendría las comidas planificadas por adelantado e incluso habría preparado un par de platos para meter en el horno y no tener que abandonar a las visitas para cocinarlos.

Podíamos improvisar unos huevos con beicon y preparar unas torrijas de manzana y canela. Gracias a Dios que siempre tenía reservas de sobra en el congelador y la despensa. ¿Sería posible que mi madre le hubiera comentado algo a Francie sobre un *brunch?*

Mi padre entró tranquilamente, en pantalón de chándal, y frenó en seco.

—No era consciente de que teníamos visitas. Disculpad, voy a cambiarme.

Mi madre y June fueron a hacer lo propio, pero a Francie no le importó. Echó leña al fuego, este se prendió y ella se acomodó en una de las butacas junto a la chimenea, como si estuviera en su casa, y hundió la nariz en el periódico. Al menos no tendría que preocuparme por entretenerla.

Encontré una cesta lo bastante grande para los *muffins,* le puse una servilleta festoneada de color blanco y coloqué los dulces en su interior. Mientras Francie leía, pelé y troceé manzanas Granny Smith bien duras y fundí la mantequilla en una sartén grande. Las manzanas borboteaban en la mantequilla fundida y se las oía crepitar. Añadí azúcar moreno al gusto, lo salpiqué todo con canela por encima y le di un par de buenos meneos para unificar la mezcla. Con el fuego bajo, tapé la sartén y dejé las manzanas hervir lentamente mientras ponía la mesa del comedor.

Mochi me adelantó como el rayo y entró en el salón. Daisy lo siguió con precaución, como si esperase que el gatito cambiara de dirección en cualquier momento. Mochi subió de un salto al sofá, miró a su alrededor y salió disparado en dirección a mi perra y a mí, que ya estábamos en el comedor. Separé los brazos para proteger la mesa con la esperanza de disuadir al minino de subir de un salto. Mochi viró a la derecha de golpe y frenó en seco delante de la cómoda. Arrugué la nariz al ver las manchas del polvo negro para tomar las huellas del que me había olvidado. Esperaba que el agente de policía no hubiera echado esa sustancia dentro del cajón, sobre los cuchillos y tenedores.

Con los cuartos traseros levantados, Mochi pegó el pecho al suelo y se esforzó por alcanzar algo de debajo de la cómoda. Imaginé que un ratón saldría huyendo si veía al gatito, así que dejé que se entretuviera tratando de golpear lo que probablemente era una enorme bola de pelusa mientras colocaba unos platos cuadrados y blancos sobre un mantel de color melocotón. El centro de mesa hecho con calabazas de Natasha había empezado a desmoronarse. Lo llevé a la cocina y lo tiré a la basura. Recogí un enorme cesto rústico de mimbre, lo llené con sólidas granadas de color rubí y rosadas peras y lo llevé, junto con una bolsa de surtido de frutos secos con cáscara, a la mesa del comedor. Coloqué el cesto en el centro, abrí la bolsa, distribuí los frutos secos alrededor del recipiente y tiré un buen puñado por encima de la fruta.

Se oyó el traqueteo de algo que giraba sobre sí mismo en el suelo. Daisy fue a por él. Mochi salió como pudo de debajo de la cómoda, con la barriga pegada al suelo y los bigotes blanqueados por la bola de pelusa. Corrió hacia su nuevo juguete, que Daisy olisqueaba con precaución. Mochi lo pateó hasta el otro lado de la habitación. El objeto salió rodando hasta la pared del fondo, lo que aumentó el nivel de emoción del juego gatuno. Yo le estropeé la diversión al quitarle el objeto para observarlo más de cerca.

La pieza cilíndrica, fabricada de una especie de metal tipo bronce, medía más o menos seis centímetros de largo y menos de dos centímetros y medio de diámetro. Tenía ambos extremos redondeados. Fuera lo que fuese, no había sido fabricado para mantenerse de pie. Tenía unas relucientes piedras preciosas que decoraban su diámetro, formando finas líneas de diminutas cuentas doradas. Detecté un delgado hilo cerca de uno de los extremos y le di un tirón. El objeto se abrió con facilidad y vi que estaba hueco por dentro.

De repente sentí repelús. Me atemoricé más todavía cuando me di cuenta de que Mochi estaba mirando hacia algo situado por detrás de mí. Me volví de golpe justo a tiempo para ver a Craig, quien volvía a observarme. Cerré la mano sobre el objeto para que no pudiera verlo y reprimí mi impulso inicial de preguntarle, de forma no muy amable, si le gustaba espiarme. Me tragué mi cabreo antes de hablar.

—¿Tienes hambre? —pregunté.

—Qué bien huele. ¿Puedo echarte una mano con algo?

Habría jurado que tenía la mirada clavada en mi puño cerrado mientras me hablaba. Lo que más deseaba era deshacerme de él para poder cerrar el frasquito, metérmelo a hurtadillas en el bolsillo y evitar que lo viera el cotilla mayor del reino.

—¿Podrías traerme la cesta con *muffins* de la cocina?

No obedeció enseguida. Sospechaba que él sabía que yo había encontrado algo y que estaba ocultándoselo. Durante los breves segundos que pasamos ambos ahí plantados, me subió la tensión. Pero yo llevaba las de ganar. Sin importar lo que él hubiera visto, no podía derribarme ni arrancármelo de la mano con todo el mundo en casa.

Me quedé mirándolo; se me ocurrió que rara vez expresaba emoción alguna. Actuaba como un hombre encantador y adorable con Hannah, pero debía de ser un gran jugador de póquer, porque jamás expresaba rabia, ni impaciencia, ni ningún otro sentimiento negativo. Daba igual lo mucho que quisiera encajar en la familia y ser aceptado por todos, eso no justificaba su asombrosa habilidad para el autocontrol. No me fiaba de él y no me gustaba.

Después de un rato demasiado largo, se marchó, supuestamente, para ir a buscar los *muffins*. Me volví de espaldas por si estaba intentando engañarme, enrosqué el tapón del curioso frasquito, lo envolví en una servilleta y me lo metí en el bolsillo.

Aunque seguía encontrando algún que otro objeto de la época en que Faye era la dueña de la casa, parecía poco probable que hubiera quedado un frasquito tirado en el suelo durante todos esos años sin que nadie lo hubiera visto. Sin embargo, era un pequeño recipiente perfecto para guardar veneno... Me cupo sin problema en el bolsillo. Nadie lo habría notado en la palma de la mano de un asesino. ¿Estaría precipitándome en mis conclusiones?

Cuando volvió Craig, yo había terminado de poner la mesa. Le dediqué una agradable sonrisa, le agradecí su ayuda y salí corriendo de regreso a la cocina para no quedarme a solas con él. Mi madre tenía las torrijas controladas, así que abrí dos paquetes de beicon fresco sin conservantes y coloqué las lonchas en la plancha. El aroma de la carne crujiente haría salivar a cualquiera y seguro que despertaría a Bernie.

Me esforzaba por comportarme con normalidad, pero no podía evitar estar pendiente de Craig. ¿Habría ido a buscar algo al comedor? ¿El frasquito era suyo? ¿Tenía algún motivo para envenenar a Mars?

Pasados diez minutos, todos los habitantes de la casa estábamos reunidos para el *brunch* en el comedor. Sin embargo, el teléfono fijo sonó antes de que pudiéramos dar el primer bocado. Decidí no contestar. El contestador automático lo haría por mí y podríamos disfrutar de un almuerzo en paz.

La persona que llamó a la puerta, transcurridos unos minutos, fue más difícil de ignorar. Cuando abrí, Nina entró como una exhalación. No se había molestado en ponerse el abrigo sobre el camisón.

—No te lo vas a creer: anoche, la bruja de mi suegra vio cómo metían al coronel en un coche fúnebre.

—¿Lo hemos entendido bien? —preguntó mi padre desde el comedor.

Era demasiado tarde para ocultárselo a June. Mi amiga y vecina entró de golpe en la estancia y yo le fui a la zaga.

—Todavía estoy impactada —confesó.

Me quedé mirando a June. ¿Sería capaz de soportar un golpe más?

—¡Por el amor de Dios! El hombre debió de sufrir un infarto anoche por la fulana que lo visitó —aventuró mi madre.

—O alguien lo ha matado.

—Sophie, ¿cómo se te ocurre pensar eso? —preguntó mi madre.

—¿No crees que es demasiada coincidencia? Sabemos que estaba en el concurso de relleno. Pasó el Día de Acción de Gracias con nosotros. Quien quiera que haya matado a Otis y a Simon también se lo ha cargado a él.

—Yo preferiría pensar que lo ha matado la fulana —masculló mi padre.

June agachó la cabeza y se miró los dedos mientras doblaba y desdoblaba la servilleta. Francie apoyó la frente en su mano temblorosa.

—Esto no puede estar sucediendo.

—¡El coche fúnebre! —exclamé—. Anoche, antes de irme a la cama, vi uno pasando por la calle. La fulana debió de encontrar el cuerpo.

Nina cogió una loncha de beicon y empezó a masticarla.

—¿Qué fulana?

Le dejé un sitio a Nina mientras Hannah le explicaba lo de la aparición de la fulana la noche anterior.

—Ese vejete picarón. ¿Quién lo habría dicho?

Mi amiga se sirvió unas torrijas con manzana. Francie se dejó caer contra el respaldo de la silla.

—¡No! No puede ser. Eso es imposible.

—¿Qué pasa con MacArthur? —le pregunté a Nina.

¿Qué habría hecho la fulana con el perro cuando se llevaron al coronel a la morgue? ¿Se habría quedado el pobre animal solo en casa?

—Francie, ¿sabes cómo entrar en la casa del coronel?

La anciana apretó los labios y miró a todos los sentados a la mesa, evidentemente, pensando en cómo debía responder.

—Iré contigo.

Nos pusimos el abrigo y cruzamos la calle con ánimo abatido. El sol brillaba, el aire era fresco y puro, y resultaba imposible imaginar que el coronel ya no estuviera entre nosotros. Abrimos la cancela hacia el callejón de servicio y rodeamos la casa por la parte trasera. Francie levantó una maceta de terracota con flores y sacó una llave de debajo. Yo abrí la puerta y encontré a MacArthur esperando con impaciencia en el interior. Había una correa colgada de un gancho junto a la entrada. La colección de bastones del coronel estaba debajo, en un paragüero. Torcí el gesto al ver su bastón favorito con empuñadura en forma de cabeza de bulldog. El anciano no volvería a necesitarlo. Cuando enganché la correa al collar de MacArthur, el perro salió disparado al jardín como si hubiera estado esperando, hacía mucho, su paseo matutino. Francie echó el cierre y escondió la llave.

—¿Deberíamos... deberíamos ir a echar un vistazo?

La rodeé con un brazo.

—Ya no hay nada más que buscar, Francie. Lo siento.

Regresamos a mi casa, donde la anciana no pudo hacer más que desplomarse sobre su silla en la mesa del comedor. Mientras mi madre la animaba a que comiera algo, yo me llevé a MacArthur a la cocina y les di a los perros y a Mochi un tentempié. Nina entró con paso desganado en la cocina.

—Dice tu madre que prepares otra cafetera. —Se agachó para acariciar a MacArthur—. Esto es horrible. ¿De verdad crees que está relacionado con los asesinatos? Bueno, es que... a lo mejor el coronel se puso demasiado juguetón con la fulana y no pudo aguantarlo.

Miré hacia la puerta de la cocina para asegurarme de que nadie podía oírme.

—Mochi encontró esto en el comedor.

Me saqué la servilleta del bolsillo, dejé caer el frasquito cilíndrico en el interior de una bolsa de plástico transparente y la sellé con el cierre hermético. Nina frunció el ceño mientras la examinaba.

—Las vendían en el mercadillo de Navidad del año pasado. Son para meter perfume. No eran baratas, pero no son precisamente un objeto por el que te entrarían a robar a casa. —Puso los ojos como platos—. ¡Crees que el asesino metió el veneno aquí para llevarlo encima!

—Habría sido fácil ocultarlo en el bolsillo. No se me ocurre otro motivo para que estuviera en mi comedor.

Nina lo levantó en dirección a la luz.

—Esto debía de ser lo que buscaba el intruso. O sabía que se le había caído en Acción de Gracias, o vino a casa esa noche y se dio cuenta de que lo había perdido. Pero ¿por qué registrar la casa de Vicki y Andrew? A menos que creyera que uno de ellos, o Natasha, o Mars lo hubieran encontrado —reflexioné en voz baja—. Como no lo encontró en su casa, vino a la mía. ¿Podría alguno de ellos saber quién es el asesino y estar haciéndole chantaje? Andrew siempre anda corto de dinero. ¿Y si el asesino creía que el coronel tenía el frasquito, entró en su casa y le dio un susto tan fuerte que lo mató de un infarto justo anoche?

Me sonó el teléfono y respondí a regañadientes; no me apetecía recibir más malas noticias.

—Es tu marido.

Le pasé el teléfono a Nina.

—Voy ahora mismo —respondió ella con voz quejumbrosa y añadió antes de colgar—: Me había olvidado por completo de la comida con la bruja de mi suegra antes de que se marchen todos.

—¿Todos? —pregunté.

—Ella vuelve a su casa, mi marido se va otra vez de viaje de negocios y alguien adoptó a Duke ayer. Tengo que entregarlo el lunes. Pronto tendré la casa vacía.

Nina se marchó mientras yo preparaba más café. MacArthur sacudía los cuartos traseros mirándome, como si estuviera seguro de que yo tenía más premios. Le di otra galleta para perros porque me sentía fatal por él. Cómo no, Daisy se comió otra también y a Mochi le di un trocito de beicon. MacArthur no parecía especialmente a disgusto en mi casa. Cuando pasaran unas horas y se diera cuenta de que no regresaba a su hogar, seguramente se sentiría inquieto y echaría de menos al coronel. «La casa vacía», las palabras de Nina me retumbaban en la mente. Su casa estaría vacía y también la del coronel. Si el asesino creía que en la mía tampoco había nadie, a lo mejor regresaba en busca del frasquito.

Con la jarra de café en ristre, regresé con el apagado grupo reunido alrededor de la mesa. MacArthur, Daisy y Mochi aparecieron trotando, sin duda, a la espera de que les cayera algún premio más. Era imposible adivinar si Francie o June habían comido algo. Incluso Bernie se dedicaba a repartir la comida por el plato sin mostrar ningún interés.

—Papá —dijo Hannah—, ¿le sacaste una foto a los manteles rosas festoneados con los lazos a juego?

No me podía creer que Hannah tuviera tan poca empatía. ¿Es que no era capaz de pensar en nada que no fuera su ridícula boda? Mi padre se encogió de hombros.

—Si me hubieras pedido que la sacara, seguramente lo habría hecho.

—Sophie imprimió unas imágenes de muestra de las fotos anoche —comentó mi madre con un tono de voz desprovisto de cualquier emoción—. Están en la cocina.

Francie se levantó de un respingo.

—Lo siento, tengo que irme.

No se molestó ni en ponerse el abrigo y salió disparada por la puerta. Mi madre tomó de la mano a mi padre.

—June, ¿te apetecería ir a dar un paseo con nosotros? El aire fresco nos sentará bien a todos antes de que empiece a llover. Podemos sacar a MacArthur y a Daisy, y encender una vela por el alma del coronel en alguna de las iglesias.

Craig se levantó de un salto al oír esa sugerencia.

—Estupendo. Yo saldré a correr.

A mí me pareció que su entusiasmo era un poco exagerado. ¿Salir a correr justo después de comer? Eso no sonaba bien. A diferencia de los demás, observé que Craig era capaz de comerse todo cuanto tenía en el plato. Pasados diez minutos, Bernie, Hannah y yo nos quedamos recogiendo la mesa y guardando las sobras. Hannah llevó un par de platos a la cocina, pero pronto se acomodó en la mesa con las pequeñas imágenes de muestra.

—¿Cómo es que papá solo le ha sacado dos fotos a Craig? —se lamentó—. Y las dos son malísimas. Tendrá que sacar un montón de fotos hoy porque quiero enmarcar algunas. —Se inclinó para mirarlas más de cerca—. Soph, ¿tienes una lupa?

—En el escritorio del estudio, en el primer cajón empezando por arriba.

Hannah regresó en menos de un minuto. Se quedó mirando las imágenes con detenimiento.

—Soph, ven aquí un segundo —pidió en voz baja.

Me pasó la lupa, señaló con su uña pintada de rosa una diminuta imagen.

—¿Ves tu espacio de trabajo por detrás de Craig? Mira el extremo de la derecha. ¿Hay algo que te parezca extraño?

CAPÍTULO VEINTISIETE

De *Pregúntale a Natasha:*

Querida Natasha:

Tú siempre sales muy elegante y se te ve muy relajada en el programa. Apuesto a que estás estupenda incluso en casa. La gente que pasa por la mía siempre me pilla en albornoz o con los bigudíes puestos. ¿Cuál es tu secreto?

Guarrindonga en Grundy

Querida Guarrindonga:

Nunca te quedes con el albornoz puesto. Date un baño, péinate, maquíllate y vístete antes de empezar el día, ¡antes de hacer ninguna otra cosa! Incluso antes de esa primera taza de café. Cuelga un espejo en la cocina y otro en el recibidor para poder echarte un vistazo rápido de comprobación antes de abrir la puerta. Yo guardo una barra de labios y un cepillo en un cajón del recibidor. Solo tardarás un segundo en empolvarte la nariz antes de abrir.

Natasha

P asé la lupa por encima de la foto y me concentré. Vi los ingredientes agrupados sobre mi espacio de trabajo y...

—¿Esto es un brazo?

—¡Exacto! —exclamó Hannah.

El brazo parecía asomar del espacio de trabajo de Wendy, por detrás de la cortina que separaba nuestras encimeras. Seguí el brazo cubierto por la manga de un jersey en la otra dirección y descubrí lo que me parecieron unos dedos diminutos sobre uno de mis botecitos de especias.

—La veré ampliada en el ordenador. Creo que podremos identificar al despreciable personaje que te cambió la sal por el azúcar y que te robó el tomillo.

Hannah tomó a Mochi en brazos y se dirigió al estudio. Bernie metió el último plato en el lavavajillas.

—Has sido muy amable dejando que me quedara en tu casa, Soph. Supongo que debería largarme pronto. Me gustaría quedarme para el concurso de mañana, si te parece bien.

Cuando miraba a Bernie, me resultaba imposible imaginar que podía ser el asesino. Me recordé que él tuvo tanto el móvil como la oportunidad de matar a Simon y que, seguramente, estaba saliendo con la señora Pulchinski. ¿Lo sabría Wolf? ¿Le habría ordenado que no abandonase la zona?

—¿Vas a volver a Londres?

—A decir verdad, creo que buscaré trabajo por aquí.

Era mi oportunidad de preguntar sobre la señora Pulchinski.

—¿Para estar más cerca de tu novia?

Levantó la cabeza de golpe, sorprendido.

—Algo por el estilo.

¿Lo había alarmado? A lo mejor no debería de haberle preguntado por su novia. ¿O tenía el descarado plan de irse a vivir con la viuda tan poco tiempo después de la muerte de su marido?

—¡Sophie! —gritó Hannah.

Bernie y yo salimos corriendo hacia el estudio. No creía que a mi hermana le hubiera pasado nada malo, aunque, teniendo en cuenta todo lo que habíamos experimentado en esos últimos días, tampoco podía arriesgarme a no hacerle caso. Hannah estaba mirando una fotografía ampliada en la pantalla del ordenador.

—He centrado la imagen y la he ampliado en ese punto; se ve un poco borrosa, pero creo que tenemos una pista importante.

La impresora gimoteaba al ir escupiendo la hoja.

—Mirad esto —indicó mi hermana señalando la imagen—. El tipo está alargando la mano izquierda y se le ve el anillo de bodas con un grabado en forma circular. ¿Reconoces esa alianza?

No me sonaba.

—Gracias por intentarlo, Hannah.

—No te rindas todavía. Al menos sabemos que es un hombre. Esos dedos gruesos no pueden ser de una mujer. Mañana, Craig y yo iremos a mirar alianzas cuando termine el concurso. Puedo fingir que estoy buscando una porque no he decidido todavía cuál quiero para nuestra boda.

Su ofrecimiento me sorprendió. Todavía estaba centrada en la ceremonia, pero, en esa ocasión, no estaba pensando solamente en ella.

—Gracias, Hannah.

Ladeó la cabeza.

—Te habrás dado cuenta de que he estado exagerando con lo de la boda para distraer a papá y a mamá, ¿verdad? Están muy preocupados por ti. Cuando Craig me enseñó el artículo del periódico sobre la muerte del detective privado, atamos cabos con tu absurda explicación de cómo conseguiste a Mochi y nos dimos cuenta de que estabas metida en un buen lío. He intentado levantar el ánimo general sacando el tema de la boda, que es un asunto mucho más alegre.

La abracé de golpe.

—Y yo que creía que no podías pensar en otra cosa que no fuera tu boda...

—¡Oh, venga ya! Sé que he sido muy pesada, pero Craig y yo también hemos estado hablando sobre los asesinatos. Si hubiera algo que pudiera hacer para ayudarte, lo haría. De todas formas, no hemos averiguado nada.

—Deberíamos tenderle una trampa para mañana —sugirió Bernie, desparramado sobre el sofá cama, todavía desplegado.

—¿Al asesino? —pregunté.

—No, al que estuvo haciendo el idiota con los ingredientes.

Hannah se giró de golpe sobre la silla del escritorio.

—¡Es una idea genial! Sophie puede abandonar su espacio de trabajo y Craig, tú y yo podemos quedarnos a vigilar.

Bernie siguió desarrollando la idea.

—Podrías imprimir pequeñas fotos del anillo. Así June y tus padres también podrían colaborar.

Me emocioné muchísimo. Deseé rodearlos a ambos con un fuerte abrazo de agradecimiento, pero entonces alguien me llamó por mi nombre. Bernie se incorporó.

—¿Esa es Francie?

Los tres volvimos a la cocina. La anciana estaba sentada junto al fuego, igual que esa misma mañana, pero, en esa ocasión, se tapaba la cara con las manos. Hannah se arrodilló junto a ella.

—¿Estás bien? —preguntó—. ¿Quieres que llamemos a un médico?

Humedecí un paño de cocina, lo escurrí y se lo ofrecí a Francie. Ella se lo presionó contra la frente.

—Nunca me pongo así, es que no me puedo creer que esté muerto... —Se le saltaban las lágrimas—. Lo siento mucho. Solo he venido a buscar mi abrigo.

—No digas tonterías. Vamos, te quedas con nosotros un rato. —Hannah acarició a Francie en el brazo—. No deberías estar sola en este momento.

¿Era mi imaginación o me gustaba mucho más mi hermana cuando Craig no estaba presente?

Unos arañazos en la puerta de la cocina me alertaron del regreso de Daisy. Al abrir, mi perra y MacArthur empezaron a dar brincos y hundieron los hocicos en el cuenco para el agua de Daisy al mismo tiempo. Mi madre, mi padre y June también entraron y se situaron, en grupo, alrededor de la chimenea. Mi padre fue a colgar los abrigos.

—Hemos tenido una idea genial —comentó mi madre juntando las manos—. June se irá mañana después del concurso de relleno, y nos marcharemos todos al día siguiente, a primera hora; hemos pensado que deberíamos salir juntos a cenar esta noche.

Francie soltó un gritito. Mi madre le dio una palmadita en la mano.

—Ojalá el coronel estuviera aquí para acompañarnos, pero creemos que será una forma de honrar su memoria. Deberíamos invitar a todas las personas que acudieron a la cena de Acción de Gracias. Sophie, ¿llamarás tú a Mars y le pedirás que venga con Natasha? Yo llamaré a Humphrey.

Volver a cenar con Mars y Natasha, por no hablar de Humphrey y Wolf, me apetecía tanto como que me arrancaran una muela de raíz. Sin embargo, mi madre, sin saberlo, me proporcionó justo lo que necesitaba: tener la casa vacía. Salvo que no estaría del todo vacía. Pondría alguna excusa tonta de última hora y me quedaría a espiar para ver quién acudía a recuperar el frasquito. Recibí la sugerencia de mi madre con entusiasmo.

Oí a mi madre dándole a Francie una charla de ánimo mientras yo marcaba el número de teléfono de Mars. Contestó al primer tono de llamada.

—¿Mi madre está bien? —preguntó.

—Está bien. La tengo aquí mismo, delante de mí. ¿Por qué? ¿Ha pasado algo?

Tardó un minuto antes de responder.

—Sophie, no sé qué hacer con ella. Natasha está segura de que le ocurrirá algo horrible si se queda sola, y yo no podría vivir con eso en la conciencia. Hemos estado hablando de ese tema toda la mañana y me temo que... Andrew y yo no tenemos más opciones, vamos a meterla en una residencia donde puedan tenerla vigilada.

Me estremecí solo de pensarlo. June no entraría en una residencia a menos que ella quisiera, aunque tuviera que llevármela a vivir conmigo. Esa vez, Natasha había ido demasiado lejos.

Bajando el volumen de mi voz para que June no me oyera, fui caminando hasta la terraza acristalada con el teléfono. Le conté a Mars lo de la cena e insistí en que acudiera a mi casa de inmediato para hablar sobre la situación de June. Al colgar, me encontré con mi madre detrás de mí escuchando.

—¿Viene de camino? —preguntó.

Asentí con la cabeza.

—Sube corriendo a tu cuarto a cambiarte ahora mismo, ponte el jersey blanco que te regalé el año pasado. Y maquíllate un poco.

—Mamá, quieren meter a June en una residencia de ancianos.

—¿Porque habla con el fantasma de su hermana muerta?

—No, porque ella provocó el incendio en casa de Natasha. A Mars le da miedo que le pase algo terrible si sigue viviendo sola.

Mi madre se cruzó un brazo sobre el vientre y se masajeó la barbilla con la otra mano.

—Tonterías. No podemos permitirlo. Tendré una charla con Mars en cuanto llegue.

Sonó el golpeteo de la aldaba de la puerta de entrada.

—Ya no tienes tiempo de cambiarte. —Mi madre se acercó a mí y me atusó el pelo—. ¿No podrías haberte puesto un poco de pintalabios? Deberías tener una cómoda pequeña en el distribuidor para esta clase de emergencias. Natasha la tiene.

Hui de ella y fui a abrir la puerta. De todas formas, era imposible que fuera Mars. Al abrir la puerta, me encontré a Wolf plantado en la escalera de la entrada.

—¿La señora Winston está en la casa?

Supuse que se refería a June.

—Ella no tuvo nada que ver con la muerte del coronel. Te prometo que ella no lo mató. —Salí al exterior y cerré la puerta tras de mí—. No sé qué te habrán contado sobre ella, pero es una mujer muy tierna y no está mal de la cabeza.

Dio un paso atrás con expresión de perplejidad.

—¿Alguien ha matado al coronel?

Acababa de meter la pata.

—No sé si lo han asesinado, pero, sin importar lo que le haya ocurrido, June no ha tenido nada que ver.

—¿Está muerto? ¿Cuándo ha pasado?

—Anoche. He supuesto que ya lo sabías.

Wolf abrió su teléfono móvil. Le hice un gesto con la mano para que entrara en mi casa.

—Puedes ir a hablar al salón. No te garantizo privacidad, pero es la mejor opción.

Rebusqué el frasquito en el bolsillo del pantalón y lo seguí.

—Mochi ha encontrado...

Wolf levantó el dedo índice, indicándome que esperase un minuto; se alejó de mí y le habló a la persona que estaba al teléfono. No quería seguir en el salón para escuchar la conversación, pero, cuando me retiré al comedor, pillé a Craig, agachado, entrando en el recibidor. Ya me había hartado de su espeluznante actitud y su constante tendencia al espionaje; estaba a punto de echarle la bronca, cuando me lo pensé mejor. Quizás, el frasquito de veneno fuera suyo.

Fingiendo que no lo había visto, actué como si estuviera guardando el frasquito en el cajón superior de la cómoda del comedor, cuando, en realidad, me lo dejaba a buen recaudo en el bolsillo. Era de esperar que, en el momento en que todos hubiéramos salido a cenar y él creyera que la casa estaba vacía, el asesino se sentiría libre para regresar a recuperarlo. Salvo que yo me quedaría esperando.

Reuní todo el valor posible, esbocé una amigable sonrisa y salí caminando con paso decidido hacia la cocina; fingí sorprenderme al ver a Craig.

—¿Ya has vuelto de correr? Menos mal que has llegado. Creo que anuncian lluvias para esta tarde.

Seguí mi camino hacia la cocina. ¡Qué día tan horrible! Craig me siguió, se hundió en una butaca junto a la chimenea y Hannah se sentó, encantada, en su regazo. ¿Por qué se convertía en una atontada mujer florero siempre que él estaba delante? «Qué asco». Mi madre me pasó el pintalabios que debía de haber cogido del baño de arriba.

—Humphrey ha accedido a venir con nosotros al restaurante. Deberíamos haber invitado a Wolf también. ¿Dónde está, Sophie?

De pronto, entendí con toda claridad las ganas que tenía mi madre de que me cambiara de ropa. Debía de haber visto a Wolf aparcando su coche.

—Está en el comedor. No sabía lo del coronel.

Francie se puso en tensión.

—¿El inspector ha llegado? ¿Está en la casa?

Echó un vistazo a su alrededor, como una loca, dio un respingo y embistió contra la puerta de la cocina.

CAPÍTULO VEINTIOCHO

De *La buena vida:*

Querida Sophie:

Mi anciana suegra se traslada a vivir con nosotros y nos gustaría que se sintiera lo más cómoda posible. ¿Qué puedo hacer para facilitar nuestra convivencia en casa?

Angustiada de Antemano
en Woodstock

Querida Angustiada de Antemano:

Pon alfombras por toda la casa por el elevado riesgo de caídas. Retíralas de las zonas principales de paso. Unas barras de sujeción en el baño y en la ducha la ayudarán a sentirse más segura. Los pomos de las puertas y los grifos redondos pueden resultar difíciles de usar para las personas ancianas. Sustitúyelos por mangos para que tu suegra se sienta más cómoda.

Sophie

Francie apoyó la mano en el picaporte de la puerta y se tambaleó, pero Bernie acudió en su ayuda y la sujetó antes de que se golpeara contra el suelo. Mi madre salió corriendo a darle aire y todos se pusieron a hablar al mismo tiempo.

—¿Debería llamar a una ambulancia? —pregunté.

Bernie la acompañó hasta el banco de la ventana panorámica y mi madre abrió una de las hojas de la ventana. Francie se derrumbó físicamente.

—Nada de ambulancias —masculló—. Estaré bien.

Daisy y MacArthur se mantenían alejados, como si supieran que Francie no estaba bien, pero Mochi se subió al banco de un salto y la olisqueó.

—Igual necesita una copa de algo fuerte —sugirió mi padre.

—¿Qué está pasando aquí? —preguntó Wolf.

No me había dado cuenta de que había entrado.

—Me temo que la muerte del coronel ha sido demasiado para ella.

Mi madre rodeó a Francie con un brazo para reconfortarla; la pobre anciana tenía cara de estar a punto de vomitar. Entonces mi madre, que nunca pasaba mucho rato sin pensar en mi vida amorosa, o en la falta de la misma, procedió a invitar a Wolf a cenar con nosotros esa noche. Él se quedó callado.

—Por supuesto —dijo luego—. Creo que será muy interesante poder ver a todo el grupo reunido de nuevo.

¡Oh, genial! Mi madre acababa de hacer realidad el máximo sueño de cualquier inspector de policía. Se pasaría la cena analizándonos en busca de pruebas para descubrir al culpable. Sin embargo, si mi plan funcionaba, el asesino estaría en mi casa. Nina podría ayudarme a vigilarlo. Yo encerraría a los perros en la terraza acristalada...

—¡Sophie! —Mi madre me sacó de mi ensimismamiento—. Mars y Andrew acaban de llegar en el coche. June, ¿serías tan encantadora de prepararle una taza de té bien cargado a Francie?

Confiaba en mi madre para que la tuviera ocupada. Ella agarró a mi padre por la manga y tiró de él para llevarlo hasta el recibidor.

—Tráele a la madre de Mars un poco de ron para echarle al té de Francie y asegúrate de que June se queda en la cocina.

Con la promesa de que regresaría en poco tiempo, Wolf salió con paso decidido por la puerta, justo antes de que Mars y Andrew entraran en casa. Los hijos de June la saludaron antes de seguirnos, a mi madre y a mí, hasta la terraza acristalada.

—Sophie, por favor, no empieces a discutir —me advirtió Mars—. Hemos hablado de este problema a fondo y vamos a hacerlo para proteger a mi madre. Yo sé que tú también la quieres. ¿Cómo te sentirías si provocara un incendio y ardiera hasta la muerte?

—Estás exagerando por Natasha —dije—. Te ha comido la cabeza para que te sientas culpable y conseguir lo que quiere.

—A mí ni siquiera me gusta Natasha. —Andrew miró con culpabilidad a Mars—. Bueno, es que no me gusta. Afirmaría que el sol es violeta con tal de llevarle la contraria. Pero el incendio en la casa de Natasha fue tremendo. No estamos hablando de unas llamaradas provocadas por una sartén puesta al fuego. Natasha ha hablado con la gente que dirige el lugar donde vamos a llevar a mi madre. No tendrá acceso a ningún horno. No tendrá que cocinar para nada. Le darán una bonita habitación y podrá decorarla con sus propios muebles.

No tenía dudas de que Mars solo permitiría que su madre viviera en una residencia si esta era maravillosa. Ese aspecto no me preocupaba en absoluto.

—Pero no creo que esté lista. La estáis encasillando por un incidente aislado.

—Escuchad una cosa —dijo mi madre—. Me he pasado los últimos días en compañía de June y no hay ni una sola razón en el mundo para que la encerréis en una residencia como si fuera una especie de problema.

«Tú sí que sabes, mamá». Me hinché de orgullo.

—Inga, yo no quiero hacerlo. ¿Es que no lo entiendes? Le prendió fuego a la casa de Natasha. Es un peligro para sí misma.

—Eso es una tontería —repliqué—. Salvo por su pequeña excentricidad, está en plenas facultades. No se ha caído, ni ha dejado ningún grifo abierto, ni ha provocado un incendio aquí.

—¿Qué pequeña excentricidad? —preguntó Andrew.

—Andrew —dijo mi madre con un tono maternal y muy serio—, ¿no podríais acogerla Vicki y tú?

El hermano de Mars torció el gesto.

—No queremos que nos incendie la casa. Y no creo que le gustara quedarse con una canguro cuando salgamos. Pero ¿qué es esa excentricidad que has mencionado?

Antes de que alguno de nosotros pudiera responder, alguien gritó. Fue un grito que helaba la sangre, aterrador, como si alguien hubiera visto un fantasma. Una corriente de aire gélido recorrió la casa. Los cuatro dimos un respingo y salimos como un rayo hacia el recibidor. Francie se encontraba tendida en el umbral, con medio cuerpo dentro y medio fuera. Por detrás de ella, June estaba paralizada, dándonos la espalda.

—¿Qué ha pasado?

Me deslicé por el suelo, frené en seco junto a Francie y me arrodillé. Al tomarla de la muñeca, de pronto se me vinieron a la cabeza las imágenes del cadáver de Simon. Gracias a Dios, en esa ocasión, a la anciana sí que le noté el pulso. Hannah me sacudió el hombro.

—Soph...

Pasé de ella.

—¡Francie!

Le di unas suaves palmaditas en las mejillas para espabilarla.

—¡Sophie! —gritó mi hermana.

—Ahora no, Hannah.

Volvió a sacudirme el hombro y señaló hacia la calle. Seguí la dirección de su dedo y me incorporé de un salto. Me recorrieron oleadas alternativas de impacto y alivio que me dejaron sin habla. Abrí y cerré los ojos con fuerza, varias veces; mi cerebro no lograba entender lo que estaba viendo. El coronel iba caminando con paso decidido por la acera, clavando bien el bastón en el suelo, y se volvió para dirigirse hacia mi casa.

—¡MacArthur se ha perdido! —gritó—. ¿Alguien lo ha visto?

Al escuchar la voz del coronel, MacArthur saltó por encima del cuerpo de Francie para salir disparado en dirección a su amo.

—He creído ver al coronel —suspiró la anciana, parpadeando.

Me incliné para hablarle de cerca.

—Sí que lo has visto. Está vivito y coleando.

—¿Qué?

Ella se enderezó. Empezó a temblar y le cayeron las lágrimas por su rostro surcado de arrugas. La tomé con fuerza de la mano, no muy segura de cuál de las dos estaba temblando más. Se respiraba cierta alegría y se disipó el ánimo lúgubre que había impregnado la atmósfera durante todo el día.

El coronel parecía abrumado por las palmaditas en la espalda y los abrazos recibidos. Yo lo achuché pegándomelo al cuerpo para asegurarme de que estaba vivo de verdad.

Bernie y mi padre ayudaron a Francie a levantarse, y mi madre nos hizo ir a la cocina justo cuando empezaba a caer un aguacero. Le expliqué al coronel que creíamos que había muerto y que se lo habían llevado en un coche fúnebre. Sentado junto a la chimenea, con MacArthur a sus pies, el anciano caballero se palmeó la rodilla y rompió a reír.

—No estaba muerto, pero sí que iba en ese coche fúnebre.

Mi padre enarcó las cejas.

—Tal vez convendría que lo explicara.

—Fue de lo más extraño. En plena noche, una chica de vida alegre se plantó en la escalera de la entrada de mi casa. Yo no tenía ni idea de cuál era el motivo.

June apretó los labios. Resultaba evidente que no creía el relato del coronel.

—La pobre chiquilla estaba medio congelada y le pedí que entrara en casa mientras intentaba averiguar qué estaba pasando. No me mires con esa cara, June —pidió—. No tengo costumbre de recurrir a esa clase de servicios. Además, esa chica era demasiado joven para mí.

—¿Llamaste tú o no a la chica de vida alegre? —exigió saber June.

—No la llamé —afirmó el coronel con tono comprensivo. Se cuadró con pose militar—. A ver, ella llamó a su... a su despacho, y le dijeron que se había producido una especie de confusión. Le preparé a la pobre chica una taza de té para que entrara en calor. Pero, al salir, se torció el tobillo en la acera. Que no fue de extrañar... Tendríais que haber visto el calzado que llevaba.

Y lo vimos. Con esos tacones de casi trece centímetros, la chica tenía un viaje asegurado al hospital. Hasta ese punto, el relato del coronel parecía sincero.

—Yo no sabía muy bien qué hacer. Un tobillo torcido no era suficientemente grave como para llamar a una ambulancia. Mientras la chica estaba sentada en el bordillo de la acera, tu amigo, Humphrey, llegó. Se ofreció a llevarla a urgencias. Ese chico y yo la ayudamos a subir al coche fúnebre, y se me ocurrió que sería mejor acompañarlos. Temía que la chica no tuviera seguro médico y, por supuesto, no quería arriesgarme a que me demandara.

June relajó su expresión facial.

—¿La chica se rompió el tobillo?

—Al final fue solo un esguince, aunque tengo entendido que puede ser muy doloroso. Un novio de lo más desagradable apareció para recogerla. Ya estaba amaneciendo cuando Humphrey me trajo de regreso a casa. Me fui directamente a la cama y, al despertarme, MacArthur había desaparecido.

—Lo siento muchísimo. Creíamos que usted había muerto y que MacArthur estaba solo —me disculpé.

—Sophie —dijo y me dedicó una sonrisa emotiva—, es muy bueno saber que tengo unos vecinos tan atentos. Gracias por cuidar de MacArthur. Misterio resuelto. Sin embargo, sigo sin entender cómo consiguió mi nombre esa joven. Jamás recurriría a ese tipo de servicio. Es todo muy extraño.

—Tenía la dirección de Sophie. Si tú hubieras... —June se aclaró la voz— solicitado el servicio, seguramente habrías dado la dirección correcta.

—Parece como si alguien la hubiera enviado a esta casa a propósito —comentó Bernie.

Me volví muy poco a poco hacia Francie, quien sostenía un paño húmedo pegado a su frente. Apartó la mirada. Los labios de Bernie esbozaron una sonrisa de medio lado.

—¡Francie! ¿No habrás sido capaz? —la reprendió mi madre.

—He sufrido un fuerte impacto. No sé a qué te refieres.

La anciana evitó mirarnos a ninguno de nosotros, lo cual no era una tarea fácil, teniendo en cuenta que la cocina estaba abarrotada.

—¿Francie? —preguntó el coronel.

—Vale, vale... Yo contraté los servicios de la chica de vida alegre. Quería devolvértela por no estar interesado en mí. Fue una bromilla sin importancia. Pero luego pensé que te había matado.

—¿Quieres decir que no fue él quien llamó a la fulana? —preguntó June.

—Por supuesto que no. —Francie recuperó el rubor de las mejillas—. Es demasiado correcto para hacer algo así. Mi intención jamás fue matarlo, solo darle un buen susto. Como mucho, provocar un rumor para avergonzarlo.

Pensé que eran muy curiosas las vueltas que daba la vida. A Francie le había salido el tiro por la culata con su pequeña venganza. No era de extrañar que se hubiera mostrado tan inconsolable. Estaba convencida de haber matado al coronel al enviarle a la fulana.

Se me escapó una risilla nerviosa y el pobre Bernie no pudo seguir conteniendo la risa. Fue algo contagioso. En un abrir y cerrar de ojos, todo el mundo, incluso el coronel y Francine

Vanderhoosen, estaba llorando de risa, hasta el punto de tener que secarnos las lágrimas.

—Solo una cosa —intervino el coronel cuando recuperamos la compostura—: ¿me había dejado la puerta abierta? ¿Cómo sacaste a MacArthur de mi casa?

El rubor que había regresado a las mejillas de Francie adquirió un preocupante tono rojizo.

—Una vecina sabía dónde estaba escondida la llave —aclaré.

El anciano no pasó por alto la vaguedad de mi respuesta.

—Entiendo —comentó mirando directamente a Francie.

Alguien volvió a aporrear la aldaba de la entrada. Daisy ladró, y todos oímos cómo se abría y cerraba la puerta. Wolf apareció en el umbral de la cocina. Enarcó una ceja al ver al coronel.

—Me alegra verlo sano y salvo, señor. Esto explica por qué no teníamos registrado su fallecimiento.

El coronel sonrió de oreja a oreja.

—Yo mismo estoy bastante contento por ello.

—No esperaba encontrarme a tantos de vosotros aquí reunidos —comentó Wolf—. He venido a ver a la señora Winston, aunque sospecho que no le importará que los demás oigan lo que tengo que decir —añadió—. El jefe de bomberos de Loudon County me ha llamado esta mañana. Ya han averiguado qué provocó la llamarada inicial del incendio en la casa de Natasha.

CAPÍTULO VEINTINUEVE

De *La buena vida:*

Querida Sophie:

Mis invitados se quedarán en casa durante el fin de semana después de Acción de Gracias. Me muero por empezar a poner la decoración de Navidad, pero no quiero ponerlo todo patas arriba hasta que mi suegra se marche. ¿Cómo genero una atmósfera de transición sin mucho esfuerzo?

Esperando en Earlysville

Querida Esperando:

Piensa en rojo y ámbar. No cuesta mucho crear un ambiente acogedor de invierno. Busca jarrones de boca ancha con tonalidades rojas y ámbar, coloca cirios en el interior y sitúalos sobre la mesa o la repisa de la chimenea. El cristal de esos tonos proyectará un tenue y romántico fulgor. Utiliza jarrones parecidos de boca estrecha para colocar ramitas de frutos del bosque o de pino y colócalos entre las velas. Solo tienes que asegurarte de que no queden demasiado cerca de las llamas.

Sophie

M ars se puso en tensión y, con gesto protector, hizo un movimiento sinuoso para rodear a su madre con el brazo. No irían a detener a June por provocar un incendio, ¿verdad? Aunque ella lo hubiera iniciado, estaba segura de que habría sido un accidente.

—Por lo visto, había unos vasitos con velas en la escalera del recibidor —informó Wolf—. Parece que tenían algo atado a su alrededor que era inflamable. —Negó con la cabeza, con gesto de incredulidad—. La escalera no es lugar para poner velas. Una de ellas se incendió. Hizo arder una cesta con piñas secas colocada en el descansillo; básicamente, era una cesta cargada de fajina. Cayó rodando por los escalones hasta la cocina, y el fuego se propagó desde allí.

Andrew y Mars se quedaron mirando a Wolf, sin habla. June salió corriendo hacia el inspector. Lo abrazó como si fuera un viejo amigo al que hubiera perdido hacía tiempo y él esbozó una sonrisa por primera vez en varios días.

—A vuestra anciana madre no le pasa nada malo —sentenció June señalando a sus hijos con un dedo—. Que tenga unas cuantas arrugas y me caiga cuando no toca no significa que esté lista para que me metáis en una residencia para viejos. Y no finjáis que no es eso lo que estabais planeando. Soy lo bastante joven para salir con un caballero y disfrutar de mi vida, y eso es lo que pretendo hacer. Hablar con un fantasma no me convierte en una trastornada.

Irguió la espalda y salió de la habitación dando grandes zancadas.

—¿Con un fantasma? —preguntaron Andrew y Wolf a coro.

La pregunta conjunta hizo reaccionar a Mars.

—Es algo sin importancia. Wolf, ¿te importaría ir a casa de Andrew para contarle a Natasha lo del incendio? Nosotros os seguiremos. Mi madre debería acompañarnos. —Mars cruzó la cocina en dirección a Wolf, se detuvo y se volvió para decir algo más—: Coronel, ¿le apetecería comer con nosotros? ¿Y a ti, Bernie?

Hannah dio un brinco.

—Ha sido divertido, pero tenemos algunas compras que hacer...

—Por el amor del cielo, Hannah. ¿Es que no has visto ya todas las tiendas de novias de la ciudad? —preguntó mi padre.

—Me refería a las compras de Navidad, papá.

Me había olvidado por completo de Francie. Estaba ovillada en el banco, desolada. Todos los demás tenían un lugar al que ir y algo que hacer. Seguir al coronel ya no sería nunca más su forma de entretenimiento. No estaba segura de que mereciera mucha compasión, pero, de todos modos, me daba pena. Se fue de mi casa como si perdiera fuerzas con cada paso que daba. En cuestión de media hora, todo el mundo se dispersó para ir a pasar la tarde. Yo me inventé una excusa para quedarme en casa, porque necesitaba un poco de tiempo para pensar en mi plan de descubrir al asesino y poner al tanto a Nina lo antes posible.

Metí mi atuendo negro de ladrona chic, calzado incluido, en una bolsa de viaje. Con todo el lío, había olvidado entregarle a Wolf el frasquito de veneno. Me lo saqué del bolsillo y me quedé mirándolo con detenimiento. Los extremos redondeados o las piedras preciosas podían contener relevantes huellas dactilares si yo no las había borrado sin darme cuenta. Nadie podría haber llevado guantes durante la cena de Acción de Gracias sin que los demás comensales se hubieran percatado. Con razón el asesino estaba desesperado por recuperar el recipiente.

Me planteé contarle a Wolf mi plan para identificar al asesino, pero descarté esa idea por completo. Habría dicho que no era aceptable, ya que no se trataba de un procedimiento policial autorizado y, seguramente, no haría más que poner trabas a mi plan. Esa noche era mi noche. Todos los demás se encontrarían en el restaurante. No volvería a presentarse una oportunidad como esa.

Con cinta de pintor pegué la bolsa de plástico con el frasquito de veneno por debajo de un cajón de mi mesita de noche. No era el escondite más original del mundo, pero tampoco lo descubriría enseguida el cotilla de Craig.

Con la bolsa de viaje a cuestas, salí disparada a la calle y corrí, bajo la lluvia, hacia la casa de Nina. Tras ponerla al día sobre el estado del coronel, le expuse mi plan para esa noche. Como era de esperar, ella estuvo más que dispuesta a aprovechar la oportunidad de cooperar.

Tras lamentarse bastante de no tener un mirador en la azotea de su casa desde el que poder espiar, decidimos que el punto de observación más aventajado de su casa era la ventana de la buhardilla, situada en el ático de la vivienda. Desde allí, Nina podía observar a cualquiera que entrara por la puerta principal de mi casa o por la de la cocina. El único acceso sin visibilidad desde allí sería el de la terraza acristalada. Era un riesgo que debíamos correr.

Regresé al trote a casa, con la adrenalina corriéndome ya por las venas. Jamás me había gustado el riesgo, pero no sentía que aquello fuera muy peligroso, porque conocía a la persona que había cometido el asesinato. El criminal podía estar desesperado, pero sería alguien que yo conocía bien. Además, llevaría encima la pistola Taser que Mars me había dado.

Me quedaba un elemento fundamental que gestionar. Necesitaba a alguien que espiara por mí. Mi madre o mi padre habrían sido las opciones lógicas, pero ya estaban demasiado preocupados. Había otra persona que compartía conmigo esa herencia genética que nos dotaba para el espionaje. ¿Podría confiar en que ella no le contara nada a Craig? Si él era el asesino y mi hermana le desvelaba nuestros planes, yo estaría poniéndome en peligro. Por otra parte, necesitaba una persona de confianza. Mi única certeza era que Hannah no había cometido los asesinatos. En cuanto llegó a casa, la acorralé en mi habitación con la excusa de que necesitaba ayuda para peinarme. Cerré la puerta y hablé entre susurros por si el cotilla de Craig estaba fuera intentando oír lo que decía.

—Hay algo que puedes hacer para ayudarme, pero necesito que me prometas que no le contarás nada a tu novio. Ni una palabra.

Hannah sonrió y levantó el meñique. Entrelazamos los dedos y los apretamos con fuerza para hacer el juramento, como cuando éramos niñas.

—Creo que Mochi ha encontrado lo que ha estado buscando el asesino. Es un pequeño frasquito que Nina y yo creemos que contenía el veneno que usaron con Mars.

Saqué el cajón de mi mesita de noche y se lo enseñé. Mi hermana despegó la bolsita de plástico y la levantó para observarla con detenimiento.

—Parece hecho a mano. Es un objeto de la India o de África, tal vez.

—Cuando salgáis a cenar esta noche, pondré alguna excusa y me quedaré aquí. Nina estará en su casa vigilando las puertas de mi casa y yo estaré escondida en el salón.

—Genial. ¿Qué quieres que haga yo?

—Necesito que me llames y que me digas quién no ha ido a la cena. De esa forma, Nina y yo sabremos de antemano quién es el asesino y a quién tenemos que esperar.

—Cuenta conmigo. ¿Nos comunicaremos por los móviles?

—Ese es el plan.

—Será mejor que me des el tuyo para ponértelo en modo vibración y que así no suene.

Le pasé mi móvil.

—Y no le digas ni una palabra a Craig, ¿vale?

—Lo he jurado con el meñique, ¿no te acuerdas? —dijo riendo.

Mientras ella toqueteaba los ajustes de mi móvil, me puse a buscar un atuendo lo bastante *sexy* para complacer a mi madre. Había olvidado el jersey blanco que ella misma me había tejido a mano. Se cruzaba por delante y tenía un enorme escote en forma de uve. Me lo puse y Hannah me dio su aprobación levantando los pulgares. Me coloqué los rulos calientes y me senté junto a ella sobre la cama.

—Oye, ¿te has dado cuenta de que estás vistiéndote como una colegiala de la década de los sesenta? —pregunté.

Por suerte, le hizo gracia.

—¿Te refieres a mi *look* recatado? Según Craig, solo tengo que llevar pendientes de perlas, a menos que vayamos a una fiesta de gala. Odia las minifaldas, así que están descartadas. Y le encantan los conjuntos de punto de rebeca y jersey, al estilo clásico.

—A mí también me gustan las rebecas a conjunto con un jersey de punto, pero me preocupa que estés cambiando tanto solo para complacerle.

—Por eso ya no me pongo nada de color fucsia ni pendientes grandes. Si eso le hace feliz, pues lo hago. Pero tú puedes ponerte lo que te dé la gana. Venga, vamos, ya te maquillo yo.

A pesar de mis recelos, le permití que me pintara los párpados ahumados con un lápiz especial.

—Es una lástima que el asesino no vaya a verte tan guapa —comentó ella riendo con nerviosismo.

Sus palabras me provocaron un ligero escalofrío. No quería comportarme como una insensata. Sin embargo, contaba con el apoyo de Nina. Mi madre lanzó un gritito de alegría cuando salí de mi habitación.

—Mars entrará en razón en cuanto te vea así esta noche.

La tomé de las manos.

—Mamá, lo que había entre él y yo se acabó. June y tú tenéis que desistir de esa idea y permitir que ambos sigamos con nuestra vida.

Ella se mordió el labio inferior y me dio un apretón en las manos.

—Bueno, pues entonces espero que Mars se dé cuenta de lo maravillosa que eres y que eso ponga celoso a Wolf.

Le di un abrazo; era una romántica empedernida. No habría nada que la hiciera abandonar su lucha constante por ver a sus hijas felizmente casadas, aunque eso supusiera que una de ellas acabara casada con el rarito de Craig.

La lluvia había cesado y había caído la noche sobre Old Town cuando todos nos encontramos en la cocina. Mientras los demás iban poniéndose el abrigo, yo fui recorriendo la casa para apagar las luces.

—Daisy jugará con Duke mientras estamos fuera —comenté cuando salíamos.

Mi perra y yo salimos corriendo a la calle mojada, en dirección a la casa de Nina, mientras todos los demás esperaban en la acera. Mi amiga ya se había puesto su atuendo negro de ladrona cuando abrió la puerta.

—Estás estupenda. Es una lástima que no salgas esta noche —comentó cuando cerró la puerta tras de mí.

Le quité la correa a Daisy.

—¿Estás lista?

—Cielo, tengo prismáticos, el móvil y un termo de café preparados junto a la ventana. ¿Quién crees que se presentará?

Me salió una vaharada de aire caliente por la boca y me desinflé como un globo.

—El coronel, Mars, Andrew y Bernie odiaban a Simon y estaban en el hotel ese día. El único que me asusta es Craig. Si lo ves entrar en la casa, llama a la policía enseguida.

—¿Craig? ¿Por qué iba a ser el asesino?

—No he podido sacar nada en limpio hablando con él, pero regresó a la escena del crimen al día siguiente y se comporta de forma extraña y espeluznante. Está tramando algo.

—Yo sigo apostando por Natasha. A lo mejor Simon descubrió la aventura que tenía con Clyde y la amenazó con contárselo a Mars. Además, le pega mucho llevar veneno en un frasquito tan elegante.

—No sé, Nina. Yo sigo albergando la esperanza de que sea la señora Pulchinski.

—¡Ni en sueños! ¿Estás lista para el primer acto?

No tenía más remedio. Debía ponerme en marcha o no lo haría jamás. Tomé aire con fuerza y asentí con la cabeza. Nina abrió la puerta de golpe y salió corriendo para cruzar la calle.

—Se han llevado al marido de Nina al hospital de Chicago —anuncié intentando recuperar el aliento—. ¡Ella está destrozada! Id tirando y ya me reuniré con vosotros cuando logre tranquilizarla un poco y saber qué le pasa a su marido.

—¡Oh, cielo! —se lamentó mi madre—, a lo mejor yo puedo ayudar.

—Tenemos la reserva hecha. Además, los demás estarán esperándote.

—Vamos, mamá. Sophie se reunirá pronto con nosotros, estoy segura.

Hannah se los llevó de la casa. Me sentí culpable mientras los veía alejarse en la oscuridad. Mi hermana se agarró del brazo de Craig. El coronel caminaba junto a June. Mi madre consolaba a Francie. Y Bernie iba por detrás, con mi padre.

Yo regresé a todo correr a la casa de Nina. Tras cambiarme para ponerme la ropa negra, le di unas palmaditas a Daisy y a Duke, y entré a hurtadillas en la casa de Nina por la puerta de atrás. El callejón trasero de su casa estaba negro como boca de lobo y resultaba mucho más aterrador de lo que había imaginado. Las luces de las demás casas no llegaban a iluminar el callejón. Corrí por detrás de la casa de los Wesleys, doblé a la derecha y recorrí como un rayo la acera. Sin embargo, al llegar a nuestra calle, seguí adelante hasta la entrada del callejón que recorría la parte trasera de mi casa. Me detuve para tomar aire. De vez en cuando pasaba algún que otro coche. Yo me estremecí, solo en parte por el frío aire nocturno. La otra parte era fruto de mi tensión nerviosa; me tenía tan rígida que estaba a punto de partirme en dos.

Mientras vigilaba atentamente en la oscuridad de la noche para detectar cualquier movimiento, por pequeño que fuera, supe que había llegado el momento de realizar el último tramo de regreso a mi casa. Atravesé a toda pastilla el callejón y me peleé con el manillar de la cancela de mi jardín hasta que por fin conseguí abrirla y acceder a la vivienda sin ser vista. Cerré la puerta lentamente y sin hacer ruido. Me apoyé contra ella y me quedé mirando un par de minutos la parte trasera; todo parecía en calma. No se proyectaba ninguna sombra en la terraza acristalada.

Pasé por la puerta de esa sala y eché el cierre a mi paso. Avancé de puntillas para ir a recoger la pistola Taser de Mars del armario de la cocina, donde la había guardado. Para que nadie me viera desde la calle, volví corriendo al estudio. Dejé la puerta del salón entreabierta para tener visibilidad y cogí el móvil para llamar a Nina e informarla de que ya estaba en posición.

El teléfono empezó a vibrar.

CAPÍTULO TREINTA

De *La buena vida:*

Querida Sophie:

Nuestra iglesia ofrecerá una cena donde se servirá pavo a los desfavorecidos, y se supone que todos debemos preparar algo. Soy un desastre en la cocina, y cuando intenté dar el pego ofreciéndome a llevar bollitos de la panadería, me dijeron que esperaban que los preparase yo misma. He abusado demasiado de ese truco.

¿Qué puedo preparar desde cero sin miedo a meter la pata?

Penitente en Pulaski

Querida Penitente:

Ofrécete voluntaria para preparar la salsa de arándanos rojos. No hay nada más sencillo. Solo necesitas arándanos, agua y azúcar. La receta está en el reverso de todas las bolsitas de arándanos frescos.

Vacía la bolsa entera en un cazo con agua, llévalos a ebullición, apaga el fuego y deja que se cocinen durante cinco minutos. Solo tienes que vigilarlos para que no se desborde el cazo. Si te pasa, no se estropearán, pero se montará un buen lío; mejor que no te alejes de los arándanos.

Están deliciosos calientes o fríos.

Sophie

—Sophie —susurró Hannah—, lo siento mucho. El asesino es tu amigo, Bernie.

Tendría que haberme sentido aterrorizada o inquieta. En lugar de eso, me invadió la tristeza.

—¿Están todos los demás allí?

—Todavía no, pero Bernie se ha escabullido mientras veníamos hacia aquí, como si estuviera impaciente por marcharse. Ha mascullado algo sobre que tenía que ir a ver cómo estaba un amigo y que ya nos alcanzaría en el restaurante.

¿Un amigo? ¿Habría ido a poner sobre aviso a la señora Pulchinski? Ella podría ir a registrar la casa y él tendría una coartada: estaría cenando con todo el grupo y el inspector encargado del caso. Un plan maestro.

—¿Wolf está ahí?

—Todavía no, pero Mars y Natasha sí.

¿Me había devuelto Bernie la copia de la llave que me había pedido prestada? ¿Y si no había ido a ver a la señora Pulchinski? ¿Y si había regresado y ya estaba en la casa?

—Vuelve a llamarme cuando hayan llegado todos —pedí en voz baja y colgué.

Debía aclarar lo de la llave. El viejo suelo de tarima crujió bajo mis pies cuando me levanté. Jamás lograría llegar a la cómoda del recibidor para ver si estaba la llave sin que me oyeran. Sujetando la pistola Taser con firmeza, observé con detenimiento la terraza acristalada y el patio trasero. Cuando vi que no había moros en la costa, accedí al pasillo oscuro a hurtadillas hasta el recibidor. No podía arriesgarme a encender ninguna luz. Coloqué la pistola Taser sobre la cómoda para poder abrir el cajón con ambas manos. Chirrió cuando lo hice. Como no quería abrirlo del todo, metí la mano dentro y toqueteé el interior a tientas.

El móvil volvió a vibrar. No podía contestar. La llamada tendría que esperar. La llave no estaba en el cajón y no lograba recordar que Bernie me la hubiera devuelto en mano. ¿No habría sido la noche que llegó a casa tan tarde?

Oí un golpe y di un respingo. Mi respiración se oía ronca en la casa totalmente en silencio. Volví con sigilo al estudio para esperar a Bernie. Acuclillada junto a la puerta del salón una vez más, abrí el móvil y llamé a Nina.

—¡Está en la casa! —gritó ella.

Tenía que ser Bernie, pero ¿dónde estaba?

—¿Qué has visto?

—O tiene llaves de la casa, o se le da muy bien abrir cerraduras. Ha entrado por la puerta principal. Ha echado un vistazo rápido a su alrededor, como si estuviera comprobando que nadie lo viera.

—Es Bernie —susurré.

—Espera...

Oí los ruidos que hacía Nina al dejar el móvil sobre alguna superficie y supuse que necesitaría ambas manos para usar los prismáticos.

—Hay alguien más. Ese otro tipo está entrando por la puerta de la cocina.

Algo suave me frotó la rodilla y tuve que reprimir un chillido. Mochi ronroneaba muy alto a mis pies.

—¡Tengo que llamar a Hannah! —Colgué y marqué el número de mi hermana—. ¿Quién falta?

—¡Sophie! —exclamó como si estuviéramos charlando amigablemente—. ¿Te falta mucho? Ya están casi todos aquí. Todavía estamos esperando a Bernie y a Humphrey. Vicki tampoco ha llegado todavía, pero vendrá. Andrew dice que prometió llevar mañana unos merengues a su consulta y que está esperando a que acaben de hornearse para poder sacarlos antes de salir.

—Vale, gracias.

Cerré el móvil. Humphrey. Jamás lo habría imaginado. Pero, si Humphrey era el asesino, ¿por qué estaba Bernie en la casa? ¿O Bernie se había ido a ver a la señora Pulchinski? A lo mejor Humphrey se había quedado vigilando para ver cómo nos íbamos y era quien se agazapaba en alguna parte de la casa.

La cabeza iba a explotarme. Me sudaban las manos. Respiraba tan ruidosamente como un elefante asfixiado. Me obligué a hacerlo de forma más relajada. No lo conseguí. Me habría desmayado. «Vale, Sophie. Respira despacio y profundamente. Mantente alerta».

Me vibró el móvil. Lo abrí de golpe, deseando que la luz que emitía no fuera tan potente, jolines. Lo cubrí con una de las camisas de Bernie.

—Qué cosa tan rarísima —comentó Nina—. Hay alguien vigilando tu casa desde un coche aparcado.

Oí un ruido procedente del salón.

—Espera un momento, Nina —susurré.

La persona que estaba en la casa no se molestaba en ocultar su presencia. Me incliné hacia adelante y eché un vistazo. El haz de los faros de un coche que pasó por la calle iluminó la terraza acristalada un instante, lo suficiente para que viera a Mochi saltar hasta lo alto del reloj de pared del abuelo. ¿Dónde estaban las dos personas que Nina había visto entrando en la casa? Reconocí el chirrido del cajón de la cómoda del recibidor. Bernie. Debía de estar dejando la llave nuevamente en su lugar. ¿O se trataba del asesino buscando el frasquito del veneno?

La voz de Nina sonó chillona por el móvil. Me pegué el teléfono a la oreja.

—Alguien está corriendo hacia tu casa. Ese tipo va hacia la puerta de la cocina. Está costándole abrirla.

¿Tres personas? ¿Cómo era posible? ¿Hannah me había dicho si Wolf estaba en el restaurante? No lograba recordarlo. Esperaba que Wolf fuera la persona que estaba en el coche, porque iba a necesitarlo si había tres asesinos. No sería capaz de defenderme de tres atacantes con una estúpida pistola Taser. ¡La Taser! Toqueteé el suelo para buscarla a tientas. No estaba. Debí de dejarla sobre la cómoda del recibidor. Y tenía que enfrentarme a esas tres personas. Me temblaron las manos con solo pensarlo. ¿Quiénes serían? Tenía que llamar a Hannah. Aquello no estaba saliendo como yo había imaginado.

Mochi maulló, y una luz proyectó su destello en el salón. Cerré el móvil de golpe. Ya no podía llamar a Hannah. Inspiré con fuerza para tomar aire. ¿Qué había dicho mi hermana? Bernie y Humphrey no estaban en el restaurante. ¿Había mencionado a Wolf?

«¡Piensa, Sophie, piensa!».

Vicki iría hacia allí en cuanto sacara los merengues del horno. ¡Vicki! Los merengues deben dejarse enfriar dentro del horno. Se hornean a baja temperatura para secarlos y deben permanecer en el horno cerrado con el fuego apagado al menos durante dos horas, sobre todo en un día lluvioso y húmedo como aquel.

Desplazándome con el mayor sigilo posible, me arrodillé junto a la puerta entreabierta. El intruso apuntó el haz de su linterna hacia el cajón de la cubertería de la cómoda. Las pisadas retumbaban por toda la casa, acompañadas de jadeos roncos.

La linterna se apagó.

Un solo disparo resonó con eco.

Alguien, pisando con fuerza, se tambaleaba en mi dirección. Tuve que reunir hasta la última pizca de valentía para no cerrar la puerta de golpe y salir corriendo. Estaría más segura si nadie se percataba de mi presencia.

Resonó un tremendo golpe, que sacudió la vieja casa con tanta intensidad que sentí el temblor bajo los pies.

—¿Vicki? —dijo un hombre asustado y compungido.

—¡Nooo!

El agudo grito se mezcló con el ruido provocado por alguien que entró a la carrera en el salón. El haz de una linterna tembló sobre la figura de Vicki, quien estaba postrada sobre Andrew, tirado boca arriba en el suelo. Pero ¿quién sujetaba la linterna? ¿Wolf? Entrecerré los ojos para ver mejor, pero no sirvió de gran cosa.

—¿Por qué tienes que estropearlo todo? ¿No podías limitarte a entrar en la casa, encontrar la botellita del veneno y salir? ¿Por qué tengo que ser yo siempre quien va detrás de ti arreglándolo todo?

La voz masculina me sonó ligeramente familiar, pero no lograba identificarla. Alguien sollozaba. ¿Vicki?

—¡Se supone que yo ni siquiera debería estar aquí! Ni tú tampoco, Andrew. —Lanzó un gemido—. Te he disparado sin querer. Creía que eras Sophie o Wolf. Y ahora estás sangrando...

—¿Tú envenenaste a Mars? —Andrew hablaba con una tranquilidad pasmosa para ser alguien al que acababan de disparar—. Pero ¿por qué?

—Eres tan tonto, Andrew... —dijo el otro hombre—. Se suponía que ella debía envenenar a Natasha, pero, como siempre, la pequeña Vicki fue incapaz de hacer bien algo tan fácil; en lugar de envenenarla a ella, envenenó a Mars. Creía que había madurado, pero se comporta exactamente igual que cuando éramos unos críos.

—Eso no es verdad —protestó Vicki—. Yo no lo estropeo todo.

—¿Ah, no? Supongo que lo pensaste muy bien antes de darle un porrazo en la cabeza a Simon, ¿no? —El hombre se dirigió hacia la cómoda y la iluminó con la linterna. El cajón emitió el chirrido cuando lo abrió—. Gracias a ti me he quedado sin trabajo. Y esto es otro ejemplo perfecto de lo que digo. En lugar de localizar el recipiente del veneno, le has disparado a tu marido, y yo voy a tener que arreglar todo este lío. Por tu culpa, una vez más.

—¿Tú... tú mataste a Simon? ¿Por qué querías matar a Natasha? —Andrew hablaba cada vez más débilmente.

¿Habría perdido ya demasiada sangre? Yo no sabía qué hacer. Si acudía en su ayuda, me matarían. ¿Dónde se había metido Wolf?

Retrocedí unos centímetros, rezando para que los tablones de madera del suelo no crujieran. Me metí el móvil por debajo del jersey para oscurecer la luz y marqué el número de emergencias de la policía. La operadora respondió hablando demasiado alto. Levanté la vista, con miedo de acabar siendo descubierta, pero los sollozos de Vicki eran más potentes que la voz de la operadora. Susurrando a la máxima potencia de la que fui capaz, di la dirección de mi casa y pronuncié la palabra «disparos».

—No la oigo. Tendrá que hablar más alto.

Volví a intentarlo.

—Envíe una ambulancia.

—¡No la oigo! —gritó la operadora.

Cerré el teléfono enseguida para apagarlo y deseé que Nina tuviera el buen juicio de avisar a la policía.

—Andrew —farfulló Vicki—, lo siento mucho. No quería que nada de esto sucediera.

El otro hombre seguía tirando de los cajones y puertas de armarios para abrirlos.

—Ahora tengo que decidir qué hacer contigo, Andrew. Está claro que eres demasiado idiota para vivir. Tu querida esposa ha tenido una aventura con Simon durante un año.

—¿Eso es verdad? —preguntó el hermano de Mars con un hilillo de voz.

—¿Podrás perdonarme algún día? —dijo Vicki, entre resuellos y bufidos . Al principio, Simon era tan bueno conmigo que me sentía como una princesa. Jamás dejé de amarte, Andrew. Solo quería...

—Lo que ella quería era que alguien se encargara de arreglar los desastres que provoca y que la cuidara como siempre lo ha hecho su hermano mayor. —Aquel hombre se tiró al suelo e iluminó todos los muebles por debajo—. Pero, en lugar de eso, se casó con un imbécil del que tuvo que cuidar.

El tipo estornudó.

—Natasha contrató a ese detective privado —intervino Vicki— y averiguó que Clyde era mi hermano y que yo estaba saliendo con Simon. Ella me presionó para que Simon le diera un programa de televisión en su cadena. —¡Clyde! ¿El chófer de Simon era el hermano de Vicki?—. Pero el día del concurso de relleno... —hizo una pausa para sonarse los mocos— Simon le pidió para salir a Sophie delante de todo el mundo y, cuando

fui a hablar con él en nombre de Natasha, se burló de mí. Dijo...
dijo que lo nuestro se había terminado y que le daba igual que la
gente se enterase de nuestra aventura, y eso me destrozó la vida.
Si él me delataba, lo habría perdido todo. Mi trabajo, a ti..., todo.
Pero él no habría perdido nada. Ni siquiera le habría afectado.
Habría seguido con sus ligues sin volver a pensar en mí en toda
su vida. —Vicki adoptó un tono más frío—. Se puso a hacer bro-
mas de mal gusto y me di cuenta de que no significaba nada
para él. Creyó que yo había salido de la sala, pero me quedé mirándolo desde la puerta del pasillo de servicio. El trofeo con forma de pavo estaba en una mesa que quedaba a sus espaldas y
lo usé para asestarle un golpe. Solo le importaba el dinero. Me
utilizó y me tiró como un pañuelo usado, como a esa chica de su
programa que perdió una pierna.

—No veo el estúpido frasquito del veneno por ninguna parte
—protestó Clyde—. ¿Dónde crees que lo perdiste?

El haz de la linterna recorrió todo el salón. En cualquier momento me iluminaría a mí.

CAPÍTULO TREINTA Y UNO

De *Natasha online:*

En todas las casas debería existir una zona que haga las veces de barra de cafetería. Sitúala lejos del núcleo más transitado de la cocina, para que los bebedores de café puedan servirse sin molestar. La cafetera, una máquina de *espresso* y el molinillo de café, así como las cucharas medidoras y los filtros, deberían estar colocados en esa zona. Yo siempre utilizo filtros metálicos de color dorado. El café sabe mejor filtrado con ellos y se pueden lavar y reutilizar durante años. Si no tienes un cajón o un armario para los objetos pequeños, colócalos en una bonita cesta. Y no olvides disponer de un juego de tazas de porcelana en sintonía con la decoración de la cocina.

—Por el amor del cielo, dame esa pistola antes de que me dispares a mí también —ordenó Clyde—. Nunca he conocido a nadie tan incompetente. ¿Qué vamos a hacer con Andrew? Es una lástima que no haya muerto todavía. Odiaría tener que hacerle otro orificio de bala. No queda nada profesional.

—¡No! —grité, y corrí hacia Andrew sin pensarlo—. Él no os ha hecho nada malo a ninguno de los dos. Dejadlo en paz. —Miré a Vicki, quien todavía permanecía arrodillada junto a su marido—. Podéis iros los dos ahora mismo. Tenéis tiempo para escapar. Por favor, Vicki, no permitas que muera el hermano de Mars.

Andrew llevaba una chaqueta de cuero y yo me pregunté si sería de mi exmarido. Le bajé la cremallera y me resbalaron las manos por la sangre. Tiré de un paño decorativo sobre el respaldo de una butaca y le palpé el abdomen intentando localizar el orificio de entrada de la bala. Cuando creí que lo había encontrado, presioné el paño contra la herida, lo que seguramente fue un intento inútil de contener la hemorragia. Me recliné para acercarme más a él.

—Andrew, ¿puedes oírme?

Me agarró por la muñeca con más fuerza de la que habría esperado y solté un chillido. En ese instante, una silueta borrosa salió de entre las sombras, por un costado del recibidor. Clyde gruñó porque alguien lo había atacado por la espalda. El hombre misterioso se aferró a su espalda mientras él cruzaba el salón tambaleándose. Clyde agitó la pistola como un loco y yo temí que disparase.

Ambos hombres se estamparon contra la pared situada junto al reloj del abuelo. Los carillones tintinearon levemente y un proyectil peludo impactó contra la cabeza de Clyde; parecía que llevara un peluquín barato.

El hermano de Vicki chilló y yo imaginé que Mochi le habría clavado las uñas en el cuero cabelludo para sujetarse. La pistola salió deslizándose por el suelo cuando Clyde empezó a estornudar y se derrumbó. Me recorrió una profunda sensación de alivio. Wolf tenía que ser quien estaba peleando contra Clyde.

—La pistola, Vicki. ¡Coge la pistola! —le gritó su hermano.

Ella se levantó. Yo eché un vistazo a mi alrededor; ¿dónde había ido a parar el arma? Vicki fue más rápida que yo. Recogió la pistola, que estaba cerca de la puerta que daba al estudio donde yo me había ocultado.

—¡Suéltalo o te disparo! —gritó.

La persona que había atacado a Clyde estaba sentada encima de él, dándome la espalda. Miré con los ojos entrecerrados, pero no logré distinguir de quién se trataba. Parecía que tuviera a Clyde sujeto por ambos brazos agarrados a la espalda.

—Dispárale, Vicki —ordenó su hermano con un tono desprovisto de emoción, con tanta sangre fría que me alarmó.

Ella levantó el arma con ambas manos y apuntó. A su espalda, se abrió de golpe la puerta del estudio y alguien la golpeó con una sartén en la cabeza. Ella cayó al suelo. Me abalancé sobre el interruptor de la luz de la pared, lo pulsé y me quedé analizando la escena: Natasha estaba plantada en la puerta que conducía al estudio mirando a Vicki tendida en el suelo. Andrew yacía allí mismo, pálido, pero vivo, con los ojos abiertos como platos, aterrorizado. Bernie era el que estaba sentado sobre la espalda de Clyde.

—¿Serías tan amable de pasarme algo para atarlo, por favor?

Salí corriendo a la cocina en busca del cordel con el que ataba el pavo y regresé al salón. El amigo de Mars siguió sentado sobre Clyde mientras yo lo ataba por las muñecas y los tobillos. Para asegurar bien la jugada, cuando Bernie se retiró rodando hacia un lado y dejó a Clyde, yo le amarré las muñecas a los tobillos para que no pudiera levantarse. Mochi se puso a olisquearle la cabeza. Clyde volvió a estornudar.

—*Apádtamelo* —ordenó con la nariz tapada—. *Zoy* muy *alérguico.*

Bernie llamó a emergencias mientras Natasha me ayudaba a atar a Vicki.

—¿Vicki? —la llamó Clyde—. Vick, ¿me *oyez?* —masculló.

Su hermana lanzó un gruñido. Yo tenía la sensación de que iba a recuperarse, porque cerró con fuerza los ojos como si quisiera despertar de esa pesadilla.

—Esto... —empezó a decir Bernie—, ya están de camino.

—Seguramente los ha llamado Nina —informé mientras tensaba el cordel alrededor de los tobillos de Vicki.

—No les cuentes nada. No reconozcas nada —Clyde se arrastró por el suelo como un gusano en dirección a ella—. Yo cuidaré de ti.

Su hermana abrió las aletas de la nariz.

—No podrás cuidar de nada ni de nadie cuando estés en prisión por matar a ese detective privado.

—¡Cállate! —gritó Clyde.

—Te crees que soy muy tonta. Bueno, pues conocía los secretos de Simon. Sabía que amañaba el resultado de sus programas. No sé dónde encontraría Otis esa cuerda, pero Simon no te habría pagado por matarlo si no hubiera estado desesperado.

—Eso fue distinto. Era un tema de negocios. Otis sabía el riesgo que corría cuando intentó chantajear a Simon.

Mochi probó a darle un golpecito a Clyde en la cabeza con una patita. El malvado hermano de Vicki volvió a estornudar.

—Simon se habría arruinado.

Unos destellos luminosos crearon efectos estroboscópicos al reflejarse en las ventanas. Corrí hacia la puerta de entrada y la abrí. Una oleada de agentes de policía inundó el salón, seguida por Wolf. Él se mantuvo en silencio durante un fugaz instante, me posó una mano en la mejilla y tomó aire con fuerza.

—Estás bien.

Lo seguí hasta el comedor, donde contempló la caótica escena, al tiempo que intentaba asimilarla. Natasha se dejó caer sobre mí, con la cabeza entre las manos.

—Me siento tan responsable... Jamás pretendí que pasara nada de todo esto. Yo contraté a Otis. Sophie —habló en voz cada vez más baja hasta hacerlo en un suspiro—, lo contraté para que investigara a Simon y así averiguar cómo presentarme ante el gran magnate para conseguir mi propio programa de televisión. Quería llegar al público nacional, y él podría haberlo hecho posible. Nunca imaginé que acabaría provocando todo este caos.

Zarandeé a Natasha.

—¿Es que no has oído a Vicki? Tu programa de la tele no tuvo ninguna relación con la muerte de Simon. Siento decir que él mismo la provocó, por ser un desalmado y tratarla como una basura.

—Pero ¿es que no lo ves? Si no hubiera contratado a Otis, él jamás habría sacado a la luz los trapos sucios que utilizó contra Simon.

—Tú no obligaste a Otis a chantajearle. Céntrate, Natasha.

Ella sollozó.

—Otis me contó que Clyde era el hermano de Vicki y me dio una fotografía suya. Se me ocurrió que Vicki podría ayudarme. Pensé que podría conseguir que el chófer de Simon le hablara bien de mí. Jamás imaginé este resultado.

Los paramédicos pasaron por nuestro lado con Andrew en una camilla.

—¿Vicki? —preguntó alargando una mano hacia mí.

Ella lo había engañado, le había disparado y había asesinado a su amante y, con todo, él todavía se preocupaba por ella.

—Natasha le ha dado un buen porrazo en la cabeza, pero se recuperará.

Me quedé mirando a los paramédicos cuando lo sacaban por la puerta. Nina, mi familia, Craig, Humphrey, el coronel, Francie, June y Mars estaban junto a la acera, alineados. Todos se alegraron mucho al verme.

—¡Le han disparado a Andrew! —dije gritando.

June y Mars caminaron junto a Andrew mientras lo llevaban a la ambulancia.

—¡Mamá! —grité—. Entrad.

—No nos dejan —dijo.

Señaló la puerta de la cocina.

—¿No deberíamos ofrecerles algo de comer a todos estos agentes de policía? —me sugirió Natasha mientras iba hacia allí.

Todos se reunieron en la cocina, salvo June, quien permaneció junto a su hijo herido.

—¿Habéis usado las pistolas Taser? —preguntó Mars, emocionado.

Natasha me miró a los ojos.

—Yo me la he dejado en casa.

—La mía está en el recibidor.

Mars negó con la cabeza, incrédulo.

—Mi madre y yo vamos a seguir a la ambulancia hasta el hospital. Supongo que tú tendrás que quedarte aquí, Nata, para declarar ante la policía, ¿no?

Ella le dio un beso.

—Ven a recogerme cuando vayas a casa —le pidió.

Nos pasamos la siguiente media hora arrasando la nevera y el congelador. Todos, incluso Francie, Nina y Hannah, colaboraron en la preparación de *pizzas* y bocadillos estilo *pannini* a la plancha. Dispusimos un bufé en la terraza acristalada para que los agentes de policía se sirvieran café y algo de comer.

Pasada una hora, solamente quedábamos Natasha y yo en la cocina, metiendo en el horno la última remesa de pasta de galletas de chocolate que guardaba en el congelador para los imprevistos.

—Ya sé cómo entró Bernie en la casa y asumo que Vicki y Clyde eran aficionados a reventar cerraduras, pero ¿cómo entraste tú? —pregunté.

Natasha no se inmutó.

—Usé la llave de Mars.

—Mars me devolvió su juego de llaves.

Me lanzó una mirada de incredulidad.

—¿Te crees que Mars no habría hecho otra copia antes? Ya le conoces, siempre ha sido un explorador precavido.

—Cuando contrataste a Otis, ¿le pediste que se deshiciera de mí? —le pregunté ya que nos estábamos llevando tan bien, para variar.

Su expresión de sorpresa parecía sincera.

—¿Por qué iba a hacer eso? Yo quería el programa de televisión, Sophie. Pensaba que estaba actuando como lo habría hecho cualquier hombre en mi lugar: recurrir al tipo poderoso que podía hacerlo realidad. Jamás tuve la intención de chantajear a Simon; quería saber más sobre su vida personal y dar con algún argumento que me ayudara a convencerlo. Ya lo sé casi todo sobre ti...

Entonces, ¿qué hacía Otis con una foto mía?

Natasha sacó una bandeja de galletas del horno.

—Siento no haberte sido sincera con lo del acosador. La noche que me topé con vosotras dos, me di cuenta de que alguien estaba siguiéndome, pero creí que era Andrew. La verdad es que me pareció extremadamente amable que Nina y tú me lo advirtierais.

—¿Le contaste a Wolf que Clyde era el hermano de Vicki?

—¿Y reconocer así que había contratado a Otis? Ni loca. Mi abogado me metió mucho miedo. No podía reconocer nada. Además, yo no sabía lo de la aventura que tenía Vicki con Simon. Eso habría cambiado las cosas.

Me apoyé de espaldas contra el lavavajillas.

—¿Cómo es posible que no supiéramos que Clyde era su hermano?

Natasha enarcó las cejas.

—¿Estás de guasa? Mars y Andrew odiaban a Simon con todas sus fuerzas. Decían cosas muy desagradables sobre él. Estoy segura de que a Vicki le daba vergüenza reconocer que su hermano trabajaba para Simon. Y, luego, cuando se lio con él, supongo que ya no era buena idea comentarles nada.

—Siento lástima por ella.

—Pero ¡si mató a Simon!

—Ya lo sé. —Retorcí un trapo de cocina entre las manos—. Pero es que trabajó tanto mientras Andrew se gastaba el dinero de ambos en sus ridículas ideas... Y, durante todo ese tiempo, tuvo que ocultar su aventura amorosa y la identidad de su hermano. Debe de haberse sentido fatal...

Desde el umbral de la puerta de la cocina, Wolf carraspeó.

—¿Puedo hablar un momento contigo, Sophie?

Natasha asintió con la cabeza y abandonó a toda prisa la habitación.

—Por si no lo has supuesto ya, Vicki fue quien entró en tu casa a escondidas —afirmó.

—Entonces, ¿quién entró en su casa?

—Lo hizo ella misma. Para despistarnos. Y, por lo visto, Clyde era el acosador de Natasha, esperaba tener una oportunidad para matarla, puesto que Vicki no lo había conseguido. Natasha era la única que podía relacionarlos, y ellos creyeron que ella sabía lo de la aventura entre Vicki y Simon.

—Entonces, ¿quién enterró el trofeo con forma de pavo en el patio de Natasha?

—Clyde lo robó en el concurso de relleno y se lo entregó a Vicki para que lo enterrara en la casa de Natasha durante la fiesta de esa noche. Fue bastante astuto. —Wolf se metió las manos en los bolsillos de golpe—. Debería echarte la bronca por haber sido tan temeraria.

—Deberías haberme creído y haber confiado en mí.

Mochi marcó a Wolf frotándose contra sus piernas.

—No te conocía. Sin importar adonde fuese, siempre descubría cosas que se contradecían con lo que tú afirmabas.

—¿Como lo de que Humphrey sale conmigo?

Tragó saliva con fuerza.

—¿No es verdad?

Me acerqué más a él.

—Nooo.

Miró por encima de mi cabeza hacia la pared de piedra.

—Entonces, ese es el lugar donde reside el fantasma de Faye...

Sonreí.

—Eso me han contado.

Me rodeó entre sus brazos.

—Espero que no le importe esto.

Me besó con ternura, pero, ni por asomo, durante el tiempo que yo hubiera deseado. Al volverme, habría jurado ver los ojos de Faye echando chiribitas.

CAPÍTULO TREINTA Y DOS

Consejo del día de Sophie:

Las hierbas aromáticas secas poseen un sabor más concentrado que las frescas. Si tienes que usar especias secas para una receta que pida hierbas frescas, una buena norma para medir la cantidad es usar más o menos un tercio de lo indicado en la preparación. Un truco para recordarlo es usar una cucharadita de especias secas por cada cucharada sopera de hierbas aromáticas frescas.

Después de otro beso más prolongado, Wolf se marchó para ir al hospital para comprobar cómo estaba Andrew. Por mi parte, todavía necesitaba algunas respuestas; me daba igual cuánto se enfadara Hannah, pensaba conseguirlas de todas formas. Me reuní con el resto de mi tribu en la terraza acristalada y me serví un *pannini* con lonchas de pavo.

—Craig —dije—, ahora que sabemos que Vicki y Clyde cometieron los crímenes, ¿qué hacías tú en la Sala Washington la mañana siguiente al asesinato de Simon?

Esperaba que mi hermana me echara la bronca, pero no fue así.

—¿Es eso cierto? —preguntó, en cambio—. ¿De verdad fuiste allí?

—Por supuesto que no. —Me miró a los ojos—. Debes de estar equivocada.

—Andrew te vio —insistí.

Craig parpadeó varias veces.

—Lo hice por ti, Sophie, y por tu familia. Veía lo mal que se sentía todo el mundo y bueno... Lo siento, Bernie, pero pensé que, si dejaba una pista falsa, podría librar a Sophie de toda sospecha.

—Entonces, ¿por qué estás pidiéndome perdón a mí? —preguntó Bernie.

—Encontré tu tarjeta de la habitación con el logotipo del hotel en el estudio y la dejé caer en la Sala Washington para que la poli la encontrara. Fue una idea estúpida, pero bienintencionada.

De no haberle presionado yo para que confesara, jamás lo habría reconocido. Me alegré de que Hannah pudiera ver cómo era su novio en realidad. Se inclinó hacia él y lo besó en la mejilla.

—¿Lo hiciste por nosotros? —preguntó con voz ñoña.

¡Venga ya! Yo había creído que Hannah por fin vería su lado oscuro. Craig le sonrió y parecía adorable, pero cuando se volvió hacia mí, su sonrisa fue petulante. Me consolé pensando que la boda no sería hasta el mes de junio. Tal vez Hannah todavía tuviera tiempo de entrar en razón y darle calabazas.

—Bernie —dije—, cuando has vuelto a casa esta noche, ¿dónde te has escondido?

—En el armario del recibidor. Te oí entrar en la terraza acristalada. Hiciste muchísimo ruido al abrir ese cajón. Ya te digo. Menos mal que yo no era el asesino. Te podría haber atacado allí mismo.

La aldaba de la puerta de entrada sonó, pero Mars no esperó a que nadie abriera. June y él nos encontraron en la terraza acristalada. Todo el mundo se puso a hablar a la vez. Mars levantó las manos.

—Andrew se pondrá bien. Ha perdido sangre, pero le han extraído la bala y se recuperará.

El coronel se incorporó.

—Yo, por mi parte, me alegro de que todo haya terminado y podamos volver a la normalidad en este barrio. —Se quedó mirando a Francie—. Y ya no tendremos más mirones por la zona.

June acompañó al coronel hasta la puerta y yo hice todo lo posible por evitar que Francie los siguiera.

—Tengo que ir a recoger a Daisy a casa de Nina. ¿Qué te parece si te acompaño a la tuya, Francie? —pregunté.

Nina nos trajo los abrigos y, hábilmente, las dos sacamos a Francie de la terraza acristalada para no interrumpir a June y el coronel. Antes de que la puerta se cerrara, Humphrey me dio la mano con disimulo.

—Este ha sido el mejor fin de semana de mi vida.

Era una idea espeluznante.

—Te veré mañana en el concurso de relleno —dijo.

¿Qué había provocado mi madre al llamarlo? Me sentía demasiado cansada para lidiar con él esa noche. Aparté la mano de golpe, le di las buenas noches y salí con Francie y Nina.

Cuando volví a casa con Daisy, la policía se había marchado y todo el mundo se había ido a la cama. La única luz que seguía encendida era la del estudio. Crucé la terraza acristalada y llamé a la puerta de esa habitación. La ropa de Bernie seguía tirada por ahí y él todavía no había desplegado el sofá cama.

—Quería darte las gracias, Bernie. Si no hubieras regresado a casa esta noche, las cosas podrían haber acabado de forma muy distinta.

—Me alegra haber ayudado. No le des más vueltas.

—Bueno... —empecé a decir—, ¿vas a irte a vivir con la señora Pulchinski mañana?

—¿Con la señora Pulchinski? ¡Caracoles! —espetó con su gracejo británico—. ¿Por qué iba hacer algo así?

—Creía que estabas saliendo con ella. Os vi juntos en un restaurante.

Su boca esbozó una sonrisa de medio lado.

—Estaba jugando a los detectives; intentaba averiguar todo lo posible sobre su marido.

Me sentí terriblemente mal. Bernie se había esforzado por descubrir al asesino y yo había sospechado de él como culpable.

—Si no te vas a vivir con ella, ¿adónde irás cuando te vayas de aquí?

—Volveré al hotel.

Me había salvado la vida. Lo menos que podía hacer por él era dejar que se quedara en mi casa durante un tiempo más.

—No pienso permitirlo. Mañana te trasladaremos al piso de arriba, a una habitación en condiciones. Puedes quedarte todo el tiempo que quieras.

Y, si eso servía para desanimar a Humphrey, ¡mejor que mejor!

Subí, exhausta, la escalera. Después de todo lo que habíamos vivido, Natasha y yo estaríamos agotadas al día siguiente y no seríamos las mejores concursantes.

Daisy y Mochi subieron de un salto a mi cama y se acurrucaron juntos como si fueran viejos amigos. Me puse el pijama y me acomodé, agradecida, bajo el edredón.

Lunes por la mañana: ninguno de los fans de Natasha habría supuesto que su vida no era otra cosa que perfecta. Se había quedado sin hogar, había vivido aterrorizada porque un acosador intentaba asesinarla y casi pierde a Mars por un intento de envenenamiento. Una vez más, su brillante melena le caía sobre los hombros, lucía un maquillaje impecable y, si tenía ojeras como yo, había conseguido disimularlas. Me apunté mentalmente preguntarle cómo lo hacía.

Aunque Natasha había estado despierta hasta tarde, igual que yo, había encontrado tiempo para decorar su espacio de trabajo con copos de nieve hechos a mano. Parecían de nieve auténtica; no había dos iguales y muchos de ellos brillaban al girar. Natasha estaba firmando autógrafos, sonriendo y dedicando originales agradecimientos a sus fans.

—¿Cómo descubriste a la asesina? —preguntó un periodista a voz en cuello.

Ella volvió ligeramente la cabeza, levantó la barbilla en dirección al cámara que la apuntaba.

—Cualquier diva doméstica lo habría descubierto. Todo el mundo sabe que los merengues deben quedarse reposando en el horno al apagar el fuego, sobre todo, en un día de lluvia.

—¿Cómo te sientes hoy al competir con Sophie? —preguntó un segundo periodista.

Ella se volvió hacia mí y me guiñó un ojo antes de responder.

—¡Oh, querido! La recetita con especias de Sophie no le llega ni a la altura de los zapatos a mi relleno de ostras. Y lo digo con conocimiento de causa, porque he probado la suya. Las ostras son mucho más sofisticadas para el paladar de los comensales actuales. Ni siquiera será una decisión difícil para los jueces. Ya sabes que las ostras son afrodisíacas...

Ignoré sus palabras de confrontación y desvié la mirada hacia el espacio de trabajo de Wendy. Debía de haber ido un momento al baño, porque su marido, Marvin, se había apostado allí con disimulo. Saqué la fotografía incriminatoria de la mano sobre mi frasquito de tomillo de un sobre marrón acolchado. Descorrí la cortina y pillé a Marvin con la mano en el tomillo de Wendy.

—Suelta ese tomillo, tío —espeté.

Retrocedió de un respingo, pero no tardó en recuperar la compostura.

—Esto... esto es de mi mujer.

Le di la vuelta a la foto de su mano y se la planté delante. Su cara regordeta adoptó expresión de impacto.

—¿Por qué lo haces, Marvin?

—Eso es solo la fotografía de una mano. No sé de qué estás hablando.

—¿Puedo verte la mano izquierda?

Su intento de mentir se esfumó y, desganado, levantó la mano. La alianza de su dedo coincidía con la de la foto.

—¿La has visto? —preguntó.

—¿A Wendy? Pues claro.

—¿Verdad que es preciosa? Mucho más amable y encantadora que ella. —Y señaló a Natasha—. Wendy lo es todo para mí. Si gana, nuestra vida cambiará. Yo ya no seré lo bastante bueno para ella.

—¿Y por eso la saboteaste?

—Solo cambié un par de cosas. Y luego pensé que, si solo se lo hacía a ella, resultaría demasiado evidente, así que también mezclé tus ingredientes. —Parecía sinceramente arrepentido al mascullar—: Lo siento.

Su mirada de preocupación se centró en algo situado por detrás de mí y se puso tenso. Me volví y vi a Wendy avanzando con dificultad hacia nosotros, con su rostro ancho sin una gota de maquillaje, lo que dejaba a la vista sus pecas y las mejillas rojas como tomates. Cualquier rastro de cintura en su anatomía se había esfumado hacía tiempo.

Agarré a Marvin por una mano.

—Ni se te ocurra volver a hacerlo. Prométeme que no lo harás nunca más.

La papada le tembló como la gelatina cuando negó con la cabeza.

—Nunca más. Te lo prometo.

Wendy se situó a su lado al entrar en su espacio de trabajo.

—La tal Natasha me pone de los nervios. Ha tenido la cara dura de decirme que mi relleno de arroz salvaje debería ser eliminado porque utilicé crema de champiñones en conserva para prepararlo. En las normas del concurso no dice nada sobre eso. ¡Es tan esnob! Tal vez estaría más contenta si hubiera salido al bosque a recoger los champiñones yo misma, ¿no? ¡Vaya sarta de tonterías! Como siga así, a lo mejor le digo una cosita o dos sobre sus babosas ostras. ¿Es que se cree la diva reina? ¿Cómo logras aguantarla?

Presentí que estaba naciendo una nueva rival para Natasha y tuve que contener una sonrisa.

—Solo actúa así por la prensa. Ya te habrás fijado que están todos delante de su encimera para el cocinado. Míralo así: te ha hecho un favor porque te ha dado un poco de publicidad.

—¿A ti no te fastidia?

No podía mentirle.

—A veces.

No tenía por qué saber hasta qué punto me sacaba de quicio Natasha. Aunque en ese momento me sentía generosa con ella, sospechaba que ese sentimiento se evaporaría con el tiempo, en cuanto la diva reina volviera a la carga.

—¿Has protegido mis ingredientes? —le preguntó Wendy a Marvin—. ¿Alguien sospechoso se ha presentado para intentar mezclarlos? ¿Alguien como Natasha, por ejemplo?

Él se puso blanco como el papel y se quedó mirándome.

—Nadie ha pasado por aquí —afirmé—. Tienes mucha suerte de contar con un marido que está loco por ti, Wendy.

Ella sonrió y le plantó un beso en la mejilla.

—Creo que me lo quedaré.

Le deseé buena suerte y dejé caer la cortina. Solo esperaba haber asustado a Marvin lo suficiente para que ayudara a Wendy en lugar de acabar con todas sus posibilidades de ganar.

—¿Sophie?

Me volví y vi al señor Coswell, mi editor, al otro lado de la encimera. Me estrechó la mano.

—He venido para apoyar a nuestra novísima estrella. Tus consejos se han convertido en todo un éxito. Mi esposa incluso te cita.

Le agradecí sus amables palabras.

—He estado un poco ocupada, pero tengo planeado ponerme a trabajar en la página web esta misma semana.

—No te preocupes. Me habría presentado el miércoles, pero me quedé bastante impactado cuando Otis fue asesinado. Hacía años que lo conocía. Bueno, nos encontramos ese día en la tienda de alimentación, el mismo día que me topé contigo allí. Acababa de entregarme el informe sobre ti y, cuando se marchaba, lo asesinaron. Aunque tú sabes más sobre eso que yo.

Me quedé mirándolo, perpleja, preguntándome si lo habría oído bien.

—¿Usted contrató a Otis para que me investigara?

—Tenemos que investigar a todo el mundo. No era nada personal. No te puedes imaginar las falsas credenciales que la gente afirma tener. Él nos dio un informe muy bueno sobre ti.

—Supongo que no le ha contado a la poli que lo contrató para que me investigara, ¿no?

—No, por el amor de Dios. Tal como están las cosas en la actualidad, todas las acciones llevadas a cabo relacionadas con nuestros trabajadores son de carácter confidencial. —Bajó el volumen de su voz—. Además, el *inspeor* Kenner jamás me facilita información cuando la necesito para un artículo del periódico. —¿«*Inspeor* Kenner»? ¿Era ese el apodo que le habían puesto los habitantes de la localidad a ese tipo estirado y antipático? Coswell sonrió con malicia—. Si hubiera querido saber por qué me reuní con Otis en la tienda de alimentación, tendría que haberme presentado con una citación legal. Además, no habría ayudado en nada a la poli saber que Otis se quedó impresionado por la devoción que demuestras hacia tu perro. Le gustó mucho que tu exmarido y tú tuvierais la custodia compartida del animal. Me dijo que te iba a dejar un gatito sin hogar en la puerta de casa, porque sabía que lo acogerías de maravilla. —Resopló—. Pobre Otis. La poli afirmó que Clyde debió de seguirlo y esperarlo agazapado en la parte trasera de la tienda.

El altavoz crepitó.

—Concursantes, el tiempo empieza... ¡ya!

Me despedí de Coswell con la mano, precalenté el horno y empecé a picar apio. El aroma a tomillo, salvia y beicon inundaba la atmósfera del salón de baile. Con todos los hornos encendidos, nuestros espacios de trabajo se habían convertido en auténticas saunas. Me embargó la emoción cuando pasaron las cuatro horas y todos nos dispusimos en una hilera a la espera del fallo de los jueces. Debería de haber estado nerviosa, pero ese instante simbolizaba el final de toda la tensión que había sufrido. La asesina estaba entre rejas y el concurso de relleno ya había pasado.

—El tercero en la competición, a quien entregamos con orgullo esta medalla, es el famoso chef local Pierre LaPlumme.

—*Zut alors* ¡Caramba! —masculló el francés mientras se acercaba para recibir el galardón.

—En segundo lugar, por su relleno de pan rústico crujiente, beicon y finas hierbas, Sophie Winston.

El público me vitoreó. Mi familia y Mars aplaudieron. Humphrey, Bernie y Wolf estaban en primera fila, en el centro junto a Nina, y me jalearon. Miré en dirección a Natasha. Habían conseguido encontrar una réplica del trofeo original con forma de pavo. En cierto modo, no creía que ninguna de las dos quisiéramos recibirlo.

—Y la persona ganadora del especial de televisión y de la portada de revista es... ¡Wendy Schultz!

Wendy estaba radiante. Marvin soltó un chillido. Yo solo esperaba que el hombre cumpliera su promesa. Su esposa aceptó el trofeo del pavo con un júbilo incontenible.

—Es un gran honor haber ganado teniendo como contrincantes a unos cocineros tan excelentes —afirmó. Miró directamente a Natasha al añadir—: Esto demuestra que los platos sencillos de toda la vida jamás pasarán de moda. Una receta no tiene que ser exótica para estar rica y convertirse en la ganadora.

CAPÍTULO TREINTA Y TRES

De *Pregúntale a Natasha:*

Querida Natasha:

Todos los vecinos de mi calle decoran sus casas para Navidad de forma preciosa, salvo una viejecita menuda que nunca pone nada. Es una señora un poco irascible. El año pasado me cerró la puerta en las narices cuando le llevé un bizcocho de fruta confitada...

¿Cómo podemos convencerla para que cuelgue una corona navideña en la puerta y ponga algunas lucecitas en las ventanas?

Como Loca por Decorar
en Christiansburg

Querida Como Loca por Decorar:

Prepara una jornada festiva de decoración para todo el barrio. Pídele al ayuntamiento si pueden cerrar tu calle al tráfico por un día. Coloca una mesa en la calle con sidra caliente en un termo y sirve rosquillas caseras. Aromatiza el ambiente asando castañas.

Cuando todo el vecindario se reúna para decorar el barrio, la señora no podrá rechazar la corona navideña que tú habrás hecho especialmente para ella, ni las luces que los vecinos colgarán en su casa. Estará encantada de participar de las fiestas navideñas.

Natasha

*S*ophie! ¡Es la peor... la peor pesadilla posible!

—¡Sophie! Me até bien el cinto del albornoz y salí corriendo para ver qué era lo que tanto disgustaba a Nina. Envuelta en su batín de seda, estaba plantada en el jardín de Francie. Esta, con un albornoz gigantesco, que le iba dos tallas más grandes, sujetaba por la correa a un golden retriever. Estaban mirando hacia el cabo de la calle. Un camión enorme con el logotipo de una conocida tienda de antigüedades de lujo de Alexandria bloqueaba el paso de los coches frente a la casa de los Wesleys. La puerta de la vivienda estaba abierta y había unos hombres subiendo unos muebles por la escalera. Natasha supervisaba el proceso.

—Es que no doy crédito. Con todas las casas que hay en la ciudad, ha tenido que mudarse a esa —protestó Nina.

—Más le vale no intentar decirnos qué tenemos que hacer —gruñó Francie—. No pienso colgar una de esas coronas cursilonas suyas en la puerta. Ni tampoco pienso poner arbustitos podados con formas artísticas en macetas de porcelana.

Miré a Francie sonriendo.

—¿Ese es Duke?

—Sí, lo he adoptado. Con todos los mirones y asesinos que andan sueltos, una mujer soltera necesita un perro.

—Francie —dije con tono provocador—, tú eras el mirón.

Ella me miró molesta.

—No todo el tiempo.

—¡Sophie! —me llamó mi madre desde la acera.

Mi padre la rodeó para poder pasar y llevar las maletas al coche. Me acerqué al trote hacia ella.

—Estamos listos para irnos, cielito, pero tengo noticias maravillosas: Hannah y Craig se lo han pasado tan bien que han decidido casarse aquí. Ya buscaremos locales para celebrar la boda cuando volvamos en Navidad, dentro de un par de semanas.

—Creía que la Navidad íbamos a celebrarla en tu casa.

—Todo eso ha cambiado ahora. Oh, y June me ha prometido que se quedará con nosotros. Será una gran reunión familiar.

«¡Oh, lo que más me apetece del mundo!».

Acompañé a mi madre hasta el coche y me despedí dándoles un abrazo a mi hermana y a mis padres. A pesar de lo mucho que los quería, sería genial volver a la normalidad, aunque solo fuera durante un par de semanas. El abrazo de Craig me lo salté; retrocedí y me despedí de todos con la mano.

—¡Y esta vez sí que quiero ver las invitaciones y el menú: ganso a la Natasha! —gritó mi madre sacando la cabeza por la ventanilla del coche mientras se alejaban.

RECETAS

Tarta de nueces pecanas al bourbon del primer asesinato

1 lámina de masa brisa de 22 cm de diámetro
3 cucharadas de mantequilla
1/2 cucharadita de café soluble (Sophie utiliza
la marca Sanka)
1 cucharada de cacao puro en polvo sin edulcorar
3 cucharadas de *bourbon*
2 huevos
100 g de azúcar moreno
190 ml sirope de maíz oscuro
1/2 cucharadita de sal
1 cucharadita de esencia de vainilla
250 g de nueces pecanas troceadas

Precalienta el horno a 150 °C. Funde la mantequilla metiéndola en el microondas dentro de una taza durante treinta segundos y déjala enfriar. En otra taza, mezcla removiendo el café soluble, el cacao en polvo y el *bourbon* hasta que los gránulos de café y el cacao estén disueltos.

Bate los dos huevos en el recipiente de una batidora eléctrica. Añade el azúcar moreno y la mantequilla enfriada, y sigue batiendo. Ahora agrega el sirope de maíz, la sal y la esencia de vainilla. Bátelo todo para mezclar los ingredientes. Añade las nueces pecanas. Vierte la mezcla sobre la masa brisa y hornea de cincuenta y cinco a sesenta minutos.

Para servir la tarta con nata montada, pon un poco de nata en la batidora y bátela hasta que empiece a endurecerse. Añade tres o cuatro cucharadas de azúcar glas y media cucharadita de vainilla. Bátelo todo hasta que puedas obtener un pico al levantar la mezcla de tersa textura. ¡No te pases con el tiempo de batido de la nata!

El consejo de Sophie:

Si los bordes de la tarta no te quedan bonitos, ¡usa una manga pastelera para disimularlo con la nata montada como decoración!

Receta básica para la salmuera

Para el pavo en salmuera se necesita un recipiente grande para el horno; también puede usarse un cubo limpio o un contendor de plástico lo bastante grande para que el ave quede cubierta de agua.

Unas treinta y dos horas antes de cocinar el pavo, quítale las vísceras y colócalo en el recipiente. Cúbrelo con agua y sal (tres cuartos de taza de sal *kosher* por cada tres litros y medio de agua). Añade un cuarto de taza de azúcar a la salmuera.

Coloca el recipiente en la nevera y déjalo reposar ocho horas. (El pavo debe conservarse refrigerado durante el tiempo que esté en salmuera).

Saca el pavo del recipiente y tira el agua. Limpia bien la carne bajo el grifo, ponla sobre la rejilla del horno sin tapar y métela en la nevera durante veinticuatro horas antes de cocinarlo.

Nota: No pongas en salmuera un pavo *kosher*, ni un pavo que lleve inyectado algún tipo de líquido o con la etiqueta «Bañado en sus propios jugos».

Relleno de pan rústico crujiente, beicon y finas hierbas

500 g de pan rústico crujiente
500 g de beicon (Sophie prefiere el beicon sin conservantes añadidos)
1/2 barra de mantequilla
3 cebollas picadas
3 tallos de apio picados
1 manzana pelada y troceada
1 1/2 cucharada de salvia seca
1 cucharada de tomillo seco
1/2 cucharada de romero seco
1/2 l de caldo de pollo
Sal
Pimienta

Corta el pan en rebanadas y mételo en el horno a 160 °C hasta quitarle la humedad. Córtalo en trozos de unos dos centímetros y medio de ancho.

Pasa el beicon por una sartén grande hasta que quede crujiente. Retira la sartén del fuego y viértelo todo en un recipiente; deja en la sartén un par de cucharadas de la grasita del beicon.

Añade media barra de mantequilla a la sartén, junto con las cebollas, el apio, la manzana y las especias secas. Cocina hasta que se poche. Retíralo del fuego y mézclalo con los tropezones de pan, el beicon desmigado y el caldo de pollo. Añade sal y pimienta al gusto.

En este punto, puedes colocar el relleno en una fuente con ayuda de una cuchara y guardarlo, tapado, hasta veinticuatro horas. Asegúrate de usar un recipiente que puedas meter directamente en el horno.

Hornea durante una hora a 165 °C y estará listo para servir.

•

Relleno con pan de maíz de Chesapeake

Para el pan de maíz de Chesapeake

2 huevos
2 cucharadas de laurel de Chesapeake
50 g de azúcar
140 g de harina de maíz con levadura incorporada
60 g harina de trigo con levadura incorporada
2 cucharadas de aceite de oliva
190 ml de suero de mantequilla

Precalienta el horno a 180 °C. Unta bien de mantequilla un molde de 25 cm. En un recipiente grande para mezclar, bate ligeramente los huevos. Añade el laurel de Chesapeake y el azúcar, y vuelve a batir a conciencia. Añade los demás ingredientes y bate ligeramente o remueve hasta que esté todo bien mezclado. Viértelo en el molde engrasado y hornea entre veinte y veinticinco minutos.

Para el relleno con pan de maíz de Chesapeake

1/2 barra de mantequilla (4 cucharadas)
2 cebollas picadas
2 tallos de apio picados en trocitos muy pequeños
3 cucharadas de salvia
1 cucharada de tomillo
1 manzana tipo Granny Smith cortada en daditos
50 g de nueces pecanas (mejor si están tostadas)
1 cucharada de laurel de Chesapeake
1/2 litro de caldo de pollo (o caldo de verduras)
4 rebanadas de pan blanco tostado (Emma utiliza la marca Pepperidge Farm Hearty White)

Funde la mantequilla en una sartén grande. Añade la cebolla, el apio, la salvia y el tomillo y cocina hasta que la cebolla y el apio empiecen a pocharse; ve removiendo de vez en cuando. Añade la manzana Granny Smith. Cuando la cebolla, el apio y la manzana ya estén pochados, echa las nueces pecanas tostadas y el laurel de Chesapeake; mezcla bien. Retira del fuego.

Desmiga el pan de maíz de Chesapeake en un cuenco grande. Corta o desmiga el pan y añádelo al cuenco. Mézclalo con el contenido de la sartén. Agrega dos tazas de caldo de pollo y mézclalo para que los ingredientes queden cubiertos y ligeramente húmedos.

Viértelo en una cazuela o en un molde para pan de maíz de Chesapeake de 25 cm. (Si lo cocinas un día antes, en este punto puedes taparlo y refrigerarlo por la noche. Usa un recipiente que puedas meter directamente en el horno). Hornea a 175 °C durante aproximadamente una hora.

Relleno de champiñones, arándanos y arroz salvaje

100 g de arroz salvaje
1 cucharadita de salvia
1 cucharada de mantequilla
1/2 l de caldo de pollo (utiliza caldo de verduras para la versión vegetariana)
2 cucharadas de aceite de oliva
1 cebolla cortada en daditos
2 tallos de apio picado
1 zanahoria
1 1/2 cucharada de salvia
1 cucharada de tomillo
1/2 kg de champiñones blancos (lavados y sin tallo)
2 dientes de ajo picados
1 lata de crema de champiñones
1/2 barra (4 cucharadas) de mantequilla sin sal
1 bolsa de arándanos rojos secos

Cocina el arroz salvaje siguiendo las indicaciones del envase, pero sustituye el agua que te indique por el caldo de pollo y añade la cucharadita de salvia y la cucharada de mantequilla. Si usas un caldo bajo en sal, a lo mejor tendrás que añadir una pizquita de sal al caldo cuando esté al fuego. El arroz salvaje tarda más o menos una hora en estar listo. Pruébalo para comprobar que no esté duro. Cuando esté preparado, retíralo del fuego, escúrrelo y resérvalo. Tira el líquido de cocción sobrante.

Calienta las dos cucharadas de aceite de oliva en una sartén grande a fuego medio. Después de pelar la zanahoria, utiliza el pelador para hacer finas tiras y córtalas hasta que queden como el confeti. Añade las cebollas, el apio, la zanahoria, la salvia y el tomillo a la sartén y cocínalo todo, removiendo de vez en cuando, hasta que las cebollas y el apio estén pochados.

Mientras tanto, corta los sombreros de los champiñones en daditos. Añade la mantequilla, los champiñones y el ajo a la sartén. Mezcla bien y tenlo en el fuego hasta que los champiñones estén tiernos. Échale la lata de crema de champiñones. Mezcla bien.

Retíralo del fuego y añade la cucharada de arándanos rojos secos. Colócalo con ayuda de un cucharón en una cazuela o en un molde para pan. (Si lo vas a cocinar por adelantado, en este punto, puedes cubrir el relleno y refrigerarlo hasta el día siguiente, pero asegúrate de usar un recipiente que puedas pasar directamente de la nevera al horno). Hornéalo a 180 °C durante aproximadamente una hora.

TABLA DE EQUIVALENCIAS

PESO

Azúcar	100	g	½ taza
Azúcar moreno	100	g	½ taza
Nueces pecanas enteras	100	g	1 taza
Nueces pecanas troceadas	100	g	¾ taza
Harina de maíz	100	g	⅔ taza
Harina de trigo con levadura	115	g	1 taza
Sirope de maíz	100	ml	⅓ taza

VOLUMEN

1	l	4 tazas
½	l	2 tazas
250	ml	1 taza
125	ml	½ taza
80	ml	⅓ taza
60	ml	¼ taza

TEMPERATURA DEL HORNO

160 °C	325	grados Fahrenheit
180 °C	350	grados Fahrenheit
190 °C	375	grados Fahrenheit
200 °C	400	grados Fahrenheit

© FiftyLove Photography

KRISTA DAVIS

Krista Davis, escritora superventas del *New York Times,* es autora de las series de misterio *Domestic Diva Mysteries, Paws & Claws Mysteries* y *Pen & Ink Mysteries.* Varios de sus libros han sido nominados al premio Agatha. Actualmente vive en la cordillera Azul, en Virginia, con dos gatos y una manada de perros. Sus amigos y familiares se quejan de que Krista los utiliza como conejillos de Indias para probar sus recetas, pero siempre acaban volviendo a por más.

Más información en www.kristadavis.com.

Descubre más títulos de la serie en:
www.almacozymystery.com

COZY MYSTERY

Serie *Misterios*
de Hannah Swensen
JOANNE FLUKE

1

2

Serie *Misterios bibliófilos*
KATE CARLISLE

1

2

Serie *Secretos, libros*
y bollos
ELLERY ADAMS

1

Serie *Misterios felinos*
MIRANDA JAMES

🐱 1   🐱 2

Serie *Coffee Lovers Club*
CLEO COYLE

☕ 1

Serie *Misterios en la
librería Sherlock Holmes*
VICKI DELANY

 1